バチカン奇跡調査官

血と薔薇と十字架

藤木 稟

角川ホラー文庫
17084

目次

そろそろ私は、人々の前から姿を消そうと思っている。

死を演じるには、丁度良い年頃だ。

墓場に入って再びはい出す時には注意して、他の屍体をその墓に入れ、丁寧に埋め直すことも忘れまい。

それらを実行する前に、私が『吸血鬼ドラキュラ』という名著を世に書き記すことが出来たのは、ひとえに私がその血族であったからだという事実を告白しておこう。

——どうせ世に出たところで、虚構の幻想小説なのであるから、大した騒ぎにもならないだろう。信じる者もほぼいるまい。

そう考えると、薄暗い秘密を持つものにとって、幻想小説とは恰好の告解室である。

嗚呼、可笑しい……。告解がこんなにおおっぴらに出来るものとは……。

だが、可笑しがるのは程ほどとして、本題に入ることとしよう。

私の母は、私が生まれた寒い夜の前日、不思議な黒ずくめの男に、首を噛まれる夢を見たという。

そうして突然、母は陣痛に見舞われたのだ。

その日は激しい嵐で雷が鳴っていたとも言う。

丸一日かかって生まれた私は、胞衣を付けて死んだ状態で生まれてきたが、奇跡的に息を吹き返した。

胞衣を纏って生まれた者、あるいは死んで生まれた者は吸血鬼になると古い伝承にあるが、まさしく私はその二つを満たしていたのだ。

ただし、私の他の家族に吸血鬼がいなかったために、私はまるでそういう自覚を持たずにいた。それはそれで厄介なことであった。

なにしろ自分の力の源の糧がなんであるのか分からなかったため、普通の人間のようにして育った私は、八歳まで医者も首を傾げるほどの虚弱児で、脚は湾曲し麻痺していて、歩くことすらままならず、ベッドから起き上がることさえも出来なかったからだ。

我が家が、両親とも高級官吏であるという豊かな家庭でなかったならば、丈夫な兄弟があと六人もいる中で、私のごときものは道ばたに捨てられても可笑しくはなかった。

だが幸いなことに、両親は私を煩わしがるどころか、他の兄弟より一層、私に心を砕き、なんとか一人前の健康体にしようと必死であった。

そこで思いあぐねた両親は、本来なら平民がかかることの出来ない特別な医者を密かにまねき、私を診せたのだ。

医者は両親に私が生まれた時の状態と今までの経緯を訊ね、断言した。

その時の医者の第一声が忘れられない。

「この子に必要なのは血液だ。このままではミイラになるだろう。それが厭なら、生きた物の血を飲むことだ」

両親の顔は一瞬、こわばったが、医者は素早く動いた。

すなわち、その頃、我が家で飼っていた一匹の猫を、家のものに持ってこさせると、鞄(かばん)から取りだした鋭利なナイフで猫の首をかき切り、温かく迸(ほとばし)ってくる血潮を私の唇に浴びせたのだ。

その血のおいしさと言ったらこの上なかった。

今まで食べ物というものは、おおよそ何を食べても砂利のような味がするものだと思っていたのに、血は身震いするほど、香しく、甘く、私は初めて、まともな食事というものをしたような心地になった。

そして体中に、力が漲(みなぎ)ってくるのを感じたのである。

ブラム・ストーカー

プロローグ　顕れた血の遣い　Messenger of the blood appeared

1

「気味が悪い。何だいあの柩（ひつぎ）は？」

「ああ、屍体が入っているような重さだったぜ」

「他の荷物はいいとして、柩を自分の車に乗せるってどういうことかね？」

「まさか……とは思うが？」

「しっ、滅多なことをいうんじゃねえ。尊いお方だぞ」


人足たちの囁（ささや）きを聞きながら、エルトン伯爵は車に乗り込んだ。

それからどのくらいの時間がたっただろう。

エルトン伯爵はロールスロイスに揺られながら、曇った空を仰いだ。

日の当たる時間が日々、短くなってくる季節だ。

それとともに身体の血液の流れが遅くなり、病弱な彼をひがな一日、鬱々（うつうつ）した気分でまどろませていた。

身体がだるい。頭も重たかった。

エルトン。エルトン。

彼の足下に置かれた柩の中にいるアダルバードの声が不気味に響いてくる。

「聞こえています。聞こえていますから、そう呼ばないで下さい……」

エルトン伯爵は怯えながら、か細い声で呟いた。

恐れる必要はなかろう。お前は我に呼ばれても死にはしない。

それより狩り場はまだか？

柩の蓋がガタガタと動いた。この柩は先祖から代々持ち歩いているものだ。一族の呪いなのだ。

蓋の重さは二百キロと相当に重く作られている。だが、アダルバードが本当に血に飢えたときには、なんなくその蓋を押しのけて外に飛び出してくるのだ。

エルトン伯爵は、それがいつになることか気が気ではなかった。

「エルトン様、ご気分はいかがでございますか？」

彼の向かいに座る執事のイーノスが訊ねた。

「私は大丈夫だ。だが、アダルバード殿が焦っている。喉が渇いておられるようだ」

イーノスは、きゅっと眉を顰め、柩にかがみこんでささやいた。

「アダルバード様、ご辛抱下さいませ。もうすぐホールデングスに着きまする。あと丸一日ご辛抱を」

すると柩は静かになった。

「納得されたご様子で？」

イーノスが上目遣いにエルトン伯爵に訊ねる。

「そのようだ。静かになられた……」

「よろしかったことで。あと一日はお静かにしていただかないと」

イーノスはそう言うと、エルトン伯爵の額に滲んだ脂汗を拭った。

エルトン伯爵が見る限り、黒雲がずっと車の後を追ってきていた。

その中に時折、青い閃光が走っている。

アダルバードが嵐を呼んでいるのだろう。

「一つだけ気がかりなことがあるのだ」

「なんでございますか？」

「ホールデングスにはシャルロットがいるだろう？　シャルロットの家にだけは危害を加えたくないのだ」

シャルロットとはエルトン伯爵の遠縁の娘で、つい二年前まで兄妹のようにして育った仲であった。そしてエルトン伯爵にとって、シャルロットは初恋の相手でもあった。

「エルトン様がそうお望みならば、アダルバード様も無体なことはなさいますまい」

イーノスは確信したように言った。

「そうだろうか？」

「ええ、そうですとも。アダルバード様も、誇り高いブロア家の方。紳士でございますとも」

エルトン伯爵は項垂れるように頷いて、体を背もたれに沈めた。

一族の呪いを一身に引き受けることになったエルトン伯爵は、父のファイロン公爵からしっかりと言い含められていた。

「我がブロア一族の血は、薔薇よりも尊いものだ。それを信じて行動するように。この柩は尊き血の証。手放してはならない。それから、もしものことがあった場合の処理は、執事のイーノスに任せなさい」

エルトン伯爵はそう言った時の父の厳しい顔を思い浮かべ、それからイーノスの顔を見た。

イーノスは自分とは違って動揺した様子はなく、平然としている。

エルトン伯爵は、疲れてきて眼を閉じた。瞼の裏にちらりとシャルロットの面影が浮かぶ。

こんなことさえなかったら、ホールデングスに行くのは、どんなにか楽しみな事だったに違いないのに……。

そんなことを思いながら、エルトン伯爵は、眠りの中に入っていった。

エルトン伯爵は夢をみた。

彼は、木製の巨大な十字架が無数に乱立する森の中に立っている。狼の遠吠え(とおぼえ)が聞こえ、蝙蝠(こうもり)の影がエルトン伯爵の頭上を過(よ)ぎった。厭(いや)な予感に身を氷(こお)らせていると、十字架がざわざわとよじれていき、生き物のように身をくねらせて、少しずつ樹木になっていく。

霧が立ち込めてくる。森は霧にかすみ、十字架が変化した樹木の枝の先からは、ポトリ、ポトリと音を立てて水滴が垂れている。

エルトンが不思議に思って近づいてみると、枝から滴っているのは水の滴ではなく、真っ赤な液体であった。

血だ……。

エルトン伯爵の心臓は張り裂けそうに、どくどくと鳴った。

突然、周囲の木々が苦悶(くもん)するかのようにうねり、うごめき出す。幹に刻まれた渦巻き状の溝に、血がじくじくと滲み出し、枝を伝って真っ赤に染まった葉から、次から次へとしたたり落ちてくる。その木々の中に、アダルバードが立っているのが見えた。

アダルバードは黒い燕尾服(えんびふく)を身に纏(まと)い、手にした杯に血を満たし、エルトン伯爵に歩み寄った。

「飲め」

「厭です！　止めて下さい」

エルトン伯爵は自分の声に目覚めた。

喉が酷く渇いている。

地獄のような乾きをもたらすおぞましい一族の血。

周囲の人々はそれを誇れというが、彼はそう思えなかった。

むしろ、出来るものならば、今すぐにでもナイフで動脈を断ち切り、一族の血の病が自分をむしばむ前に、その血を流しきってしまいたい。

流しきるには死が待っているのだとしたならば、死んでもいいかもしれない。

(私は怪物にはなりたくない。シャルロット、助けておくれ……)

エルトン伯爵は瞼の裏に、優しく清らかなシャルロットの面影を浮かべた。

窓の外はすっかり闇になっていた。

2

英国の北東の内陸部にあるホールデングスと名付けられたその町は、人口七万人ほどの田舎町であった。

　一年を通じて湿度が高い割に雨が少なく、その代わりに年中、霧だの霞だのがかかっているという、鬱陶しい町である。

　加えてその町には昔から、人狼や吸血鬼あるいは魔女の伝説がひそやかに囁かれ、時には奇怪な事件が発生しては、人々を驚かせてきた。

　八十歳を超える町の老人たちは、「自分らが若いころには、もっと夜の闇が深く、深夜になるたびこの町を『怪物ども』が闊歩していた」と証言する。

　迷信深い町の人々は『怪物ども』の話を恐れながらも、ゴシップのように楽しんでもいた。

「やあ、昨夜は街外れで怪しい人影を見たよ」

「そう言えば野犬どもの遠吠えがやけに騒がしかったな」

　と、言った具合である。

『怪物ども』の話は、嫌気がさすぐらいに退屈な田舎暮らしに添えられた、薬味のようなものであった。

　最近では、隣町で起こった猟奇事件のニュースが町を駆けめぐり、人々を騒がせた。

　その事件が本当のことなのか作り話なのか人々は怪しんだのだが、一応はローカル新聞に掲載された事件であるから、まるっきりの作り話ではないだろうということになった。

　ただ、そのローカル紙はエープリルフールに派手なでたらめ記事を載せることでも有名な、少し怪しい新聞ではある。

　その新聞が語る所によれば、事件というのはこうである。

　ホールデングスの隣町に大家族の農夫一家がいて、そこの長老が死んで墓地に埋葬された。ところがそれから三日もせぬうちに、長老の息子が「死んだ父親が家に戻ってきて、寝ていたところを噛(か)まれる夢を見た」という。

「いや、夢かどうかも判然とはしない。現実であったかもしれない」と。

　確かに長老が死んだ直後から、数名の家人が一度に体調を崩したり、ひどい不安や恐怖に襲われたりという怪異が続いていたので、皆で話し合った結果、これはやはり長老が吸血鬼になったに違いないということになった。

　そこで一家が行ったのは、昔ながらの吸血鬼の呪いを解く方法である。

　一家は長老が葬られた墓所に入り、その柩(ひつぎ)を開いた。

　そうして柩に横たわっている長老の胸を切り裂いて心臓を取り出し、家へ持って帰って焼き、一家で食べたという。

　勿論(もちろん)、このような行為は現在では違法である。

　一家はそうしたことによって、病人が癒(い)え、平穏を取り戻したわけだから、長老が吸血鬼であったことに間違いはないと主張したが、裁判所は墓所を暴いて屍体を損壊した家族に有罪判決を突きつけた。

　ホールデングスの町の人々は、この一家が本当に有罪に値するか否か、街角で顔を合わせるたびに議論した。

大抵の人々は、吸血鬼のことについて警察が取り扱うとか、裁判所が判決を下すなどということはナンセンスだと考えていた。

吸血鬼や化け物どものことは、教会に頼るべき問題である。

人々は、有罪にされた家族に同情し、これに関与した警察のことを非難した。

そうして次はこの町にも吸血鬼が現れるのではないかと噂した。

しかし、事件から約二週間が過ぎ、明日から十二月、クリスマスの月になろうという頃には、町は浮かれ調子になり、ぴたりと不吉な話は途切れてしまった。

町には二つの山、ほとんど丘ともいうべき小山があった。

高地にある山は、片側がなだらかで、片側が切り立った形をしていて、ライオンが伏したような姿である。晴れた時でも雷の音が鳴り響き、青白い稲光を抱くことがあるところから、「サンダーマウンテン（雷の山）」と呼ばれている。

その頂上にはこの辺り一帯に広大な領地を有するファイロン公爵が建てたホールデングス城があった。山の麓には森が広がり、その一角には真っ赤な薔薇が咲き乱れる墓所があって、小さな教会が立っている。

英国国教会の教会で、そこの司祭はアダム・ハートという眼窩の大きく窪んだ病人のような顔立ちの老牧師だ。彼は、悪い冗談のように説教下手で、日曜日のミサに集まる人々に欠伸をさせることを特技としていた。

もう一方の低地にあるなだらかな山には特に名前というものはなかった。

名無し山、名無し山と、人々は呼んでいる。

もしかすると、「ネームレスマウンテン（名無しの山）」という名なのかもしれない。

ともかくその山は、南斜面から東斜面にかけて段々畑になっていて、靄の無い日は、葡萄園や様々な果樹園で、農夫たちが作業している姿が見えた。

そして麓には牧草地となる野原が広がり、畜産家が点在していた。

平地に広がる町の通りには、古い石畳が敷かれたままで、ルネッサンス建築っぽい匂いを漂わせた大小の煉瓦造りの家が並んでいる。

中世のくすんで落ち着いた色合いを残していると言えば聞こえはいいが、現実のところは外界との交通の便が酷く悪い上に、なんの特徴もない片田舎すぎて、外からは誰も寄る用事の無い町である。

新しい人間も、新しい流行も、この町には流れ込んでは来ない。

たまに入荷するビデオ屋のＤＶＤ以外は、新しい物は殆ど見あたらない退屈な町。

誰もが、代々、顔見知りで、ご近所づきあいが面倒な町。

町には、古くからの階級の区別がはっきりとあった。

平地の町中に住む者は、多少の貧富の差はあれどごく庶民である。そしてネームレスマウンテンの近くに住んでいるのは、貧しい農民や職人たちだ。

逆にサンダーマウンテンの近くになる程、家柄が良い証拠で、高地の山の麓に家を構えるとなると、公爵家の血筋になにがしかの関係があるものたちだった。

かといって、そうした裕福な貴筋の人々の心には一様にぽっかりと空いた穴のようなものがあった。

それは、この町の領主、ファイロン公爵家が長い間城を空けていたからである。

その期間は、一年や二年ではない。

最後に公爵がこの町から去ったのはもう八十年あまりも前である。

公爵家はこの町以外にも、多くの領地と城を英国中に持っていて、各地を転々としているのだ。ずっと良い土地、ずっと都会の土地、ずっと自然の美しい土地。様々な土地が領主を魅了していることであろう。

一体、いつになったら、こんな田舎町に戻ってくるかは定かではない。

もしかすると永遠に戻ってこないかも知れない。

そう思うと、サンダーマウンテンの付近の人々は、こころの拠（よ）り所を失うような気分になった。

それが彼らの心に空いた穴の正体である。

そんな領主のいない町に住む住人たちの主（あるじ）のように振る舞っていたのが、エルトン時計台であった。

この町を十七世紀の後半に最初に開いたと言われる領主・ファイロン公爵が、息子の誕生の記念に作った時計台である。

ファイロン公爵家のしきたりで、長子には生まれて直ぐに、公爵家の持つ三つの位の中から、エルトン伯爵の称号が与えられる。時計台は、その名をとったものだった。

時計台は、それほど大きなものではなかったが、碁盤の目のように通りが広がる町の中央の広場にすっくとオーケストラの指揮者のように立っていて、この三百年以上の間、毎日、沈んだ鋭い音でもって正確に時を刻んでいた。

その音には、公爵家の歴史の重みが宿ったような威厳があった。

朝、昼、夜の決まった時間になると、時計台は硬い鐘の音を鳴らす。

その響きは町中の空気を振動させ、人々に今までしていたことを放棄させたり、あるいは新しいことを始めさせたりする。

時計台は鶴の一声で、大勢の奴隷をあしらう絶対君主のようだった。

そして、この時計台に長年支配されてきた町の住人たちの生活も、古い模型のような町の構造も、町の人々が属している階級制度も、すべてがやたら規則正しく、単調で、上下がはっきりしていて、互いに密着し合っていた。

それは町に秩序と安定をもたらしてはいたが、その反面、何かの異質な力——例えば思想でも血でも、外部の人間でも——がそこに交ざれば、さながら臓器移植された体が拒否反応から死に至ることがあるように、町の秩序の全てが拒絶反応を起こして、破壊されてしまいそうな危うさを有している。

それ故に、住人たち一人一人が、自分が町の中で異質な存在にならないように気配りをしていた。

そんな息苦しさの中でも、人々が、この町に漫然といついているのは、この町の暮らしが意外に豊かで平和であるからだ。

遠くにいるであろう領主のファイロン公爵家は、こんな片田舎の町に対しても心配りを忘れぬようで、公共施設の整備をおこたらず、金銭面にも寛大で、住人からは借地代も取らないし、ブロア家の資産で運営されている町の銀行は、殆ど、ボランティアのような貸し付けをしてくれる。

そう……少しの窮屈さと不自然さに目を瞑(つむ)っていれば、この町での暮らしは上々なのだ。

イーディ・ムーアは、中央広場に面した町の大通りで雑貨店を営む、比較的裕福な商家の娘であった。

店の看板娘である彼女には、言い寄る男たちが沢山いた。

唇が肉感的なのが印象的で、フランスの遊女のような甘ったるい倦怠(けんたい)感にみちたイーディの顔立ちは、男達の欲情をかき立てるには十分であったし、なにより彼女は町でも選(え)りすぐりの洒落(しゃれ)者であった。

地位のあるものから無いものまで、ダメ元でラブレターを送りつけてくる。

そんなイーディに熱を上げている男たちの中で、一番の愚か者が、リンゴ農園で働くデービッド・オリバーであった。

貧乏なくせに、やたら血色の良い小豆のような顔をした男だ。

毎夜毎夜、彼はイーディの寝室の窓辺の下で愛の歌を歌ったが、それがまた酷く単調な旋律で、なんら秀でたところのない歌声と歌詞であったので、イーディは気を惹かれるどころかウンザリとしていた。

そんな男よりイーディのお目当ては、若い町医者のアーロン・スペンサーだった。

スペンサー家は代々、この町の医者で名士であったし、コーヒー豆をよく買いに来るアーロンの横顔は、トランプのナイトの横顔のようなクラッシックな美しい形をしている。

イーディは心中で、アーロンの誘いを待っていたが、彼にその気はないようだった。

それもこれもデービッドがイーディに夢中になって誘いをかけていることが町中に知れ渡っているからに違いないと、イーディは思っていた。

きっと、アーロンのような真面目なインテリは、ふしだらな噂を嫌うのだと。

店じまいの時にやって来て、誰かへのクリスマスカードを何枚か買い、足早に帰って行ったアーロンの後ろ姿を見送ったイーディは、ちりちりと焼けるような焦りを感じた。

そして夕食の折り、リンゴ農園の主からデービッドを叱りつけて貰うようにと父親のフランクにお願いをして、寝室に入った。

自慢の金髪を梳かし、その絹のような手触りを確かめる。

男たちがその髪を撫でて、溜息を吐くだろうと想像しながら、体がゆっくりと沈むベッドに潜りこんだ。

そして深い眠りについていたイーディだったが、深夜、不思議な気配を感じて目を覚ました。

窓の外は蜜を乳に混ぜたような、濃いどろりとした霧で煙っている。

なのに、ガラスの向こうに焔のようなものが、ちらりちらりとかいま見えた。

イーディが不思議に思っていると、閉めていたはずの観音開きの窓が薄く開き、その隙間から部屋の中に霧が流れ込んできた。

焔も、ふわふわと鬼火のように浮かんで入ってくる。

甘い果実が腐ったような、なんとも言えぬ退廃的で甘美な匂いが立ち込めてくる。

じん、と頭と体が痺れる心地がした。

霧は、ベッドの脇にゆっくりと溜まっていき、それが立ち上って柱のようになったかと思うと、マントをして、黒い燕尾服を着た細身の男の体へと変貌した。

黒く長いふさふさとカールした髪。そして顔の上面を覆った黒い仮面。

仮面で顔は覆われてはいるが、男が大層な美男子だということが何故だか分かった。

イーディは何かを言おうとしたが、声は出ず、金縛りにあったかのように体も動かなかった。

あらわれた男の得体の知れない、それでいてどこか優美な姿は、不意に黒い百合の花をプレゼントとして差し出されたような不安なときめきを感じさせた。

どこかの貴公子が、夜這いにでも来たのだろうか？

怖いような、それでいてその形のよい赤い唇に接吻されたいような心地である。

いよいよ、男は間近にくると、しなやかな腕を差し伸べてイーディの首を持ち上げ、息がかかるほど彼女の上に体を寄せてきた。

男の息には、やはり熟れきった果実のような重々しい香気があって、イーディを恍惚とさせたが、その甘い息の中には何か胸焼けを起こさせる油っぽい匂いも混ざっていた。

男は片膝をベッドについて、しげしげとイーディを覗き込んでいる。

時折、獣のように唇を開いて、舌なめずりをするが、その口元に輝く二本の歯が、やけに鋭い。

イーディは、体も理性もすっかり麻痺した心地であった。それでいて妙に淫靡なときめきを覚え、不安と歓喜とが入り交じったような混乱した気分であった。

白く輝く歯と、赤い唇とが、部屋の薄明かりの中で交互に見えている。

やがて男がイーディの上にかがみこみ、その顔が近づいてくると、仮面から覗いていた瞳が、真っ赤に光った。

男の唇が耳から顎を這い、そして首筋へと向かう。

イーディはうっとりとして目を閉じ、胸を波打たせながら、男に身を任せた。

男の唇が首に吸い付き、音を立てる。

そしてその鋭い牙が、首筋の薄い皮膚を貫いて、体内へと入ってくるのをイーディは感じた。

首筋に温かいものが伝い、噎せるような血の匂いが立ち込めた。

電流のような快感の波が彼女を襲い、その頭を朦朧とさせていく。

男はやがてイーディの側から去っていった。

そして、その足音の水底のように冷たい響きが心の中にしみ通るような心地がした途端、イーディの意識は果てたのだった。

3

デービッドはその夜、ギターを背負い、ランプを片手に持って、いつものようにイーディの家の窓辺へと急いでいた。

農園のある丘の中腹から町への道のりは遠い。おまけにこの寒空なのに、彼は不屈の忍耐で、この道の往復を毎日続けていた。

段々畑を下りきると、お化けのような木が、ぽつりぽつりと立っている暗い野原に出る。

そこを早足で駆け抜ける。

頑丈な男とはいえ、こう暗いと気味が悪い。

早く闇から抜け出したいのだが、町中に入っても細い通りの街灯の電気は消えていて、町の一切の形は黒い溶液に溶かされたかのように定かでなかった。

今宵も霧が濃い。見上げると、腫れ物のように赤い光沢の無い満月が出ている。

デービッドはランプの儚い光を頼りにして、街灯の点いている町の大通りへと向かった。

町には十字に交差する二本の大通りがある。

その交差点は広場であり、広場に面する東側に、下階を雑貨店として構えるイーディの家があるのだ。

ようやくのこと大通りに出たデービッドはランプの焔を消して、薄明るい通りを歩いて広場に辿り着いた。

大きなもみの木が、金や銀のボールや天使の人形などのクリスマスの飾りを、ドレスのように纏って立っているのが見える。

時計台は夜の静寂の中で、かちり、かちりとすべてを固まらせるような冷たい音を響かせていた。

デービッドは広場の向かいに走った。

すぐにムーア雑貨店という緑色の大看板が見える。イーディの家である。

デービッドはその裏手へと回り込み、ベランダと窓を見上げた。その向こうにイーディが眠っているはずである。

彼は熱い思いを胸にたぎらせて、ギターを構えた。

だがその時である。

ゆっくりとイーディの窓が開いた。

デービッドの胸は激しく高鳴った。イーディがついに自分の思いに応えて、彼を受け入れようと窓を開いてくれたと思ったからだ。

だが、次の瞬間に彼が見たのは世にも恐ろしい化け物であった。

開いた窓から黒い人影が音もなく現れたかと思うと、まるで蜘蛛(くも)かヤモリのように、ぺったりと家の壁面に張り付いたのだ。そしてそのまま素早く壁を伝って真横に移動したかと思うと、次に下へ下へと這い下りてきたのだ。

デービッドはこの呪わしくもただならぬ光景に震えながら、街灯の脇にあるゴミ箱の陰に身を潜めた。目を閉じ耳をふさいでしまいたいのに、なぜかその妖(あや)しい人影に目が釘付(くぎづ)けになる。

すると人影は音もなく地面に着地し、まっすぐにデービッドが潜んでいる方へ近づいて来るではないか。

街灯の明かりがその者の姿を浮かび上がらせる。

最初に見えたのは黒いマント。そして燕尾服。それから長い黒髪。口元からは淫(みだ)らなほど赤い血が滴っている。

デービッドの全身の血は凍り付いた。

その姿こそ、子供の頃に祖母から聞いた『この世のものならざる屍者の王』だと直感したデービッドは、胸から下げていた銀の十字架を握りしめて祈りの言葉を唱えると、近づいてきた男の前へと突きだした。

男はその途端、驚いたようにマントを翻して、近くにあった塀の上に飛び上がった。

デービッドの頭より一段高い塀である。到底、人間がひと飛びで上に乗れるはずがない高さだ。

「去れ！　去ってしまえ！　この化け物め！」

デービッドは命の危機を感じて、塀の上の男に向かい、十字架を掲げると必死で激しく罵った。そして知っている限りの祈りの言葉を唱えた。

男はデービッドには無関心な様子で空中を眺めていたが、不意に塀の上を風のように駆けていったかと思うと次の四辻の手前で、すうっと闇に姿を消した。

まさしく煙のようにかき消えたのである。

余りの怪奇に、怯えを覚えたデービッドは幽鬼が恐れる明るい場所を求めて、街灯が明々と照る広場の中に入っていった。

すると突然、蝙蝠が一匹、一片の灰が風にもてあそばれるかのようにヒラヒラと飛んできて、デービッドの目の前を嘲笑うかのように舞ったかと思うと、街灯のランプのガラスに止まった。広場の石畳に、大きな翼を広げた堂々とした蝙蝠の影法師が、まるでこの町の紋章であるかのように映し出される。

デービッドはしばらく茫然と突っ立っていたが、足下から湧きあがる恐怖と興奮に突き動かされて歩き出した。そして瘧のように全身を震わせながら、真夜中のムーア家の勝手口のドアを叩いたのだった。

「ムーアさん、デービッドです。デービッド・オリバーです。お嬢さんの、イーディさんの様子を見て下さい。大変なんです。あの『化け物』があらわれたんです。お嬢さんが、お嬢さんが危険なんです。まだ『化け物』は近くにいます。おいらを家へ、家へ入れて下さい！」

暫くそう叫び続けていると、ガタンと怒ったような物音がして、ドアが開かれた。フランネルのパジャマを着たフランク・ムーア、すなわちイーディの父親が、商人の薄笑いが張り付いた顔を、怒りの為に奇妙に歪ませて立っている。

「真夜中になにごとかね。イーディは君には迷惑しているんだ。明日にも注意に行こうと思っていたんだぞ」

「ムーアさん、それどころじゃないんです。怪しい人影が、イーディの部屋の窓から出てきたんです。そいつは人間じゃありません。あの噂に名高い『屍者の王』です。なんとか追っ払いましたが、まだその辺りに潜んでいます。今すぐイーディのようすを見て下さい」

フランクはデービッドの蒼白な顔に恐怖と戦慄が張り付いているのを見ると、さすがに事の異様さに気づいた様子で、家の奥へと踵を返した。デービッドはその後を追った。一階の廊下を進み、螺旋階段を上る。そして赤い絨毯が敷かれた二階の廊下の先にある部屋のドアをフランクはノックした。

「イーディ。イーディ。寝ているのか？　大丈夫なら返事をしなさい」

ドアの向こうは、しんと静まりかえり返事はない。

フランクはデービッドを振り返ると、「君はここにいて、覗かないように」と言った。

デービッドは頷いて、後ろを向いた。

フランクが静かにドアを開けて、部屋の中へと入っていく気配がする。

ぽうっと辺りが明るくなった。部屋の明かりを点けたようだ。

次の瞬間、フランクの悲鳴が響きわたり、デービッドは振り返った。

部屋の入り口で、フランクが唇を震わせ、茫然と立ちすくんでいる。

デービッドが慌てて中に入ると、天蓋から垂れた薄いレースの幕の向こうで、ベッドに横たわり、首から血を流しているイーディの姿が見えた。

室内には、甘い熟れきった果実のような、それでいて油っぽいような空気が漂っている。

それは祖母から何度も話に聞いた、吸血鬼の残り香であった。

デービッドはレースをたくし上げ、イーディの脇に駆け寄った。

白いつやのある首筋に残された二つの歯形。それは獣の牙の痕に間違いなかった。

その痕からシーツまで、とろりと細い血の流れが続いている。

デービッドは、イーディの豊かな胸に耳を押し当てた。

心臓の鼓動は聞こえない。

息もない。

脈もない。

死の沈黙が、イーディの体を覆っていた。

それでいてイーディの口元からは、部屋に漂っている匂いを、さらに濃くしたような匂いが発せられている。

それはイーディが吸血鬼になることを意味していた。

「なんてことだ。イーディの魂が、悪魔に持って行かれてしまった！」

デービッドが叫ぶと、フランクは嗚咽（おえつ）を漏らした。

「神よ何故？　私の可愛い娘が、なんの悪事を働いて、このような姿にならなければならなかったのでしょう……？　神よ。神よ。私の娘の魂に平安をお与え下さい」

フランクは無力な子羊のように呟（つぶや）いた。

＊　＊　＊

イーディは、恋いこがれていたアーロンに思いもかけぬ形で体を触れられることになった。

青白い死人のような顔をした父のフランクと母のナタリーに見守られながら、アーロン医師にその死を確認されたのである。

当然、アーロンはイーディの異様な死に様に、驚きの表情を禁じ得ずにいた。

「何が起こってこんなことに？」

アーロンは、イーディの首筋にある二つの穴——血の塊で塞（ふさ）がれた穴を観察しながらフランクに訊ねた。

「奴ですよ。吸血鬼の仕業です……。もしこの娘が再び生き返ったとしてもそのことは誰にも言わないで下さい。そうでなければイーディは吸血鬼と情を通じた女としての汚名を被るのです。それだけは親として、なんとか防いでやりたいのです」

　フランクは大きな重い溜息と共に、切ない声を絞りだした。

　ナタリー夫人はめそめそと泣いてばかりいる。

「吸血鬼だなんて……イーディが生き返るだなんて……本気で言ってらっしゃるんですか？」

　アーロンは、フランクのあまりの非科学的な発言に困惑して訊ねた。

「吸血鬼でないとするなら、何がイーディに起こったというのです？」

「この歯形から見ると、大きな野犬かなにかに噛みつかれたとか……」

　アーロンが常識に則った通り一遍なことを言うと、フランクは顔を歪めた。

「野犬がこの二階の高さまで、どうやって上ってきたというのです。四つ足の獣に、そんなことが出来るわけがないじゃありませんか。吸血鬼ですよ。デービッド・オリバーが目撃しています。これから私達は、ハート司祭にイーディの処理を相談しますので、先生は誰にも余計なことを言わないで下さい。葬儀も密葬にいたします」

「処理？　処理とはどういうことですか？」

　アーロンが訊ねると、フランクは今にも血を流しそうな悲痛な眼差しで、ベッドに横たわるイーディを見た。

「昔から伝わるやり方に則るだけです。どうするかはスペンサー先生もご存じでしょう？　このホールデングスの町の人間なら誰でも知っているけれども、誰にも言ってはならない秘密の儀式を」

ひーっと、ナタリー夫人の引きつるような泣き声が、重い静けさの中に響いた。

「待って下さい。私も医師として立ち会いをしなければ」

「立ち会われるなら、すべてを秘密にするだけでなく、決して邪魔をしないとお約束を」

「邪魔はしません。しかし、何が起こるかくらいは、イーディの死を宣告した医師として見届けないと」

「いいでしょう。祈りの役目はハート牧師に、杭は私が、斧はデービッドが担当します。もしものことがあってはいけませんので、銀の十字架と大蒜だけはご持参下さい」

アーロンは本当にイーディが生き返るようなことがあるのだろうかと半信半疑で頷いた。

イーディは翌日、こっそりと弔われ、ムーア家の墓所へと納められた。

棺桶には蓋をせず、吸血鬼の力を封じ込める薔薇の花と茨が詰め込まれた。

そうやって、一人の司祭と三人の男は、代わる代わるイーディの遺体のようすを見守る番をしたのである。

イーディの蘇りに関しては、父のフランクはそうでないことを願い、医師のアーロンは半信半疑であった。しかしデービッドには、イーディが蘇るという確信のようなものがあった。

そうでなければ、棺桶の中に横たわるイーディが自分に投げかけてくる異常に官能的な誘惑を説明することが出来なかったからだ。

死の翳りが、イーディの様子を清らかに、静かにしているとはいえ、その姿の色褪せない完璧さといったら、自然なものではなかった。

通常なら一日にして組まれた手や頬に、屍斑がうっすらと現れてもいいというのに、二日、三日と経っても、イーディの屍体は傷む様子を見せなかった。

彼女の状態を見れば、誰もがそれを眠りと思うだろう。

白状してしまえば、デービッドはイーディを観察する為に墓所に入っていく度に、屍の確認のために来ていることを忘れて、まるで新婚の花婿が、彼の愛撫を慎み深く寝床で待っている花嫁の部屋に入っていく時のような欲情を感じるのである。

死したイーディの姿ときたら、生前よりいっそう艶めかしさを増したようであった。

頬は青白く、長い睫が蒼い影をそこに落としていた。柔らかな頬の線は何とも美しい。むっちりと肉厚の唇は、色褪せた蒼い薔薇だ。額にかかって、首筋まで滑り落ちる金髪は、もの狂おしげな風情を湛えていて、それがなんとも言えぬ磁力のような魅力となってデービッドを惹きつけた。

そんな棺桶の中のイーディを、今にも目を醒ましはしまいかと固唾を呑んで視姦するように見詰めていると、不思議と恐怖が悦楽へと変わってきて、血の高鳴りを覚えるのだ。

この時間が、ずっと続けばいいが、そうはいくまい。

それにいくらイーディが官能的で美しいとはいえ、今その所有者は、他ならぬあの吸血鬼である。彼女が目を醒まして、自分の手でその命を完全に絶つ瞬間がきた時、初めてイーディは自分だけの女になるのだ。

目の前にある細い首筋を、ざっくりと跳ね飛ばす。

デービッドはその瞬間を思い描くと、射精しそうな衝動を覚えるのであった。

第一章　嵐の夜の悪夢　The nightmare of a stormy night

1

平賀とロベルトは、英国にあるローマ・カソリック教会で奇跡調査を行った帰り道にあった。

その奇跡とは、密封されたガラス瓶に入った聖人の血に纏わるものだ。

三百年程前に死んだ聖オースティンという聖人の血は、普段、瓶の中に納められて凝固しているのだが、クリスマス前の聖人の命日になると液化するというのである。

二人はその謎を調査する為に出向き、平賀は綿密な観察と成分分析から、ロベルトは教会に残された秘密の古書から、その血が奇跡を演出する為に十八世紀の中頃に人工的に造られたものであることや、その製造法と化学方程式を導き出したのである。

奇跡を認めないと断ると、当然のことながら教会の司祭からは詰られるし、信者からは冷たい眼を向けられる。

そういう扱われ方には慣れてはいたが、今回の二人は妙な疲れを覚えていた。

おそらく場所が英国であるせいだろう。

そもそも英国はローマ・カソリックに冷たい土地柄だ。

一五三四年。英国王ヘンリー八世は、彼の離婚と再婚を認めなかったローマ法王と対立、ローマ・カソリックから離脱し、英国国教会の長を名乗ると、カソリックを擁護する側近を次々と処刑し、カソリック修道院の財産を没収するなど、国をあげて苛烈(かれつ)にカソリック色の排除を強めていった。

その歴史は今なお引き継がれていて、英国の人口の七十二パーセントがキリスト教徒であるにもかかわらず、そのうちカソリックは十パーセントしかいない。他は英国国教会のプロテスタント信者であり、ローマ・カソリックの存在を良く思っていないのが実情である。

「ああ、くそっ。こいつは本当に道に迷っちまった。どうしたらいいってんだい、くそっくらえ!」

突然、雇われ運転手が、口汚く吐き捨てるように言った。

車は六時間も前から、連なる丘陵の中を縫う細い道を走り続けていたのだが、いつの間にか濃い霧に囲まれ、視界が恐ろしいほど悪化している。

そのせいで、道しるべとなる標識を二、三見落としてしまったのだろう。

運転手は何度も地図を広げて首を傾げていたが、正しい道に戻ることが出来ない様子であった。そうしてついに癇癪(かんしゃく)を起こしたのだ。

平賀はロベルトの隣で、健やかな寝息を立てている。

ロベルトは起きてはいたが、疲れのために、時間と空間の感覚が麻痺(まひ)してしまっていた。頭はずっしりと重いが、ただ寝付けないだけで起きている。

運転手が道に迷って危なっかしいので、見張っておく必要もあった。

「焦らなくていいから、道幅が狭いので慎重に運転してくれたまえ」

ロベルトは運転手に言ったが、運転手は聞いてはいない様子であった。

「ハッ、これぐらいの霧は慣れっこでさ」

地元の人間らしくそう言うと、余計にスピードを上げたようだ。

ロベルトはヒヤリとした。

山陰に太陽が沈み、辺りが暗くなってくる。すると、有り難いことに霧が消えてきた。

ほっとしたのも束の間、今度は視界の隅に奇妙なものが見えてきた。

疾走する車のバックミラーに時々、得体の知れない光とも焔(ほのお)ともつかぬ青い影が映るのだ。それがまるで、ロベルトたちの車の後をついてくるかのようにちろちろと移動してくる。

その様子がロベルトには、死霊の影につきまとわれているように感じられた。じっとりとした恐怖がこみ上がってくる。

運転手も妖(あや)しい光に気づいたようだ。

「なっ、なんだあれは？　それに、天気も厭(いや)な感じになってきやがったぜ」

その言葉の意味はすぐに分かった。

ばさばさと羽音がして、不吉な蝙蝠の大群が車の前を横切って山頂の方へと飛んでいったかと思うと、突然、強い風が吹きすさび、風とともに横殴りの雨が、激しいつぶてのように窓ガラスを叩き始めたのだ。

嵐だ。

びゅうびゅうと風が吹き荒れる。

太い雨の束はヘッドライトの光に照らされ、鋭い銀の矢のように見えた。

ロベルトの隣の車窓に時々、タイヤが飛ばす泥の塊がぶつかってきた。そうかと思うと、濡れた崖肌が衝突しそうなほど接近してきたりもする。

最初はヒヤリと肝を冷やしたロベルトだったが、慣れのせいか疲れのせいか、いつしか車窓越しに目にうつる何もかもが、映画のスクリーンでも見ているかのように感じられてきた。

しばらくすると、舗装の悪い道に出たようだった。

車の振動がひどくなり、とうとう平賀が眼をさました。

「ロベルト。今はどの辺りなんですか？」

「さて、僕には皆目分からないよ」

ロベルトは答え、左手にはめている時計を見た。

「本当ならもう二時間前に空港に着いている予定だね」

その時、青白い光が、弾けるように空に閃いたかと思うと、ごろごろごろと地鳴りのような雷の音が聞こえた。

そして、どーんという落雷音。

その轟きと振動は、ロベルトたちが走っている山全体をビリビリと震わせた。

「くそっ！　雨でぬかるんでハンドルが取られちまう」

運転手が悲痛な声を上げた。

確かに車は不安定な走行の仕方をしていた。

(一度車を止めて、どこかで雨宿りをした方がいいのかもしれない)

ロベルトがぼんやり思ったときだ。

青白い巨大な火の玉が、ロベルトのすぐ脇に燃え上がったかと思うと、すうっとフロントガラスの前に移動し、車の行く手を遮った。

「うわぁ、なんだ、車が勝手に動いちまう！」

運転手がハンドルを切った。

車輪がスリップする感覚があった。

(危ない！)

叫ぶ間もなく、車は道を外れ、崖下へと落下した。

急な重力が体にかかり、全身がふわりと浮き上がったかと思うと、今度はドアに打ち付けられ、ロベルトは眩暈を覚えた。

車は横転しながら落下していく。

やがて激しい音と共に、車体は地面へたたき付けられた。ロベルトは強い衝撃を受け、隣にいた平賀の体が、ふわりと浮かんだかと思うと自分の方へと倒れ込んでくるのが見えた。

そして一瞬、ロベルトの視界も真っ暗になった。

それからどのくらいの時間が経ったのか分からない。

ロベルトが薄目を開けると、額から血を流し、目を閉じた平賀の顔が、横倒しになった自分の胸の辺りにあった。ずきずきと頭が痛んでいる。

「平賀、平賀、大丈夫かい？」

そう言って、平賀に呼びかけるが、彼はまったく動かない。

前方を見ると、フロントガラスが割れ、運転手の上半身がそこから外へ飛び出している。

（助けを呼ばなければ……）

ロベルトが、なんとかドアをこじ開けて車の外に出ると、そこに黒雲のような土砂の塊が、どっと落ちてきた。冷たく重い土砂に埋もれ、ロベルトは必死で藻掻いて土をかき分け、這い出した。

口の中に、血と砂利の味がする。

ロベルトは慌てて土をかき分け、埋もれている平賀を引きずり出した。

（ここは危ない。少し移動しなくては）

ロベルトはそうっと平賀の体を抱き上げ、辺りを見回した。

闇は深かったが、時折光る稲妻が辺りの様子を照らし出してくれた。

黒々とした木立の向こうに開けた土地があり、大小さまざまな石や十字架が乱立しているのが見える。どうやら墓所のようである。近くに行けば教会もあり、人もいるだろう。

墓所に出ると、すぐに茨をからませた長いアーチがあり、アーチの先に立派な墓廟が建っていた。白い石造りの家のような大きさで、入り口にルーク家と書かれている。

雨を避けて墓廟にあがりこんだとき、ロベルトはその床に点々と小さな血だまりがあるのに気が付いた。不気味に思ってよく見ると、どうやら嵐に散った花びらである。見上げると、季節はずれの赤い小薔薇がアーチに絡み付いて咲いている。

ロベルトは屋根の下に平賀を担ぎ込み、乾いた床にそっと横たえた。

意識を失っている平賀の顔は青ざめ、手足は冷たく凍え、呼吸は浅い。ひどいショック状態か、打ち所が悪かったのかもしれない。

(早く助けを……。教会はどっちだ?)

ロベルトはふらつく足どりで、一人、雨の中に出ていった。

ぬかるんだ墓所を歩き続けていると、激しい雨音に交ざり、司祭の唱える祈りの言葉が聞こえてきた。

音を頼りにあたりを見渡すと、一つの墓廟の入り口から煌々とした光が漏れている。

今宵、誰かの葬式が行われている様子だ。

ロベルトは安堵し、重い足をひきずって明かりの方へ向かった。

だが、墓の入り口に近づいたところで、ロベルトは立ち止まった。そこから聞こえてくるのは悪魔祓いらしき言葉であり、乳香の香りが充満している。

一体、こんなところで、誰が悪魔祓いをしているというのか？

怪しんで、靴音を立てずにそっと中へと忍んでいくと、四方の壁に輝いている松明に照らされて、真新しい棺桶と、それを囲んでいる数人の人物がロベルトの眼に留まった。

棺桶の中には白いドレスを着た金髪の若い女性の屍体が横たわっていて、見るとその首筋には二つの穴が開いている。女性の周りには薔薇と茨が詰め込まれていた。

屍体の頭のほうで振り香炉を揺らしている牧師がいて、司祭が魔を退ける呪文を唱えている。

裏切り者よ。

全ての欺瞞と悪の張本人よ。

美徳の敵。

罪無く無垢な子羊たちを苦しめる者よ。

邪悪な生き物よ。

ここはキリストの居場所である。

誰も傷つけることは許されない。

騒がしくせず、棺桶の中でじっとせよ。

棺桶の右手には五十代と思われる身なりのいい男が、木の杭と木槌を手にして立っている。

その横に、ブルネットの髪にたっぷりのポマードをつけて整え、眼鏡をかけた、やはりこれも身なりのいい青年がいる。

そして棺桶の左手には、がっしりとした体格の農夫風の男が、手に斧を持って立っていた。

映画で、こんな風なシーンを見たことがある。

ロベルトが眼を瞬かせていると、棺桶の中に横たわっていた女性の青白い屍体がピクリと動いた気がした。かと思うと、大きく息を吸い込む音がして、その胸が大きく膨らむではないか。

「やっぱり、やっぱり蘇ってしまった！」

農夫が大きな声を張り上げた。その声には、恐れているのか、喜んでいるのか分からない響きがあった。

身なりのよい青年は、驚きと戸惑いの表情を浮かべ、おろおろとしている。

五十代の男は胸で十字を切ると、覚悟を決めたように口をきゅっと一文字に結び、杭の先を女性の胸に当て、もう一方の手で木槌を大きく振りかざした。

「神よ、魔に汚された娘にどうかお慈悲を！」

女性の瞳が、かっと見開かれる。それは消えていた焔が、急に風を吹き込まれて燃え上がったかのような赤色であった。

「アダラドゥ・ブネ・ガダナラ」


生き返った女性の口元からロベルトも聞いたこともないような言葉が発せられた。

それは伸びたテープを回すような酷く緩慢な声で、呪文のような響きを持っていた。

「聞いてはいけない、悪魔の言葉だ！　早く杭を！」

農夫が叫んだ。

五十代の男が頷いた。

かつん、と音がして木槌が杭の頭を叩き、その先が女性の胸に、ずぶりと突き刺さっていく。


「うぇぇぇぇぇ――」


ロベルトはうめき声を聞いたような気がする。それともそれは錯覚で、風の音であったのかもしれない。

杭が深く刺さった女性の胸からは、噴水のように勢いよく血がほとばしった。

青年は、青い顔で後ずさった。

すると農夫が、女性の首めがけて斧を振り下ろした。

首が胴体から切断され、血が雨のように流れて純白のドレスを染めていく。

これは夢か？　幻か？

「あなたたち、一体……何をしているんですか……」

ロベルトは声を上げたが、気力はそこで尽きてしまった。彼は膝(ひざ)から地面に崩れ落ちた。

どうやら自分も、打ち所が悪かったようだ。

「だっ、誰だ？　見かけない顔だが……」

「神父服を着ている。どうやら聖職者のようです」

「怪我をしていますね」

声は聞こえてくるが、眼が見えない。

「……まだ怪我人がいるんです」

誰かに抱きかかえられるのを感じながら、ロベルトは必死に訴えた。

「どこです？」

「一人は、ルーク家の墓に……。もう一人はその近くの崖下(がけした)に……」

それだけをなんとか伝えたとき、ロベルトの意識は暗転した。

＊　＊　＊

ロベルトが次に眼を覚ましたのは、ふっくらとしたベッドの中であった。

視界の先に、重厚なブロンズで出来た装飾灯が天井から下がっているのが見えている。装飾灯は点いていないが、室内はほの明るい。今は恐らく朝か昼なのだろう。

ゆっくりと上半身を起こして辺りを見る。

そこは小さな寝室で、薄い緑色の塗り壁に囲まれた部屋には、明るい日が差し込んでくるアーチ形の小窓と、自分が眠っているベッドと、サイドテーブルと身なりを整えるための鏡台と、服を掛ける為のクローゼットがあった。

服はいつの間にか脱がされていて、白い木綿のパジャマを着ている。

(ここは何処だ？　平賀は？)

ロベルトがベッドから出てドアを開くと、看護師が出会い頭に、びっくりした顔をしてロベルトを見た。

「おやまあ、神父様。目を覚まされたんですね。まだ部屋から出ないで下さいませ。神父様が目を覚ましたら、先生に報告するようにと申しつけられておりますの。すぐに先生を呼んできますから、病室で待っていて下さいませな」

「ええ。待ちますが、僕の連れをご存じありませんか？」

「ああ、もう一人の神父様のことでございますか、別のお部屋でまだお眠りですよ。運転席にいらした方は、亡くなられたようです」

平賀が無事であることにほっとはしたが、運転手は助からなかったようだ。

ロベルトは十字を切って、彼の冥福を祈った。

看護師が医者を呼びに行く。

ロベルトはおとなしくベッドに戻った。

病室の壁をぼんやりと見つめていると、気を失う前に見た嵐の日の奇怪な光景が浮かび上がってくる。だが、その光景があまりに現実離れしていたので、ロベルトはもしや夢だったのかと思い始めた。

だが暫くして部屋に入ってきた白衣の人物を見て、ロベルトは自分が見たことが現実だと確信した。

他ならぬその人物は、棺桶の傍らにいた青年であったからだ。

「目覚められたのですね。初めまして、私はアーロン・スペンサーと言います。このホールデングスの医師です」

アーロンは腕を差し出して握手を求めた。ロベルトは柔らかくその手を握りかえした。

「初めまして。僕はロベルト・ニコラス。バチカン市国のカソリック神父です」

「バチカン市国から、こんなところへ？」

アーロンは少し驚いた様子で言った。

「ええ、一寸した事情があって英国に来たのですが、この町にたどり着いたのは道に迷って遭難したからなのです」

ロベルトが答えると、アーロンは納得したようすで頷いた。

「そういうことなら理解できます。後頭部を強く打ったのでしょう。皮膚が裂けて、随分出血したようです。五針も縫ったのですよ。倒れたのは出血性のショックからです」

「僕は、随分と寝ていたんですか？」

「丸一日半は眠っておられましたね。少しばかり輸血をしました。一寸、失礼」

アーロンはそう言うと、ロベルトの脈拍を測り、聴診器で心音を聞いていた。それからロベルトの眼を指で上下に開いて、その瞳を小さな懐中電灯で照らした。様子を窺っている。

「もう大丈夫なようですね」

そう言うと、アーロンは懐中電灯をポケットにしまった。

「ありがとう。しかし、これが病室とは思えない。良い部屋です」

ロベルトが部屋を見回して言うと、アーロンは、「一番良い部屋の一つですから」と答えた。

「まさか部屋代は高いのですか？」

「ご心配なく。神父様からお金を取るようなことはしません。たとえ、ローマ・カソリックの神父様であったとしてもね」

アーロンは真面目な表情で言った。

「僕の連れの神父の容態は？」

「あの方なら、今は眠っていますが、昨夜（ゆうべ）には一度目を覚まされましたよ。少し額を切っただけで、特に外傷もありません。強いて言うなら、栄養失調気味で貧血のようです」

失神していた平賀の容態はかなり悪そうに思えたが、それがただの栄養不足だったとは。時折食事を差し入れしているのに栄養失調だなんて、一人で放っておくとどれだけ、食べるのを忘れていたのだろう。ロベルトは呆（あき）れ返った。

「ああ……そうですか。それなら良かったけれども、運転をしていた者は亡くなったのですね？」

「全身打撲で助かりませんでした」

「僕の携帯電話が何処か知りませんか？」

「私は知りません。お持ちではありませんでしたよ」

恐らく事故の時に、無くしてしまったのだろう。

「ならば後で電話を貸していただけますか？　亡くなった運転手には家族もあったでしょうから、知らせてやりたいのです。僕は直接、彼のことは名前も住所も知りませんが、彼を手配した教会で聞けば身元が分かるでしょう。それにバチカンにも連絡を取っておきませんと」

「そういうことでしたら、直ぐにでも。電話は一階の受付にあります」

「有り難うございます。ところで僕たちの荷物はどうなったかご存じですか？」

「荷物？」

「車のトランクにスーツケースを入れていたのですが……」

「それなら警察が預かっているでしょう。事故車を調べていましたから。事情を聞きに、後で警察が来ると思います。その時、お訊ねになればいいでしょう。服は洗濯してクローゼットに入れてあります」

「わかりました」

「ところで……。貴方が見たことは内緒にして欲しいのです」

アーロンが低い声で囁いた。

ロベルトは、こほりと咳をして、「僕が見たことと言うのは、つまりその……柩の中で目覚めた女性のことですか？　一体、あれはなんだったのです？」と訊ねた。

アーロンはためらいがちに頷いた。

「ええ。そのことです。あなたは町のお方ではないので、あれには驚かれたでしょうが、あれはその、ここでは秘密にしておくべきことなのです。あの女性の名誉のためにも黙っておいてくれと、私も念を押されているのです」

「他言はしないとお約束したら、差し支えない範囲のことを教えてもらえるでしょうか？」

「実は……神父様の見た女性は、イーディ・ムーアという名で、もう一週間以上も前に、吸血鬼に血を吸われて死んでいた女性です。あの晩、蘇(よみがえ)ったところを伝統の吸血鬼退治の方法で処理しました」

「吸血鬼……ですって？」

「ええ、このホールデングスの町には、昔から吸血鬼が出るのです。亡くなった祖父から聞いてはいましたが、私は迷信だと思っていた。でも、本当だったのです。私にとっても初めての事態で驚きました。

　彼女は、イーディは九日前に自宅で、動脈に二本の牙(きば)の痕(あと)と血を吸われた形跡を残して死んでいました。私は医師としてその死を見届け、一週間、墓で彼女の父のフランク・ムーアと、彼女の部屋から逃げていく吸血鬼を目撃したデービッド・オリバーとともに、イーディが吸血鬼になり蘇らないかどうかを見張っていたんです。そしてあの夜、不吉な嵐とともにイーディは蘇ったんです。吸血鬼となった者を滅ぼすには、心臓に杭(くい)を打ち、首を切らなければなりません。あの処置は、イーディの魂が永遠に血に飢えて彷徨(さまよ)わないようにするための、唯一の処置だったんです」

　ロベルトは真剣な表情で答えたアーロンの言葉に息を吞(の)んだ。

　アーロンは自分のうちにしまっておくには大きすぎた秘密を話し終えると、胸のつかえが取れたようにため息を吐(つ)いた。

「とても恐ろしく、くわえて非常に残念なことでした。この町では吸血鬼に殺されることは仕方ないけれど、殺されて蘇ることは、吸血鬼に魂を売って、情を通じた証(あかし)とされるのこ町に滞在なさっていれば厭でもこの町はそうなると大変な不名誉なのです」

「僕にその話を信じろと？」

「俄には信じられないかも知れませんね。ですが、この町に滞在なさっていれば厭でもこうした話を耳になさるでしょう。あの嵐の日の土砂崩れのせいで交通が途切れ、この町は陸の孤島状態なのです。神父様方は、ここに暫く滞在なさることになります。そうなれば、イーディの話だけでなく、ドリーンの話もお耳に入るでしょう……」

「ドリーン？」

「一昨夜の嵐の夜、吸血鬼の犠牲者がもう一人出たのです。ドリーン・ラッセルという少女で、養豚場の番をしているベンの娘なのですが、夜、薪を取りに外出したところを吸血鬼に襲われたそうです。娘の悲鳴を聞いて、父親のベンが外に出てみると、薪小屋の前で娘が血を流して倒れていて、走り去る人影を見たとか……。もうそれで吸血鬼のことは町中で評判です」

アーロンは沈鬱な声で言った。

「実に興味深い話ですね。もっと詳しく聞かせて下さい」

いきなり声がしたので振り返ると、いつの間にかドアのところに平賀が立っていた。

「平賀、起きたのかい？」

「ええ。看護師さんからロベルトが目をさましたと聞いて来てみたら、お二人がお話し中だったので黙っていました。別に立ち聞きをするつもりだったわけじゃありません」

「言い訳をしなくったって、そんなことは分かっているよ」

ロベルトが言うと、平賀はにっこりと笑って近づいてきた。

「あっ、それよりお二人そろわれたところで、朝食をとられては？　看護師に運ばせます。吸血鬼の話はまた落ち着いてからでよろしいでしょう。どうか私から余計なことを聞いたとは、誰にもおっしゃらないでください」

アーロンはロベルトに口止めをすると、あわてて部屋から出て行った。

「なんだ……話はここまでですか」

平賀はがっかりとため息を吐いた。

「随分、吸血鬼に興味があるようだね」

ロベルトが言うと、平賀は「勿論(もちろん)ですとも」と答えた。

「先日まで私達が調査していた対象は他ならぬ『血』だったじゃありませんか。聖書にも、『人の子の肉を食べ、その血を飲まなければ、あなたたちのうちに、いのちはありません。わたしの肉を食べ、わたしの血を飲む者は、永遠のいのちをもっています。わたしは終わりの日にその人をよみがえらせます』と、キリストが御言葉(みことば)を述べておられるでしょう？そうした『奇跡の血』が存在するとすれば、吸血鬼だって、『奇跡』には違いありません。神の祝福からなる奇跡ではなく、悪魔の祝福による奇跡ではありますが、私達が調査する内容としてそぐわないことはないでしょう」

平賀は真顔で言った。一つの謎を解き明かしたとなると、彼の疲れを知らぬ探求心は、また新たな謎を追わずにはいられないのだろう。

「そうかもしれないね。バチカンの仕事ではないけれど、ここに暫くいるとなると、調査してもいいかもしれない。ともかく僕は電話をしてくるよ。運転手が亡くなったことを家族に知らせてお悔やみを言わなければ……。それにサウロ大司教にも事情を伝えないとね」

「ああ、そうですね。運転手のご遺族には私からもお悔やみを言うべきところですが、なんと言っていいのか……。ほら、私は神父のくせに、そういうことが苦手で、余りうまく喋れるほうではなくて、よく人を呆れさせますから」

平賀は、少ししょげた様子である。

「大丈夫。僕がちゃんとうまく言っておくよ」

ロベルトは平賀の肩を叩いて、下階へと下りた。

一階に下りると寒い石造りのロビーがあって、長椅子が並んでいる。診察を待っているらしき人たちが十人ほど腰掛けていた。

人々は、すぐにロベルトに気づいた様子だ。誰もが興味深そうな顔をして、彼を見た。田舎町だからよそ者が珍しいのだろう。

ロベルトは愛想笑いを人々に投げかけて、受付まで行った。

受付の窓口には、小振りだが、香気を放つ真っ赤な薔薇が花瓶に生けられている。

そう言えば、車で遭難した日にも、墓地で季節はずれの薔薇を見たことをロベルトは思い出した。

「この薔薇、もしかして今の時期に咲いているんですか？」

　ロベルトが何気なく投げかけた言葉に、受付係の女性は少し誇らしげに答えた。

「ええ、変わっていますでしょう？　ホールデングスにしか咲かない品種なんです。名前はファイロン・レッドと言って、初夏と冬の二回花をつけるんですよ。小振りだけど、香りは抜群なんです。ハウス栽培の無い時代には、冬の薔薇は珍重されて、国王様への献上品としてファイロン公爵家から毎年贈っていたものですわ」

「そうなんですか。初めてそんな話をききました」

「ファイロン・レッドは不思議なことに種を他の地に持っていっても根付かないのが原因で、栽培が広まらなかったから、有名ではないんです」

「そうですか。ところで電話を貸して貰えますか？」

「ええ、どうぞ」

　ロベルトは、そこでようやく自分が、公衆電話に入れるコインを持っていないことに気がついた。

「失礼、後でお返ししますから、コインを貸してくれませんか？」

「いかほどご入り用です？」

「バチカンに三十分程、通話出来るぐらいです」

　女性は不思議そうな顔をしながら、レジの小銭入れから、コインをあるだけ掴み取った。

2

ロベルトが電話をすませて部屋に戻ると、可動式テーブルが部屋に運び込まれていて、その上に朝食が並んでいた。

折りたたみ式の椅子がテーブルに向かい合わせに置かれている。

もうすでにその一方には平賀が座っていた。

ロベルトはドアを閉めると、平賀の向かいの席に腰をかけた。

英国の有名な劇作家、ウイリアム・サマセット・モームは、「英国で美味いものが食べたかったら、朝食を三回食べればよい」という言葉を残した。

それにはロベルトも大いに賛成である。

フライドフィッシュとポテト、そして豆料理しかないような貧弱な食生活を送っている英国人であるが、どういうわけだか朝食にだけは力が入っていた。

テーブルの上にも、豪華な朝食が並んでいる。

喉が渇いていたロベルトは、さっそくフレッシュオレンジジュースで喉を潤した。

ようやく生き返った心地がする。

干しぶどうの入ったシリアルに牛乳をかけ、スプーンで口の中に運んだ。

こんがり焼かれたトーストもある。

スクランブルエッグに、英国独特のふにゃりと柔らかい歯ごたえのソーセージ。

カリカリに焼かれたベーコン。

ただし、焼きすぎていてフォークが刺さらないので、ロベルトは指で摘んで頬張った。

トマト味の煮豆と焼きマッシュルームにはテーブルに用意された調味料で、適当に手を加える。ロベルトは、煮豆に胡椒を入れ、塩とビネガーをマッシュルームにまぶした。

「ところでロベルト。吸血された屍体が蘇るのを見たんですか？」

平賀が突然訊ねた。

ロベルトは忌まわしい光景を思い出しながら頷いた。

「確かに墓所の中の棺桶に入っていた女性が息を吹き返し、目を開くのは見たよ。その目が獣のように真っ赤に光っていたのも見たし、突然、不気味な声で不可解な言葉を喋ったのも聞いた。側に司祭がいて悪魔祓いの言葉を唱えていた」

そこまで言うと、ロベルトはベーコンの油に突然、胸焼けを覚えた。

あの凄まじい血飛沫。胸からこんこんとわき出た血液の様子が脳裏を過ぎったからだ。

「あれが何だったのかは、はっきりと分からないけれど、とにかく彼らは、女性の胸に杭を打ち込んで、その首を斧で切り落としたんだ。おぞましい光景だった。おお……主よ」

ロベルトは胸で十字を切った。

「私もその場に居合わせたかったです」

平賀が生真面目な表情で言った。

「いや、あんなものは見ない方がいい」

　ロベルトは首を振った。

「ロベルト、貴方は吸血鬼について詳しいですか？」

「どうだろう？　悪魔ならば親しい話だけど、吸血鬼となるとそれほどでもないね。文化的興味が多少あるといったところかな。吸血鬼伝承というのは、時代や地域によって大きく異なるものだから、この町の伝承がどうかはよくわからない。

　ただ、君がさっきキリストの御言葉を引用したように、血と宗教には昔から大いなる関係がある。最も古い文化的儀式として伝わるのは、古代ギリシャの女神ヘカテに仕えた、テッサリアの巫女たちの秘儀だ。その儀式は『霊魂の呼び戻し』と呼ばれているのだが、知ってるかい？」

「いえ、話してください」

「深夜、真っ赤なマントに身を包んだ巫女たちが、墓地に忍び込み、あらかじめ目をつけておいた死んだばかりの美少年の屍体を掘り起こし、その血を飲み干すのだそうだ。儀式の始まりは屍体の愛撫から始まる。一寸、死姦めいたことをするわけだ。そうしておいて、地面に大きく輪を描き、その中央にランプを置いて屍体を照らし、特製の秘薬をその体中にぬる。秘薬とは、狼の血と雌羊の胎内から取ってきた羊の胎児の血、それに毒草ヒヨスと狼の乳を混ぜ合わせたものだ。それが終わると持参してきた蛇で、屍者の体をむち打つんだ。儀式を続けると、屍者が瞬きをし、体を動かし始める。そうしたところで、巫女たちは屍者の胸をナイフでざくりと切り開いて、心臓を取りだし、それを絞って血を飲み干すんだ。吸血鬼という屍者が生きている人間の血を飲むのと逆で、生きている人間が、屍者の血を飲むわけだね」

「巫女たちは、なんの為にそんなことを？」

　平賀は眉を顰めながら訊ねた。

「霊界との交信のためさ。こういう巫女たちの姿が、キリスト教以前のギリシャに始まったエンプーサやストリィガ、ラミアのような妖怪――子供を攫ったり、若い男の血を飲んだり、肉を食べたりする『物の怪』の原型になったんだろう。

　その次に僕が興味を惹かれたのは、十六世紀の終わりにシレジアに出没したヴァインリヒウスという男の吸血鬼だね。その男は自殺したのに誤って聖別され、土地に葬られてしまったために、その罰として吸血鬼になったというんだ。教会記録によると、男の霊は夜な夜な墓から彷徨いだして、寝床に入っている人々を襲い、窒息させたり、性的な悪戯をしたりして、ついには生気を飲み干すようになっていったという。そこで、ヴァインリヒウスの屍体は掘り起こされて、絞首台の下に埋め直されたのだけれど、被害の報告はなおも続いたんだ。教会は再び屍体を掘り起こし、ばらばらに切り刻んだ。そして頭と両腕、両足、さらに心臓を焼いた。ようやくそこまでして、被害の報告がなくなったというよ」

「それは本当の話なのでしょうか？　私の知っている吸血鬼のイメージとは少し遠いような気がします」

平賀は少しおびえたようにつぶやいた。

「そうだね。ヨーロッパにおける吸血鬼像が生まれたのは、一八一九年のジョン・ポリドリの描いた『真紅の法悦』という小説からだ。それまでは、夢魔や幽鬼やストリィガやラミアといった化け物と、吸血鬼のイメージはそう遠くなかったようだ。

ジョンの小説というのは、編集者がバイロンの作品だと偽って世に出したために大変な評判になって、怪奇小説の本家であるドイツはもとより、フランスでも翻訳が出回った。それをシャルル・ノディエが劇にして上演すると、これがもう大当たりで、次々と舞台や、小説や、酒場の歌にまでなって、ヨーロッパ中に猛烈な吸血鬼ブームを巻き起こした。そして一八四五年に発表された『吸血鬼ヴァーニー』という小説によって、現代の吸血鬼像は確立されたといっていい。その作品において初めて、黒のロングコートを着、マントを翻して女性を恐怖させる吸血鬼の姿や、心臓を貫かれて滅びるヴァーニーの姿が挿絵として描かれたんだ。

その後、『吸血女カーミラ』や『吸血鬼ドラキュラ』と言った名作が生まれる。カーミラというのは、ギリシャのラミアをヒントに、ドラキュラは、ブダペスト大学のアルミニウス・ヴァンベリ教授から聞いたトランシルバニアの吸血鬼信仰などをヒントに書かれたそうだよ。ドラキュラによれば、吸血鬼の正体は貴族で、活動するのはだいたい今のような寒い時期だ。雷や雨といった自然現象を操り、昼間は人目につかない穴蔵の中の棺桶に潜んでいて、夜になるとむっくりと起き上がって、吸血する獲物を見つけに町に出かけていく。何百年もかけて練られた悪知恵と無双の怪力を持っていて、吸血鬼は、あらゆる獣を手なずけてしまう。自らも狼や蝙蝠に変身する。ヤモリのように絶壁を登り降りし、果ては霧となって小さな鍵穴(かぎあな)や窓の隙間から人家の中に入り込む。そして狙った獲物を催眠的な魔力を用いて虜(とりこ)にし、牙(きば)をつきたてて血を啜(すす)るんだ。吸血鬼は何時までも生きていられるし、時には若返りさえもする。だが、十字架と聖水と大蒜(にんにく)と銀の銃弾には弱い」

「そうすると、私の知っている吸血鬼のイメージというのは、意外と新しいものなのですね」

「そういうことだね」

ロベルトが言った時、ぎいっとドアが開く音がして、六十がらみの白髪の医師が現れた。その顔立ちにはアーロン医師と同じ容姿の特徴が見て取れた。

「随分、お元気になられたようで。私はジェームズ・スペンサー。アーロンの父で、この病院の院長をしています」

ジェームズは背中で手を組みながら言った。

「これはお世話になりました。ロベルト・ニコラスです」

「平賀・ヨゼフ・庚(こう)です」

平賀とロベルトは立ち上がって会釈した。

「少し話が聞こえていましたが、神父様がたは思い違いをしているようですな」

「思い違いですか？」

ロベルトが首を傾げると、ジェームズはゆっくりと頷いた。

『吸血鬼ドラキュラ』はスラブ伝説をもとにした単なるフィクションではありませんぞ。あれこそ、このホールデングスの町にいる吸血鬼をモチーフに作られた作品なのです」

「と、言いますと？」

「ブラム・ストーカーが『吸血鬼ドラキュラ』を書くよりずっと以前に、この町を訪れたことは、町の人間なら誰でも知っている有名な話ですよ」

「ブラム・ストーカーがこの町に？」

「ええ、この町に来て、暫くの間、ルーク家に滞在していたのです」

「ルーク家というのは？」

「代々、この町の町長をしている家です。ワイン醸造を営んでいる旧家ですがな、もともとはこの町の領主・ブロア家の遠縁の血筋です。町に来る旅人がいたら、必ずルーク家が面倒を見ることになっているんです。まぁ、謂わばホテル代わりといったところです。泊まった客人が名前を記していく昔からのリストがありまして、そこにブラム・ストーカーのサインが残っていますよ」

ロベルトは、この耳寄りな話に、一昨夜の悪夢を吹き飛ばすほどの胸の高鳴りを感じた。

「そのルーク家を訪ねることは出来るでしょうか？」

平賀が言うと、ジェームズは皮肉っぽい口調で答えた。

「出来るも何も、町のしきたりで、厭でも神父様方は、道が開通するまでの間、ルーク家に泊まることになります。大した病人でもないのに、一等病室を占拠されたままでは困りますからね。警察の方が来て、お話をされたら、うちのものがルーク家までお送りします」

「あの、私は吸血鬼の目撃者の方に、是非会いたいのですが……」

平賀は迷惑がられているのに気づかぬようすで、ジェームズに畳みかけた。

「ああ、それでしたら丁度、吸血鬼研究家とかいうルーマニアから来た大学教授とその助手だかが少し前からルーク家に居着いています。確かあの教授は八年ほど前にも、この町で数カ月過ごしました。その方たちも吸血鬼の目撃者と話したいと言っているそうです。どうです、そちらから話を聞かれたら。さぞかし話も合うことでしょう」

ジェームズは鼻先で笑うように言った。

3

昼前に警官が二名やって来た。そして事故にあったときの模様を詳しく聞いて書き留めていく。二人の証言の聴取には二時間ばかりかかった。

ロベルトが荷物の引き取りを申し出ると、それは証言と現場検証の結果に矛盾がないか確認を済ませてから渡すといわれ、明日の八時過ぎに警察署へ行くことに決まった。

ロベルトは一昨夜、墓所で見たことは喋(しゃべ)らずにいた。

関係者が語って欲しくないと言ったことは、秘密にするのが神父である。

警官が帰り、遅い昼食をとった後、ジェームズ院長の言いつけだと言って、病院の下働きをしている男が現れた。

フレディ・ナトリーと名乗った男は、黒いちりちりとした短髪の、顔立ちのそこそこ整った男であったが、少し目尻が下がっていて、口元が卑しい感じがした。

平賀とロベルトは服を着替え、外套を着る。

フレディに連れられて外に出ると、外気はひどく冷たかった。

空は屍人の眼のように、どろりとした灰色で、重たそうな雲が垂れ下がっている。

その割に、雨は降らないだろうということが、うっすらと霧がかかっていることから分かった。

そこは町の中心部らしく、様々な店舗が並んでいた。

時々、ゆっくりと車が通っていく。

道行くのは、木訥で土のような浅黒い農民から、ふつうの身なりの者、そして蜂鳥のように着飾った金持ちらしき人たちと様々であった。

フレディは平賀とロベルトたちを病院の駐車場に連れて行く途中にも、怪しい鼬のような仕草で、道行く女達の様子をきょろきょろと眺めている。

非常に女好きの男なのだな、とロベルトは思った。

平賀とロベルトが乗り込んだ車は、サンダーマウンテンの方角へ走り出した。車窓の景色は、ごちゃごちゃした町並みから住宅地へと変化し、山に近づくころには立派な建物や長い塀が続くようになっていた。

丁度、山の麓付近で車は止まり、平賀とロベルトが降り立つと、そこには石塀と鉄格子で出来た巨大な門がそびえていた。

門の脇には門番が立っていて、フレディがその男に、「客人たちをお連れしました」と言うと、男は門の内鍵を開け、おっくうそうな仕草で門を開いた。

平賀とロベルトはフレディの後に続いた。

小さな森めいた庭を通る。右手には葡萄酒蔵だろうか、赤っぽい建物が三つばかり並んでいる。そこを通り過ぎると、立派な屋敷があらわれた。外塀が淡いピンク色の大理石で出来ていて、小ぶりな古城のような外観だ。三階建ての建物の四隅には小さな尖塔があった。銅葺きで落ち着いた苔色をした屋根の上では、風見鶏が山の方角を向いている。

重々しい扉には、十字架に蛇が巻き付いている形の大きなノッカーがついている。フレディがそれを鳴らすと、扉が開き、執事と思われる男と女の召使いたちが三人を出迎えた。

「連絡しておいたお客人二人を連れてきましたよ」

フレディが言うと、執事は頷き、

「それでは貴方はもうお帰り下さって結構でございます」

と、突き放すように言った。

フレディはちらりと美人の召使いの顔を見て、少し残念そうに帰って行った。

執事の立っている後ろには、シンプルな紋章が描かれたタペストリーがあった。

それは旧家らしい中紋章である。

上部に、鉄色で左向きのヘルメット。そして赤いマント。その下には角ばった盾が描かれていた。盾の左側、すなわちデクスターと呼ばれる位置に、銀地に四つの赤い薔薇(ばら)の模様と、その下に小さく五つの尖(とが)りを持つ星が入っている。それを右上から斜めに切る帯があった。

右側のシニスターと呼ばれる位置には、赤と青の格子模様。シンプルで庶民的な模様だ。

ロベルトはこの紋章の意味を即座に読み取った。

まずヘルメットの形と向きは、ルーク家が、ジェントルマンなど郷士級の称号を持っていることを意味する。マントの色は、旧家だが、庶民であることの印。

銀地の四つの赤い薔薇の紋章は、由緒あるイギリスの公爵家（伯爵と子爵の称号も併せ持つ）とルーク家の間になんらかの血縁があること。その血筋は何代目かの当主の三男坊から出ていることを示している。（小さく五つの尖りを持つ星の印を添えるのは、三男の印である）

それから伸びた斜めの帯は、ルーク家の祖先が、その三男坊の庶子であることの印であった。

シニスターの紋章が庶民的なことから鑑(かんが)みて、おそらく身分違いの庶民の女性が、公爵家の子供を宿したのであろう。

「二階の客室にご案内いたします。用がある時は、部屋にある綱を引いて、呼び鈴を鳴らして下さいませ。ご主人様とは夕食の時にお会いいただけます」

執事はそう言うと、まるで機械のように正確な歩幅で歩き始めた。

平賀とロベルトはその後ろに続いた。

ルーク家の廊下には、様々な骨董品めいたものが置かれている。甲冑や大きな陶器の壺や、剥製などもある。特にロベルトの目を惹きつけたのは、装飾鏡の数々であった。

金縁、銀縁、銅や鉄の縁。色ガラスをふんだんに使った縁。あるものはバロック調の優雅な曲線を持ち、あるものは硬くゴシック的であり、またあるものは中近東の異国風の匂いが漂うものであったりする。

そんな装飾鏡が、二、三歩ごとに、壁に掛かっている。

それがただでさえ広々とした屋敷内を迷宮のように広く感じさせていた。

「立派なお屋敷ですね。鏡はご主人の御趣味でしょうか？」

ロベルトが訊ねると、執事は無表情なまま答えた。

「いいえ、鏡を沢山家に飾るのは、この地方での古い習慣です。吸血鬼は鏡を嫌いますから。こちらのお屋敷や調度品は、時のファイロン公爵家の御当主の三男でございましたセバスチャン様が、ルーク家のご先祖であられるマーガレット様に特別に贈られたものでございます。セバスチャン様はその後、伯爵家であるキャンベル家の一人娘のご令嬢とご結婚されて、ナショナル・ダイナミック社の創始者となられましたが、正妻とは冷たいご関係で、時折、長期休暇と称してこの屋敷で過ごされたということです。当家もセバスチャン様から形見分けで頂いた、幾ばくかのナショナル・ダイナミック社の株を保持しております」

英国のナショナル・ダイナミック社と言えば、英国を代表する総合家電、電子部品、電子機器、電気機械のメーカーである。関連会社は二百以上にもなる巨大企業で、エネルギー産業や軍需産業にも関わっている。

さすがは英国の名門公爵家ともなると、嫡子でなく野に下っても、常人とは違うものだとロベルトは感心した。

やがて、優しいふくよかな女性の腕を思わせるような曲線を持った階段があらわれる。

階段には、赤いペルシャ絨毯(じゅうたん)が敷かれていた。

それを上りきると壁に古い大きな絵が掛かっていた。

それはプラチナブロンドで青い眼をした美丈夫な貴公子と、それに寄り添う金髪で茶色い眼をした、ふわりと優しげな容姿の女性の絵であった。

恐らく二人は、ロード・セバスチャンとマーガレットであろう。

ロベルトは貴公子の瞳(ひとみ)に使われている絵の具に注目した。それはウルトラマリンブルーという、ラピスラズリから取られる非常に高価な青の絵の具である。

明るい鮮やかなこの青は、ヨハネス・フェルメールなどがこよなく愛した代物だ。

余程、これを描いた画家が貴公子の瞳の色に注目したのであろう。

それから二人の背景には画中画が描かれている。

画中画——すなわち絵の中の絵は、その絵に込められた本当の意味を暗示していたり、画家の心情を象徴的に描いていたりするものだ。

描かれているのは二つの楽器。バイオリンとフルートだった。

楽器は愛の象徴だ。二人が互いに深く愛し合っていたことを絵は物語っているのである。

その絵の横を通り抜けると、廊下は長くL字形に伸び、柵（さく）の向こうには吹き抜けから下がっている巨大な装飾灯が迫っていた。

平賀とロベルトはそのままL字の角に当たる部屋に連れて行かれた。

執事が入り口にあるスイッチで小振りの装飾灯を点（つ）ける。

明るくなった部屋は、複数人用に作られたものだと分かった。入って右手には、広いベッドが四つもあって、向かいの窓際には贅沢（ぜいたく）なソファとテーブル。それから書卓が並んでいた。

左手にはクローゼットと大きな姿見がある。

「お二人ともここでおくつろぎ下さい。トイレと風呂（ふろ）はそちらにございます」

と執事は部屋の一角にあるドアを示した。

「風呂が必要な時は、仰せつけて下さい。召使いに用意させますので。それ以外でも召使いに御用の時は、この綱をお引き下さい。そうすれば召使い部屋の鈴が鳴って、お呼びであることを知らせます」

執事は、ソファの置いてある近くの壁からぶら下がる房のついた綱を示した。

「あっ、あの……ここは一泊、部屋代はいかほどですか？」

部屋の豪華さに肝を冷やしたロベルトは執事に訊ねた。

執事は片方の眉毛を上げて、奇妙な眼でロベルトを見た。

「はて、部屋代とは異な事を。ルーク家は町の客人をお持て成しするのがしきたりです。部屋代を取って金儲けをしようなどという卑しい家ではございません。無料でございます。安心なさいましたか？」

「ああ……そうですか。ならばどうでしょう。このような豪華な部屋では落ち着きません。せめてもう少し質素なところで……」

「神父様が望まれるような質素な部屋は、当屋敷には存在いたしません。それと、後で宿泊名簿をお持ちいたしますので、署名をお願いいたします」

「そっ、そうですか……。分かりました」

黙ったロベルトを執事は一瞥して、去っていった。

「凄い部屋ですね、ロベルト」

平賀は感心したように部屋の中を眺め回している。

「全くだね。いつも鳥籠みたいなところにしか泊めて貰えないものだから、こうも広くて綺麗だと却って居心地が悪いぐらいだ。せめて、お金でも少しは取ってもらえたら楽なんだろうけど、無料となるとさらに気を遣う。部屋の家具や調度品を傷つけないように注意しないとね。それにしても綱を引いて召使い部屋の鈴を鳴らすなんて、中世にタイムスリップしたかと思ったよ」

ロベルトがそう言ったところに、ドアを誰かが叩いた。

「どなたですか？」

ロベルトは部屋の外に声をかけた。

「我が輩は、トライアン・タリチャアヌと言いましてな。あなた方と同じルーク家の客人です」

トライアン・タリチャアヌとは、いかにもスラブ系の名である。ジェームズ院長が言っていた、ルーマニアから来た大学教授であろう。

ロベルトはドアを開いた。

そこには二人の男が立っていた。

一人は、六十歳近い老人である。

赤毛で、ふさふさとした鼻髭を生やし、顔色の悪い筋張った頬骨と鰓骨、そして広い額が印象的な、眼鏡をかけた男だ。その眼鏡の奥に光る眼は、知的で力強い輝きを宿していた。そして小柄ではあるが、老人にしては良い体軀をしていた。

「タリチャアヌです。よろしく。この名前は他国の方には非常に発音しづらいので、一言、教授とお呼びください。こちらの男は、我が輩の助手のカリン・バセスクといいます」

タリチャアヌ教授がそう言って紹介した隣の男は、三十代半ばぐらいのもの凄い巨漢で、肥え太った牛のような体格をしていた。大学教授の助手という割には、鈍根そうな顔つきで、臭覚の鋭いロベルトは、その男の体から羊毛のような微かな体臭を感じ取った。

「ロベルト・ニコラスです。よろしく」

「平賀・ヨゼフ・庚です」

二人が自己紹介をしようとすると、タリチャアヌ教授が、素早くロベルトの胸を見た。

「ほう、これは……。珍しい。その外套のポケットの上に小さく刺繍された三連の冠と、交差した金銀の鍵から見ると、あなた方はバチカンの関係者のようですな。ただの神父か？　いや、違う。貴方の右目周辺には明らかにモノクルを多用する為に出来る微かな窪みが見て取れる。文字や絵を凝視しているのか……？　ふむそうだ。例えばバチカンの機密文書などを読んでいるのに違いない」

探偵のような口振りでそう言うと、教授は次に平賀を見た。

「あなたは、随分と若そうだが、恐らくは科学者の類に違いない。我が輩の経験上、その様にガラス越しに物を観察するがごとくに人を見る様子や、欠食児童のような体格といい、額の形と膨らみ具合といい、何かを考え出すと物を食べるのも忘れて考えにふける頭の良い科学者にみられる特徴なのだ。さて、そういう二人が連んで行動しているということは、もしや噂に聞く奇跡調査官ではないのかね？」

驚くべき直感と推理力で、突然、身分を言い当てられた平賀とロベルトは、驚いて顔を見合わせた。

「ふふっ、やはり当たったようだな。何を調査しに来たのかね？　この町にはローマ・カソリック教会などないはずだが」

「奇跡調査の帰りに、この町の近くで遭難したんですよ」

ロベルトは素直に答えた。

「遭難ですか。それは災難でしたな。話によるとあと三日は道が開通しないとか聞きましたよ。我が輩は気が済むまでこちらで研究に励むので問題ありませんが、お二方はお困りでしょう？」

「いいえ、とんでもありません。私達はこれから吸血鬼のことを調査しようと思っているんです。先ほど、ジェームズ・スペンサー院長から聞いた話によると、教授は吸血鬼の研究家でおられるとか。よければ、吸血鬼のことについて教えてもらえませんか？」

平賀が食いつくように言った。

「ジェームズ・スペンサーか……。昔からだが差別主義の厭な男だ。こんな田舎町の医者風情が、名士気取りで威張っていて片腹痛い。では、お二人をこちらに送ったのは、もしかしてフレディですかな？」

「確かにそういう名前の人だったと思います」

ロベルトは答えた。

「あれは大層女好きな男でしてね。かと言って、浮気をするほど行動力もないのですが、この妻のイザベルというのが、恐ろしく嫉妬深い女らしく、日に三度は、スペンサー病院の前に立って、夫の様子を覗いているのですよ。おっと失礼。神父がたには、こういうはしたない巷の話は禁物ですな。いや、我が輩とて別に人様の夫婦関係に興味があるわけじゃないのですがね、吸血鬼がどこに潜んでいるのかを捜すために、町の人々の様子を見張っているわけです」

「教授のような鋭い観察眼で見張っていれば、吸血鬼もすぐ正体を見抜けるのではありませんか？」

「それがそうも簡単ではないのですよ。下等な吸血鬼は昼間行動できず、十字架や大蒜の匂いを嫌うし、鏡にも映らない。そういう事態を避けようとする不自然な行動が目立つから、すぐにそれと分かるのだが、ここホールデングスに君臨しているのは、吸血鬼の中の王族とも言うべき力強い、純血の吸血鬼であるらしく、昼間、太陽の光を浴びても、体も頭脳も普通の人間程度の能力になるだけだし、鏡にも映り、十字架や聖水や大蒜などにはびくともしないんです。だから見つけるのに酷く手間がかかる。以前、こちらに来た時にはとうとう探し当てることが出来なかった」

タリチャアヌ教授は、残念そうに言った。

「純血の吸血鬼……ですか？」

「そうですとも。今度は前回のように簡単には諦めません。まぁ、それはともかく、お二人が吸血鬼に興味がおありとは実に嬉しい。我が輩もこのカリンしか話し相手がいなくて退屈しておったところです。落ち着かれたら、我が輩の部屋に訪ねてきて下さい。吸血鬼談義などいたしましょう」

「ええ、是非に」

平賀が期待に満ちた声で言った。

タリチャアヌ教授は微笑み、くるりと背を向けると、助手・カリンとともに平賀とロベルトたちの真向かいの部屋の中へと入っていった。

＊　＊　＊

服以外手荷物の無い二人は、外套をハンガーに掛けると、直ちに暇になってしまった。

「さて、どうしよう？」

ロベルトが言うと、平賀が「教授の話を聞きに行きたいです」と、待っていたかのように答えた。確かにそれしかすることはないので、二人はタリチャアヌ教授の部屋を訪ねた。

ドアをノックするとカリンがドアを開き、二人を中へと招き入れた。

タリチャアヌ教授はソファに座っている。

部屋の様子は、平賀とロベルトのものと殆ど違わぬ様子で、ただ少し違っているところと言えば、装飾灯の形とベッドカバーの色くらいなものであった。

「早速、来られたか。さぁ、そこに座って下さい」

タリチャアヌ教授は自分の向かいのソファを示した。平賀とロベルトが腰掛ける。

テーブルの上には、湯気を立てているティーポットが置かれていて、茶器のセットがあった。

タリチャアヌ教授とカリンは茶を飲んでいたようだ。

カリンが教授の横に座って、余っている茶器に茶を注ごうとすると、それを制して、教授自らが、茶を注いで平賀とロベルトの前に、ティーカップを置いた。

その茶からは、ぷんと薔薇の香りが立ち上っていた。

「吸血鬼のことで何を知っておられるかな？　先にロベルト神父、貴方からどうぞ。貴方は相当詳しそうだ」

ロベルトは笑いながら首を振った。

「そうでもありませんよ。僕が知る一番古い吸血鬼的伝説は、紀元前八世紀頃成立したとされる、古代ギリシャ最古の文学『オデュセイア』の中に見られるものですね。そこにオデュセウスが死んだ英雄たちの霊を呼び寄せるため、羊を生け贄にして血を集める話があります。呼び寄せられた霊たち――盲目の予言者ティレシアスとその母以下、大勢の屍者たちが、生け贄の血を飲み、ひととき力と生命力を回復したあとで、オデュセウスと語り合うシーンが描かれているんです。

こうした冥界からの復帰と血の関係はキリスト教が台頭してくる時代まで根強く残りました。そのせいか、ギリシャやローマの神話には、吸血をする神や妖怪が沢山登場しますね。女神ヘカテに従うエンプーサは健脚の魔物で、自在に若い美女に姿を変え、眠っている男を誘惑して血を吸います。ベーロス王に従う魔物・ラミアは、子供を食べてその血を啜(すす)ります。ストリィガは鳥の姿をした女で、ゆりかごの中の生まれたての赤ん坊の血や、若い男の血を吸うと言われていました。

　中でもストリィガの伝承は非常に長く生き続け、八世紀頃の古代ゲルマンの慣習法であるサリカ法典で、『ストリィガが男を食べ、それについてストリィガ自身に身に覚えがあるなら、そのストリィガは八千デナリウス、つまり金貨二百枚の罰金を支払わなければならない』という条項があります。それに、誰かを妖術師呼ばわりするとか、ストリィガを呼び寄せたと告発したが、その証拠を示せない場合は、二千五百デナリウスの罰金を科していたといいます。魔物呼ばわりされながらも、ストリィガは法的に存在が認められていたんです。その時代は、現代とは価値観が違っていて、屍体(したい)にも法的人格が認められていましたから、恐らくこの時点になるとストリィガはすでに魔物ではなくて、今日、吸血鬼が認知されているような『生ける屍(しかばね)』だったんでしょう。屍者を被告として裁く裁判は、中世では珍しいものではありませんでしたからね」

　タリチャアヌ教授は嬉しそうに膝(ひざ)を叩(たた)き、葉巻に火をつけた。

「さすがバチカンの奇跡調査官だ。よくご存じだ。我が輩の馬鹿な助手より、ぐっと頼もしい。ところで、そちらの、平賀神父は吸血鬼について何を知っているかね？」

　平賀は機械仕掛けの人形のように首を傾げた。

「吸血鬼のことはよく知りません。吸血鬼にあったことも、吸血された人を見たこともありませんから。客観的事実を解明しないことには、あるもないも論じられません。私が科学者として見聞きしたことから言うと、吸血鬼の迷信は、ほぼ十八世紀頃には科学的な方法で否定されようとしていました。ベネディクト会士のドン・オーギュスタン・カルメがおびただしい吸血鬼の実例を収集して、ある程度の科学的解釈を試みたといいます。それによると、吸血鬼の屍体が柩の中で腐敗しないのは、土壌の中の化学物質が屍体を無期限に保存するからかもしれないと推測しています。あと血が凝固しないのは、土の中の硝石と硫黄とが、凝固した血液を液化するとか、吸血鬼の悲鳴は、喉を通過する空気が、杭を打たれた時に体内に生じた圧迫のためにかき立てられて出てくるのだと論じていますね。あと彼は今日で言えば、硬直状態や仮死が屍者が蘇った原因にあると考え、自然による蘇りはあっても、魔術的な蘇りはないと断言し、屍者を蘇らせる力を持つのは悪魔的なものではなくて、神のみだと言及しています」

「力があるのはカソリックの神のみか……、それはローマ・カソリックらしい見解だ。だが、それに反する意見はいくらでも言える。例えば硬直状態だの仮死だのというが、我輩の知る限り、吸血鬼とされるハンガリーの十歳になる少女が二ヵ月経って墓の中を暴かれた時、見事に生きた状態だったという記録がある。硬直状態や仮死で墓に埋められたところで、二ヵ月もたっていたら柩の中の空気もとっくになくなって、本当に死んでしまうはずだ。だから硬直状態や仮死では語り得ぬ腐敗しない屍体というのが存在するのだ。あと周囲の土壌の成分だという説だが、同じ墓地に埋められながら他の屍体は腐敗しているというのに、吸血鬼とされたものだけが、腐敗しないのは、おかしいだろう？」

「本当だとすると、確かにそうですね……」

平賀は難しい顔で答えた。

「何を疑うことがあるというんだ。それらは神父さんたちが絶対視している教会が残した記録だぞ。一つ秘密を教えてやろう。吸血鬼の生命活動というのは、生前の精神活動や動物的生活から真反対のところに軸が移動しているのだ。血液の循環が逆方向に行われているんだ。通常の人間のように、体内で血を造り、心臓が血液循環の中心になって静脈まで送り出すのではない。生きた屍体と言われるのは、彼らのエネルギーの循環構造が、実に植物的なものだからだ。彼らは体内で血は造らない。毛細血管が他者からの血を吸い上げ、動脈を通じて心臓へと上がっていき、そこからゆっくりと肺を通り静脈へ行くという形なのだ。だから経口摂取や指先で触れるだけで相手の血を抜き取り、それを自分の心臓へと送り込んでいる。そしてエネルギーを摂取する以外の活動はなるだけ控えていて、普段は植物状態となって眠っているわけだ」

「なる程。それなら吸血する理由が分かりますね」

「あとはどうだね？　なにを知っているかね？」

タリチャアヌ教授は執拗に平賀に訊ねた。

「そうですね……。それ以外で、私が知っていることと言えば嗜血病や吸血症のことぐらいでしょうか」

「ほうっ。詳しく言ってごらんなさい」

タリチャアヌ教授は、ぐっと身を乗り出した。

「嗜血病は血に興奮と快楽を感じる病です。吸血病や、好血症と呼ばれる病はそれが高じて、生き物から血液を直接摂取することを好む症状を示す病気のことです。発病原因は心的なものだと言われています。性的嗜好としてこのような趣味を持つもののほか、多くの場合は、幼い頃に血に関する大きなトラウマを抱えて――例えば、大量に血の流れる犯罪現場を目撃したとかですが、それによって鬱症状を引き起こし、精神を安定させるために血を欲するんです。

自傷行為により自らの血液を飲む人もいれば、好ましい異性から血液を提供してもらうというタイプの人、誰彼構わず血を飲みたくなるタイプの人もいるそうです。極度に症状が進行すると、自分の血液に飽き足らず、犯罪に走って血液を追い求める者もうまれます。一度この症状にかかると、煙草や酒や麻薬をたしなむのと同様に習慣化し、依存症となってしまって、血を飲むことを止められなくなると聞きます。時にそこには食人願望も伴います。これに対抗するには、カウンセリングなどを通じて、症状の根本的な原因を当事者自らが探り出さなければならないそうです。改善の方法として『生肉を食べる』ことや『生肉から出る血の混じった汁を飲む』などの行為を勧める医師もいますが、それで改善できたという話はあまり聞きませんね。

嗜血病者としては、歴史的にはハンガリーの血まみれの伯爵夫人と恐れられたバートリ・エルジェベトが有名ではなかったでしょうか？　血の回春効果を信じて六百人もの女性を惨殺したんでしたよね」

平賀がちらりとロベルトを見た。

「確かに彼女は有名だけど、血の回春効果を期待したのは何もバートリ伯爵夫人に限ったことではなかったよ。ルネッサンス期の貴婦人たちは、常日頃、真っ二つに切り裂いた鳩を顔に押し当てて肌の若返りを狙う化粧法を行っていたし、精力剤や催淫剤としての血の効果はそれよりずっと以前から信じられてきた。ローマの貴族たちは精力が減退した時に、死んだばかりの剣闘士の屍体にハイエナのように群がって血を啜ったと言われているし、十九世紀の比較的近代と言われる時代においても、娼家では女の恥骨に蛭を吸い付かせ、遊客がそれを催淫剤として飲んでいた。人間の血とは違うけれど、パリの社交界では、淫蕩な乱交の一夜が明けたあとには、紳士淑女が、まだ朝早い家畜処理場に馬車で乗り付けて、殺されたばかりの濛濛と湯気だった雄牛の血をコップに注いで貰って飲み干すのが粋なたしなみだったりした。

バートリ・エルジェベトが逮捕された経緯だって、吸血行為に対する罪というより、同じ貴族階級の娘を殺してしまった事に対する罪だったんだよ。それまで六百人近い娘達を殺して生き血を啜っていたけれど、娘たちが庶民の出であったから、本当は問題にもされていなかったんだ」

タリチャアヌ教授は、にやりと笑って葉巻を吹かした。

「神父さんたちは実に面白いじゃないか。これほど、吸血鬼について語れる神父は珍しいだろう。だがね、吸血鬼は単なる伝説でも精神疾患によるものでもない。ただの吸血症患者であるとすれば、吸血鬼伝説に見られる彼らが持つ数々の超能力ともいうべき力——すなわち、魔眼で人を金縛りにしたり、変身したり、透明になったり、恐ろしい怪力を振ったり、死を乗り越えたりする力を説明することができない。我が輩はそういう力を持った吸血鬼が現実に存在すると思っているんだ。いや、そう確信しているね。そうでなければ、こうも吸血鬼伝承が消えずに残っていることは不思議ではないかね？

我が輩の考えでは、吸血鬼の血脈は、異教の神から特殊な力を与えられた人々から始まった。彼らはギリシャからローマに移動したが、四世紀頃からキリスト教の教えによってその居場所を無くし、当時としてはキリスト教がまだ根付いていなかったヨーロッパに根城を移したのだよ。ヨーロッパでのストリィガの伝承が、少なくとも四、五世紀頃までさかのぼれるのがその証拠だ。

十一世紀になると、ヨーロッパでも吸血鬼の存在が危うくなり始めた。ヨーロッパにキリスト教が根付き、吸血鬼が邪悪なものとして見られるようになっていったからだ。屍者が生前の姿のまま墓から抜け出して歩き回っているという噂が流れ出し、教会が吸血鬼裁判を始めたのがその頃だ。第二回リモージュ公会議において、カオールの司祭が報告した逸話によれば、破門されて死んだ騎士の屍が、埋葬地から離れたところで何度も目撃されたという。

その後、『血を吸う屍者』の伝承は、主に、アイスランド、スカンジナビア、イギリス諸島へ移る。ことにイギリスでは吸血鬼が多かったようで、十二世紀頃からウォルター・マップの『廷臣閑話』やニューバーグのウイリアムの『英国列王記』のようなラテン語で書かれた年代記の中に、屍者に関してのあらゆる話が網羅されている。一番多いのが、教会から破門されて死んだ屍者が夜な夜な墓場からさまよい出て、縁者を苦しめ、次々に不審な死をもたらすという話だ。そうして柩の蓋を開けると、屍体は腐敗もせず、しかも血まみれだったという。こうした呪いを絶つ方法はたった一つしかないと言われていて、それは屍体を剣で突き刺して焼いてしまうことだった」

ロベルトが黙って頷きながら話を聞いていると、平賀が不思議そうに呟いた。

「そうなんですか？　私はまた、吸血鬼と言えばルーマニアが本場だと思っていました」

「とんでもない。ルーマニアでストリゴイと呼ばれる吸血鬼の魔物が認識されたのは、ようやく十七世紀のことだよ。ルーマニアには真の吸血鬼はいなかった。名高いドラキュラのモデルは、ルーマニアのトランシルバニア地方出身の十五世紀のワラキア公ブラド・ツェペシュと言われているが、この小説が初めてルーマニア語に翻訳されたのは一九九〇年でね。我が輩など、こんな小説があったのかと驚いたぐらいだ。それまで、地元ではブラド・ツェペシュやドラキュラは無名の存在だった。実際のトランシルバニアのツェペシュ家の領地一帯には吸血鬼伝説はないしな。作者のブラム・ストーカーは単にドラキュラという名前だけを拝借したものと思われる。ともかく、ルーマニアにはドラキュラのごとき不滅の吸血鬼がいないことは確かだ」

タリチャアヌ教授は、腹立たしそうに言った。

「そうですね。東欧に吸血鬼伝説が広がったのは十七世紀からです。十六世紀に入ると西ヨーロッパでは吸血鬼伝説が下火になり、その一方、東欧では急激に増加していきました。それも無理のないことで、スペインやポルトガルなどのカソリック諸国では、迷信や異教に対して、容赦なく異端審問が行われていたし、英国国教会はスチュアート王朝のもとで空前の魔女狩りを行っている最中でした。とても吸血鬼がのびのび活動出来る環境ではなかったわけです。

しかし、一方の東欧は、東方正教会の典礼の中にギリシャの吸血鬼・ブルコラカスが紛れ込んでしまうほどに迷信の類には柔軟でしたからね。吸血鬼にはさぞかし居心地がよかったでしょう」

ロベルトが言うと、タリチャアヌ教授は、情け無げな溜息を吐いた。

「教会の弾圧を逃れてルーマニアに来たのは、本物の吸血鬼ではなく、吸血鬼の眷属どもだったのだろう。第一、教会を恐れるなど、弱いものの証拠だ」

「教授の仰る吸血鬼と眷属とはどのように違うのですか？」

平賀が訊ねた。

「大いに違う。人が吸血鬼になるにはどうしたらよいか、いかにしてなるか知っているかね？」

タリチャアヌ教授は、試すようにロベルトの方を見た。

「色々と言われていますが、まず多いのが、自殺者、犯罪者、魔女、破門者のような信仰心のないものがなる場合ですね。生前乱暴狼藉（ろうぜき）を繰り返した者たちについては、戻ってきて悪さを働くのではないか、という恐怖があったのでしょう。あと、屍体が猫に飛び越えられると吸血鬼になると言う地域もあります。次に、無惨な死に方をした者、志半ばにして死んだ者、片思いの末に結婚出来ずに死んだ者がなるとかですね。あと、出生に関して特殊な事情があったり、身体に先天的特徴があったりする場合もあります。死産の子とか、胞衣（えな）を纏（まと）ったまま生まれた者は吸血鬼になる。七番目に生まれた息子がなる。私生児の親から生まれた私生児が死後なる。吸血鬼から生まれた子供は生ける吸血鬼になる。生まれた時から歯が生えていたり、暗い目や反対に非常に明るい青い目をしていたり、ユダのような赤毛であったり、体に赤い痣（あざ）があったりする場合もです。後は、吸血鬼に噛（か）まれた者が、吸血鬼になる。これに福音化の影響で、洗礼前に死んだ幼児、終油をえずに死んだ者、臨終の秘跡を受けなかった者が加わります」

ロベルトが答えると、タリチャアヌ教授が断じた。

「それらのことはみな、眉唾（まゆつば）だ。大体、そうも色んな輩（やから）が吸血鬼になったのでは、吸血鬼がねずみ算式に増えていって、吸血鬼でないもののほうが珍しくなっていたであろう。そういう輩が、墓から蘇（よみがえ）ったとしても、それは単なる亡霊だ。通常は生前親しかった者のところに現れ、その者たちの首を絞めたり、押しつぶしたりする。食事を催促したり、ドアをたたいたり、あるいは単に名前を呼ぶだけの場合もある。ランプの明かりを消すとか、物音を立てるだけ。それだけの代物だ。たとえ吸血したところで、微弱な力しかもたぬ、ゾンビみたいなものにしかなりはしない。それが眷属だ。彼らには大した変身能力もなく、天候を自在に操る神通力もない。腕力は一応強いようだが、それっぽっちのことだ。退治することだってたやすい。神父さんたちは、吸血鬼をしとめる方法を知っているかね？」

「ええと、木の杭(くい)で心臓を突き刺す……です」

平賀が答えた。

「他には？」

「葬儀をやり直す、屍体を聖水やワインで洗う、呪文などを用いて瓶(びん)や水差しに封じ込める、などの屍体を損壊しない方法をとることが僕としては望ましいと思いますが、殆(ほとん)どはそういう穏便な方法は取られませんね。首を切り落とす、屍体を燃やす、銀の銃弾もしくは呪文を刻んだ銃弾で撃つ、などの方法があります。ルーマニアでは確か、吸血鬼の処刑を『大いなる償い』と称する処刑法が取られるんでしたよね。夜明けの最初の微光のなかで、司祭が一気に吸血鬼の心臓に杭を打ち込む。その際は心臓を確実に貫き通さなければならない。そうやっても吸血鬼が粉々になって消え失(う)せなければ、墓掘り人の鋤(すき)で首を切り、残りを焼いて、その灰を四方八方にまき散らすか、十字路に埋めてしまうんでしたっけ？」

「よく知っているな。だが、残念なことにその埋葬方法はルーマニアのオリジナルではなく、ここホールデングスから飛来したものなのだ」

「本当ですか？」

ロベルトが一昨夜の暗い記憶を蘇らせながら訊ねた。

「本当だが、実のところ、そんな方法では眷属程度しか滅ぼすことはできん。吸血鬼の王族には効果無しだ」

「では、吸血鬼の王族とはどのようなものなのでしょうか？　どうして王族になるのですか？　どうやって滅ぼすのですか？」

平賀が子供のように無垢な瞳を瞬いて、矢継ぎ早に訊ねた。

「まずは異教の神。すなわちキリスト教以前の神であり、現代においては悪魔の類と考えられているようなものから特別に目をかけられた者が吸血鬼の王となれるのだ。そうしたものは、おいそれとは存在しない。いても僅かなものだ。頭脳でも容姿でも、才能でも、あるいは肉体でも、性格でも、何か類い希な人とは違う要素を持っているものだけが選ばれるのだ。伝承される吸血鬼となる者の条件の上に、そのことが加わらなければ吸血鬼の王族にはなりはしない。あとは、そうした吸血鬼の王族から血を分けて貰った者が王族となるというわけだ。ただ、噛まれて血を吸われただけでは、単に死んでしまうだけだ。次に吸血鬼と情を通じると、吸血鬼となって蘇りはする。しかしこの程度の吸血鬼は頭もさして働かず、野獣化して人を襲うだけで、すぐに撃退されてしまう。吸血鬼狩りをされたらば、ひとたまりもない。本当に無敵の吸血鬼になりたければ、王族に認められ、契約してその血を分けてもらわなければならないのだ。そういう吸血鬼は、簡単には死にはしない。たとえどのような方法を用いられても不滅なのだ。焼かれても灰の中から蘇る」

タリチャアヌ教授がそう言ったとき、初めて横で失声症患者のように黙って、身じろぎ一つせずにいたカリンが深く頷いた。

「そうすると吸血鬼を滅ぼすことは決して出来ないと言うことですか？」

平賀が深刻な顔で訊ねた。

「そういうことだ。ただし、活動を停止させることは出来る。焼いた灰を聖櫃の中に納めて密封すればいいのだ。我が輩はまだ現代に吸血鬼がいることを知っているし、その王族がここホールデングスにおいて活動していることも知っている。今にこの町を中心に吸血鬼の被害が広まるだろう。数週間前に隣町で、吸血鬼の被害者が出たと噂で聞いて、我が輩はここにやって来たんだよ。後はそれを捕まえて密封し、吸血鬼を永遠に閉じこめて研究することが我が輩の人生における目標なのだ」

「ホールデングスの町に吸血鬼伝説が伝わっていることはジェームズ医師から聞きましたけど、それで吸血鬼の王族がこの町にいるとまで断言できるんですか？」

ロベルトが少し不思議に思ったので聞くと、タリチャアヌ教授は長く煙を吐いてから言った。

「断言出来るとも。我が輩はその根拠となるものを持っている」

「それは何です？」

「神父さんたちは、『吸血鬼ドラキュラ』を書いたブラム・ストーカーが若き日にこの町を訪れた話をジェームズから聞いたかね？」

「ええ、聞きました。耳よりな話で興奮しましたよ。ブラム・ストーカーは、このルーク家に泊まったとか？」

「勿論(もちろん)だろうな。吸血鬼の話をジェームズがしたとなると、ブラム・ストーカーの話をしていないはずがない。実は我が輩がこの町に最初に来た理由は、八年前にブラム・ストーカーの世に出ていない原稿を入手したからなのだ。そいつは『吸血鬼の自叙伝』という題目で、ブラム・ストーカー自身の自叙伝でもあった。そこで彼は恐るべきことを告白していてね、そこにこの町の名が、吸血鬼の王族が隠れ住む場所として出てくるんだよ。ブラムはその王族に接して、彼らが実はキリスト教徒が信じているような方法では決して滅ぼすことが出来ないし、十字架や聖水なども恐れないことを知ったのだと告白している。ただ、それを書いてしまうと世間に議論を巻き起こすだろうから、『吸血鬼ドラキュラ』は、キリスト教を信じる人々に受け入れやすい物語にしたとね。その原稿を見たいかね？」

タリチャアヌ教授は、平賀とロベルトを見た。

「見せて頂けるんですか？」

平賀とロベルトは同時に言った。

「構わないとも。我が輩はいたって太っ腹だ。ことにロベルト神父には見て頂き、一家言頂きたい」

「それは是非とも」

するとタリチャアヌ教授は立ち上がり、部屋の暗い片隅に置いてあった大きなトランクケースの山の中から、ことに堅牢そうなケースの鍵を開け、桐の細工箱を取りだした。

そこには黄ばんだ紙に書かれた原稿が、一枚一枚、大切そうに透明のファイルに入れられて六十枚ほど重ねられている。

ロベルトは早速、モノクルをつけ、原稿を読み始めた。

第二章　吸血鬼ブラム・ストーカー　Bram Stoker

1

題目『吸血鬼の自叙伝』

そろそろ私は、人々の前から姿を消そうと思っている。

死を演じるには、丁度良い年頃だ。

墓場に入って再びはい出す時には注意して、他の屍体(したい)をその墓に入れ、丁寧に埋め直すことも忘れまい。

それらを実行する前に、私が『吸血鬼ドラキュラ』という名著を世に書き記すことが出来たのは、ひとえに私がその血族であったからだという事実を告白しておこう。

――どうせ世に出たところで、虚構の幻想小説なのであるから、大した騒ぎにもならないだろう。信じる者もほぼいるまい。

そう考えると、薄暗い秘密を持つものにとって、幻想小説とは恰好(かっこう)の告解室である。

嗚呼(ああ)、可笑(おか)しい……。告解がこんなにおおっぴらに出来るものとは……。

だが、可笑しがるのは程ほどとして、本題に入ることとしよう。

私の母は、私が生まれた寒い夜の前日、不思議な黒ずくめの男に、首を噛まれる夢を見たという。

そうして突然、母は陣痛に見舞われたのだ。

その日は激しい嵐で雷が鳴っていたとも言う。

丸一日かかって生まれた私は、胞衣を付けて死んだ状態で生まれてきたが、奇跡的に息を吹き返した。

胞衣を纏って生まれた者、あるいは死んで生まれた者は吸血鬼になると古い伝承にあるが、まさしく私はその二つを満たしていたのだ。

ただし、私の他の家族に吸血鬼がいなかったために、私はまるでそういう自覚を持たずにいた。それはそれで厄介なことであった。

なにしろ自分の力の源の糧がなんであるのか分からなかったため、普通の人間のようにして育った私は、八歳まで医者も首を傾げるほどの虚弱児で、脚は湾曲し麻痺していて、歩くことすらままならず、ベッドから起き上がることさえも出来なかったからだ。

我が家が、両親とも高級官吏であるという豊かな家庭でなかったならば、丈夫な兄弟があと六人もいる中で、私のごときものは道ばたに捨てられても可笑しくはなかった。

だが幸いなことに、両親は私を煩わしがるどころか、他の兄弟より一層、私に心を砕き、なんとか一人前の健康体にしようと必死であった。

そこで思いあぐねた両親は、本来なら平民がかかることの出来ない特別な医者を密(ひそ)かにまねき、私を診せたのだ。

医者は両親に私が生まれた時の状態と今までの経緯を訊(たず)ね、断言した。

その時の医者の第一声が忘れられない。

「この子に必要なのは血液だ。このままではミイラになるだろう。それが厭(いや)なら、生きた物の血を飲むことだ」

両親の顔は一瞬、こわばったが、医者は素早く動いた。

すなわち、その頃、我が家で飼っていた一匹の猫を、家のものに持ってこさせると、鞄(かばん)から取りだした鋭利なナイフで猫の首をかき切り、温かく迸(ほとばし)ってくる血潮を私の唇に浴びせたのだ。

その血のおいしさと言ったらこの上なかった。

今まで食べ物というものは、おおよそ何を食べても砂利のような味がするものだと思っていたのに、血は身震いするほど、香しく、甘く、私は初めて、まともな食事というものをしたような心地になった。

そして体中に、力が漲(みなぎ)ってくるのを感じたのである。

それから私の両親は、私の血色が良くなっていくことに目を見張りながら、動物の生き血を私に与えた。

母親が怖がったので、それはもっぱら父の仕事となった。

父は仕事帰りに鶏や兎を買ってきたり、犬、猫を拾ってきたりしては、その生き血を私に与えた。

私の体も心も、そうして活力を取り戻していったが、私には一抹の不満があった。両親が与えてくれる食事に、もはや物足りなさを感じてきたからである。

私の胸に突き上げてきた欲望。それは若い乙女の生き血を啜りたいという欲望であった。

その欲望は日増しに大きくなっていった。

私はリハビリに励んだ。何故なら、私の欲望を決して両親は満たしてくれることがないだろうと知っていたからだ。私は、私の手で、欲望を満たしてくれる獲物を狩る必要があるのだ。

だが、八年間寝たきりで、筋肉も萎え衰えていた自分の体を人並みに戻すのにはかなりの骨が折れたのだった。

（略）

歩けるようになって一年が経った十三歳の時、私は初めて人間を襲った。

最初のことで自信が無かったため、相手は小さな女の子にした。

夕方、物乞いをしていた女の子に声をかけて金をやるといい、人気のない場所に連れ出した。

そこは蔦の這う古い桟橋の下にある暗くて狭い場所であった。

そこで私は女の子の虚を突いて体を縛り上げ、その喉笛に噛みついたのだ。

女の子は悲鳴を上げてあがいたが、自分で思っていたよりもいと易く、彼女の体を身動きがとれないように押さえつけておくことが出来た。

私は血を啜り、もとより肉も食らった。

そうして食欲が満足されたあとも、女の子は少し息をしているようだったので、このことを秘密にする為に、持っていたナイフで心臓の辺りを突き刺して殺害した。

この一件で、私は非常なる自信をつけた。

（略）

吸血の衝動を感じる間隔が短くなっていく。

私は効率的に、誰にも知られることがないように狩りを続けなければならなかった。

だが、私を悩ませたのは自分の吸血鬼としての力の未熟さである。

正直、当時の私は吸血以外は、他の人間と能力的にそう変わらなかった。

あのままでは、すぐに誰かに見つかり、捕らえられてしまったことだろう。

私は上手な狩りの方法を、両親に聞くわけには当然いかなかったし、私自身、吸血鬼について良く知らなかったのである。

そこで、どうすればいいのか、これからどう生きればいいのか、なにかが書かれてはいまいかとその手の恐怖小説や吸血鬼伝説を読みあさったが、大した成果を得ることは出来なかった。

（略）

何故、そこに辿り着いたかと言うと、自らの血族の内事情を話してしまわなければならなくなるので、そこは秘密である。

ともかく私は、北東部の内陸にあるホールデングスという田舎町に、私と同じく本物の吸血鬼がいることを確信したのである。

私はすぐにそこへと向かい、町の旧家であるルーク家に滞在することになった。

そこに伝わる吸血鬼伝説を聞いた私は、仲間の持っている類い希な能力に驚かされ、自分もそうした能力を身につけたいものだと強く願った。

そして滞在すること一カ月目の頃。

私は吸血鬼と出会った。町中で、吸血鬼が若い娘を襲ったところにバタリと出くわしたのである。吸血鬼は黒きマントに燕尾服を纏い、全く気品ある紳士風であった。

吸血鬼は食事を終えると、私には見向きもせぬまま、闇に姿を消し、狼となって走り去っていった。

なんとか骨を折って、仲間の吸血鬼を訪ねた私は、彼に、何故、自分が吸血鬼として彼らのような能力を持っていないのかと訊ねた。

彼の返答は次のとおりであった。

「恐らく君の母上を噛んだ吸血鬼は、生まれてくる君の素養に目をつけて、母の胎内にいる君にその血を授けたのだろうが、その吸血鬼が弱いものだったのか、はたまた胎児である君には、たっぷりと血が行き届かなかったのかして、能力が低いのであろう。もし、我が輩の望みを君が聞き、契約に署名さえすれば、我が輩の血を君に分けてやっても良い」

私は頷き、吸血鬼の求めることを成すのに、一度、国に帰って準備を整えた。

そして再びホールデングスの町を訪ねたのは二ヵ月後である。

私は吸血鬼の望むままに秘密の儀式を執り行い、その血を分けられて、彼らの持っている能力を改めて与えられたのである。

天候を自由に操って、嵐や雷、雹などを呼ぶ力。狼や蝙蝠になる方法。透明になったり、霧となって狭い隙間から人の部屋に入り込む力。

見詰めるだけで、相手を金縛りにしてしまう催眠の力。

そしてなにより血を啜ることによって若返り、死を克服する力である。

私はこれらの力を得たことに夢中になったが、同時に何が弱点なのかも気になった。

それで、吸血鬼に聞いてみた。

十字架や大蒜、薔薇、ことに茨に弱いとは本当か？

吸血鬼は答えた。

「おかしなことを言うものだ。十字架、聖水、イコンのような類は、それ自体にはなんら効能など無くそれを持つ者の信仰を強めて、我が輩に勇気を持って対処できうるかどうかを、左右するだけの代物だ。そういうものは力のある吸血鬼には通用しない。

第一、十字架が怖ければ、十字の描かれた棺桶（かんおけ）で眠ることはないし、我が輩に噛（か）みつかれて吸血鬼化した眷属（けんぞく）どもがその中で目覚められるはずもない」

そうして吸血鬼は、不敵な笑い声を上げた。

では、太陽の光にあたると灰になってしまうというのは本当か？

と、訊（たず）ねたところ、吸血鬼は機嫌悪そうに言った。

「直射日光を浴びても平気である。力は封じられ、常人並になるがな。

大体のところ、大蒜に弱い、薔薇に弱い、太陽に弱いというのは、ただ単に我が輩の身体能力が人より優れていて、鼻がよく利き、目がかなり良いという理由からだ。

つまり光や匂いに通常よりも敏感なのだ。

だから強い光や、強い匂いを発するものに我らが弱いと考え違いをされるが、誤りも誤り。

我が輩はその強い嗅覚（きゅうかく）と視力で、好みの血の匂いを遠くからでもかぎ当て、その姿がどこにあるか見ることができるのだ。

銀の武器が効くとも言うが、傷つける程度ならばできるだろうが、我が輩を死に至らしめることは出来ない。

杭を打って、焼いても無駄である。

一滴の血でも灰にかかれば、我が輩は復活する。

それに、初めて訪問した家では、その家人に招かれなければ侵入できないとも言われるが、全くのでたらめである。

鏡に映らぬというのも嘘だ。我らを実体のない亡霊の類とする教会の考えがそういうふうに人々に信じ込ませただけで、実のところ我らには誰よりも確かな実体がある。

それ故に不死なのだ。移ろいゆく生しか持たぬ人々に、我らの生の明らかな喜びに満ちた実体を想像することなど出来ぬだろう。

断言するが、我が輩は、怪力無双、変幻自在、神出鬼没、不老不死の、かつて星々となった神々の直系なのだ」


吸血鬼は胸を張って答えたので、私は自分の血脈の素晴らしさに感動した。

（略）


私が吸血鬼であることを知ると、結社の会員たちは、少なからぬ敬意を私に払った。

中には私の血を欲しがる者もいたが、残念ながらその中で私の目に適う者はいなかった。

ただ、彼らが、無性にどうすれば不死の力を得ることが出来るのか、吸血鬼との契約を果たすことが出来るのかと訊ねるので、大金と引き替えに、二、三の方法は教えてやったが、私には彼らがそれをなしえないことはお見通しであった。

一九〇九年　五月二十日
ブラム・ストーカー

＊　＊　＊

「さぁ、どうかね？　ロベルト神父に訊ねたい。まずその原稿はブラム・ストーカーの直筆のものだと思うかね？」

タリチャアヌ教授が、もう答えは分かっている様子で自信満々そうにロベルトに訊ねた。

「失礼、ファイルから原稿を一枚取り出させてもらってもいいですか？」

「ああ、いいとも。但し、そいつは我が輩のお宝だから、慎重にしてくれ」

タリチャアヌ教授の言葉にロベルトは頷き、そうっと腫(は)れ物を触るようにして原稿を取りだした。

ロベルトは神経を集中して紙を触り、その素材を確かめた。

紙は木材パルプで出来ていて、現在のものよりやや硬い感じがする。

恐らく、針葉樹を用いた紙。滑らかさからすると、杉が材料だろう。すなわちこのことは、この紙が十九世紀後半から二十世紀前半に作られたものだという証拠である。それ以降のものになると、イギリスでは一九二三年から紙の材料として、広葉樹のニレやブナが使われるようになり、紙質が柔らかくなったのだ。

筆跡を見る限り、万年筆で書かれた特徴を持っている。

万年筆が一般的に使われるようになったのは一八八一年であるから、少なくともそれ以降の年代に書かれたのであろう。

使われているインクはと見ると、どうやらブルーブラックのようである。

万年筆のインクは、染料型インク、顔料型インク、混合型インクに大別できる。

第一の染料型インクは、水溶性である。その為、成分は沈殿せず、ペン先の金属の腐食が余りなく、インクカスなども詰まらない。また染料なのであらゆる色があり、色彩も鮮明である。今現在発売されているほとんどの万年筆用インクはこの染料型インクだ。

第二の顔料型インクは水に溶けない色素を主原料にしている。

黒色のものが多く、カーボンブラックを用いている。色落ちが少なく粘度が高いのが特徴で、水に溶けにくいため万年筆用としては固まりやすくて、ペン先にインクカスが溜まるなどして、手入れが難しい。主に製図用、劇画用などに使用されている。

第三の混合型インクは染料と顔料、またはそれ以外の化学薬品との混合によって作られている。別名化学インクとも言われ化学変化を利用したインクでもある。

十九世紀末に公文書などに多用された消えないインクと言われるブルーブラックはこの混合型インクの一つである。

万年筆用に作られたブルーブラックは、第一鉄イオンが酸化して第二鉄イオンに沈殿することを利用して作られている。つまり、無色透明の酸化鉄溶液を万年筆に入れて文字を書くと、書いたときには透明だが、しばらくすると酸化作用によって黒く文字が浮き上がってくるのである。しかし、それでは不便なので青い色を染料として付けたのだ。そのことから、染料の青と化学作用によって作られた黒が混ざってブルーブラックという名前になっている。

だから書いた時点では青と黒の間のような色合いであるが、時が経つと黒だけが残るのだ。そして、この黒は水にも強く、消えにくい。このタイプのインクは、強い酸性を示し、金属を侵す事でも知られている。

ロベルトはよく磨き込まれた観察眼で、ブルーブラックインクの褪せかた、そして紙の変色と傷み具合から、それらがすくなくとも百年近く経過した物だという結論を出した。すなわち原稿は、百年近く経過したものであり、かつ一八八一年以降のものということになる。

「紙質やインクの年代を想像する限り、書かれた時代的には話と合うようですね」

と、ロベルトは言った。

タリチャアヌ教授は、満足そうに頷いた。

「これはどのようにして入手されたのですか？」

原稿をファイルに戻しながらロベルトが訊ねると、タリチャアヌ教授は、ふいっと思い出す素振りで答えた。

「他でもない。曾祖父がマレー社の編集者だったという人物がいてね、その曾祖父という男が、没にされたこの原稿を家に持ち帰って、保管していたというんだ。その曾祖父の形見分けとして受け取ったらしい。いかがわしい話ではなかった。その曾祖父という人物がマレー社にいたかどうかも確認したが、ちゃんと在籍しておった。加えて、ブラム・ストーカーの直筆とも照合してみたが、特徴が一致していると筆跡鑑定士も言っている。疑われるなら、後で、ここの宿帳に署名するとき、ブラムの署名を見せてくれと頼んでみるといい。そうしたら筆跡の照合が自分でできる」

「なる程、分かりました」

ロベルトはその気になった。こんな興味深い話を確かめてみない法はない。

ふと見ると、平賀が横でぶつぶつと言っている。

「どうしたんだい平賀。何か問題でもあるのかい？」

平賀は、ぱっと夢から覚めたように目を瞬いた。

「いえ、吸血鬼は、噛まれたり、血液を摂取することで伝染するようなので、人の体液を通じて感染する一種のウイルスのようなものなのかなとか、考えていたんです。吸血鬼ウイルスですね。だって、狼男の正体は、狂犬病や脳炎に感染した人間だったじゃないですか。

でも、そうなると、ブラム・ストーカーの母親が噛まれたわけだから、母親も吸血鬼になるはずなのに、ならなかった。なったのはブラムだけです。そこのところが謎なんです」

平賀が不思議そうに言う。

「吸血鬼ウイルスなんて、SFかゲームの世界の話さ。誓ってもいいが、そんなものはこの世に存在していないよ」

ロベルトは首を振った。

「左様。ブラムの一件を読めば分かるが、吸血鬼は自らの意志の力で、力をくれてやるに相応しい相手を選び、そのものだけに血を分け与えることができるのだ。さっきも言ったとおり、これがウイルスなんぞのしたことなら、吸血鬼は爆発的に増えるはずだ。エイズ患者ほどの数はすでに、いやもっといて、世に病人としての地位も確立されているだろうし、紀元前からの伝染病であれば、研究されて特効薬なども見つかっているのが普通だろう。だからあらゆる意味で伝染病などでは説明がつかないわけだ。世に吸血鬼という種族がいる。確かなのはそういうことだ」

タリチャアヌ教授は鉄人のごとく毅然と言った。

そして時計を見ると、「まだ夕食までに二時間もある」と、呟き、「すまないが、続きは後で話すとしよう。我が輩は少し眠気を催した」と言って、ソファにごろりと横になってしまった。

平賀とロベルトはタリチャアヌ教授の頓狂で傍若無人なようすに、唖然としながら教授の部屋を出て、自分たちの部屋に戻った。

2

「さっきの、ブラム・ストーカーの原稿の内容は本当なのでしょうか？」

平賀は部屋に入るなり、ロベルトに訊（たず）ねた。

ソファに座って、肘（ひじ）を肘掛けに置いたロベルトの青い瞳（ひとみ）は、煌煌（こうこう）と光り、頰には熱っぽい赤味が見える。

「本当だとしたら、実に興味深いが、本当でないとしても僕としては随分と興味深い話だ。マレー社と言えば、イギリスの出版社の中の老舗（しにせ）で、バイロン卿（きょう）らの文芸書やチャールズ・ダーウィンの『種の起源』などの書籍を多く出版したところだよ。出所がそこからだとなると、原稿そのものが本物だという信憑性（しんぴょうせい）が、ぐっと高くなる。これは英国で十八世紀後半に始まった中世風の怪奇（ゴシック）恐怖小説の歴史に刻まれるべき話だね。なにしろブラム・ストーカーの描いたドラキュラ伯爵の造形は、ルーマニアのドラクル伯爵やジョン・ポリドリの描いた吸血鬼の主人公・ルスバン卿にヒントを得ているといわれるのが通説だったが、全く違う説が出てきたのだからね。それにドラキュラ伯爵の物語を生み出すきっかけとなったのは、ジョセフ・シェリダン・レ・ファニュの書いた『カーミラ』だと言われているが、それも違ったということになる」

「ええ、勿論、それも凄いことなのでしょうが、私が聞きたいのは、ブラム・ストーカーのあの物語が現実である可能性についてです」

平賀が言うと、ロベルトは慎重な口調で話し始めた。

「僕が知る限り、物語の内容で書かれているブラム・ストーカーの生い立ちについては、ほぼ間違ってはいないね。確か僕の記憶では、ブラム・ストーカーは本名エイブラハム・ストーカー。一八四七年十一月八日生まれの蠍座だ。アイルランド・ダブリンの高級官吏の父と吏員の母との間に生まれ、六人の兄弟がいて、彼はその三男だった。胞衣を纏っていたかどうかまでは知らないけれど、生まれた時に酷い未熟児で、仮死状態だったことは確かだ。実際、七歳か八歳までは寝たきりで過ごしたという。その為、学校にも行けず、初等教育は両親と私立学校を経営している牧師によって授かったらしい。

それが、十一、二歳の頃にいきなり自分で奮起して、歩行できない脚の鍛錬を始めたかと思ったら、めきめきと丈夫で積極的な児童となって、十六歳で由緒ある名門大学・トリニティ・カレッジに入学するんだ。そして、オスカー・ワイルドとも友人で、後にその恋人である女優のフローレンス・アン・レモン・バルコムと結婚した。

大学卒業後のブラム・ストーカーは、友人で俳優のヘンリー・アーヴィングが経営するライシアム劇場のマネージャーをしていたのだけれど、作家ではなかった。だが、その当時出ていたさまざまな吸血鬼作品を読むうち、自分も書いてみようという気になり、資料を集め出したというよ。そして一説によれば秘密結社の会員となって、神秘学や黒魔術の手ほどきを受けたそうだ。そして、五十歳の時に、『吸血鬼ドラキュラ』を出版したんだ」

「なる程、そうですか。確かに出生と幼少期の状態から、奇跡的な回復は不思議なことだと言えますよね。仮死状態で生まれて、そんなに長い間、歩けなかったとなると、しかも書かれたとおりに脚が湾曲して麻痺(まひ)していたとなると、仮死のさいに運動を司る脳の部位に大きな損傷が起こった為の脳性下半身麻痺だと考えられます。そういうものは鍛錬して治るものではありません。確かになにか特殊なことが起こらない限り、全快というのは考えられないですね」

「ふむ。吸血鬼として目覚めて、病魔を消滅させたとブラム・ストーカーは主張しているね。確かにそんなことがあったなら、脳性麻痺も治るのだろうね」

「ええ、だからあの原稿の内容は、嘘とは言い切れませんね。やはり一考する余地があります。あの原稿だとブラム・ストーカーは死んだふりをしただけで、今でも生きていることになりますが、一般に言われている彼の死因はなんだったのですか？　それに何時死んだのですか？」

　ロベルトは頭の中のページを繰るような眼をした。

「死んだのは確か一九一一年とか一二年の春だ、六十四歳の時だという。何故だか年代がはっきりとしないんだ。一応、ロンドン郊外にある墓には、一八四七年十一月八日生まれ、一九一二年四月二十日に六十四歳で亡くなったと刻まれているんだけれど、根強く一九一一年に亡くなったという説が囁(ささや)かれている。死因は老衰とだけ伝えられているね。だからあの原稿は、死の二、三年前に書いたと思われるから、そろそろ死を演じることにしようという出だしも気になるところだ」

「そうですね。死期を予見しているということになりますね。というか、そろそろ死ぬ演技をするということですものね。でも、待って下さい。死の確かな年もハッキリと分からないということですか？」

平賀は怪しんで訊ねた。

「そういうことになるね」

ロベルトは今更気づいたような驚いた顔をした。

「六十五歳で老衰――すなわち自然死というのもいささか妙です。自然死とは、細胞や組織の機能が低下したことによる死亡で、言い換えれば、他に主な死因がない、殆ど原因不明という意味ですよ。六十五歳で老衰と呼ばれる原因不明死をし、なおかつ死んだ年すらハッキリしないなんて、おかしいですね。なんだか、あの原稿の内容を信じられる気がしてきたのは私だけでしょうか？」

「まあ、だけどあの原稿はやっぱりフィクションで、ブラム・ストーカーが奇をてらって書いたと考えるのが妥当だろう。ブラム・ストーカーの晩年は結構哀れでね、ドラキュラは大当たりして、印税はがっぽり入ったけれど、全ての金は友人のライシアム劇場の火災処理にあてられてしまった。そこでブラムは、物書きの仕事を本業としようと奮起して、本格的な著作生活に入ったんだが、発表したスリラー小説は、どれも売れずじまいだった。

晩年の一九〇九年ともなると、もう書店はブラムを見限って、相手をしてくれなかった頃だ。だから、衝撃的でゴシップまがいの創作をする必要に迫られたんだろう」

　ロベルトは冷静を装うようにそう言ったが、頬の赤味が増しているのを見れば、あの原稿に興味を惹(ひ)かれているのが一目瞭然(いちもくりょうぜん)だった。

　平賀もまた探究心と好奇心の波に心を持って行かれたようになって、吸血鬼のことについて思いをはせた。

　伝説の中に、どんな真実が潜んでいるのか？

　果たしてそれは奇跡と呼べるものだろうか？

　その時、ドアがノックされ、平賀が開けると執事が立っていた。

　両手に分厚い古ぼけた客人名簿帳を抱えている。

「これにお二方の署名と今日の日付をおしるし下さい」

　そう言って、執事は自分の胸ポケットに差していた万年筆を平賀に渡した。

　平賀はそれらを持って、ソファに向かい、テーブルの上に客人名簿帳を置いた。

「ここに、ブラム・ストーカーの署名があるとか？」

　ロベルトが訊ねると、「それにはございませんよ。その客人名簿は一九五〇年からのものです。ブラム・ストーカーの署名はもう一つ古い一八五〇年から百年間使われた名簿帳の中にございます」と答えた。

「よければ後で、それを見せて頂けますか？」

「よろしいですよ。すぐに召使いに取ってこさせましょうか？」

「いえ、明日で。明日、警察に行きますので、その後で見せて下さい」

ロベルトが言った。

「では、そのように。それよりご署名をどうぞ」

執事に言われ、平賀とロベルトはおのおの署名して、日付を記帳した。

それを見届けると、執事は満足そうに客人名簿をテーブルから取り上げ、背を向けて去っていった。

「どうして今じゃないんですか？」

平賀が不思議に思って問うと、ロベルトは悔しげな顔をした。

「早く見たいのはやまやまだけど、何の道具もなければ、見ても大したことは分からない。そうなると道具を手にしてもう一度、見直すことになる。署名を見せてくれと、何度も同じことを相手にお願いするのは失礼だろう？」

ロベルトは彼らしい人々に対する気遣いを示した。

平賀はなる程と納得して、改めてそういうことに気づかない自分を恥じた。

「さて、まだ夕食までに二時間あるとか言っていたけれど、それなら僕たちは風呂にでも入ろうか？　体にまだ土が付いている」

ロベルトの提案に、平賀は頷いた。

「風呂ごとき入るのに、いちいち召使いを呼ぶ必要などないだろう」

そういうと、ロベルトは浴室へと入っていった。暫（しばら）くすると、水の音が聞こえてくる。ぱしゃぱしゃと湯に手を付けて湯加減を測る音がしてから、ロベルトが浴室から顔を覗（のぞ）かせた。

「どちらから入る？」

「どうぞロベルト、貴方（あなた）から」

平賀は答えた。

＊　＊　＊

二人が交代で風呂に入り、さっぱりとして身支度を整えたところで、ドアがノックされた。

執事が入ってくると、二人の様子を疑わしげに見た。

「ご自分で風呂に入られたのですか？」

「ええ、そうですが」

平賀とロベルトが答えると、執事は呆（あき）れた溜息（ためいき）を吐（つ）いた。

「そういうことをなさってもらっては困ります。この家にはこの家のルールがあります。第一、そのようにされたら召使いたちの仕事が無くなり、彼らの立場もないのです」

「これは気づきませんで、申し訳ありません」

ロベルトが頭を下げた。

執事は頷いた。

「ともかく、これからは召使いにお申し付けを。それから夕食の用意が出来ましたので、おいで下さいませ。朝はお部屋で食事をしていただきます。その時は、召使いに合図を。昼は基本的に外で召し上がって下さい。どうしてもというのであれば、当家でご用意します」

執事は、くるりと背を向けると、やはり、かつかつと正確な機械のような歩幅で歩いた。

館内の空調はよく利いていて、暖かい。

二人は彼に続いて下に降り、食卓へと案内された。

そこは美しく豪奢（ごうしゃ）な部屋で、やはり多様な鏡に囲まれており、ベルサイユ宮殿の鏡の間を彷彿（ほうふつ）とさせた。平賀自身はそこに行ったことはなかったが、写真で見たことがある。

二十人は座れるだろうという緻密（ちみつ）な細工のある白い大きな長テーブルが、部屋の真ん中にあって、ドアから一番遠い所に、一人の恰幅（かっぷく）の良い男が座っている。その右には婦人と思われる女性。そして左には、十代半ばの美しい少女が座っていた。少女に続いて、タリチャアヌ教授とカリンがいた。

婦人の後ろには、召使いたちが四人ばかり並んで立っている。

執事は無言で婦人の横にある椅子を二つ引いた。

そこに座れと言うことだろう。

平賀とロベルトは目を合わせながら椅子に座った。

テーブルの上は、銀のナイフとフォークとスプーンと燭台（しょくだい）。そして美しい色彩で色づけされたボーンチャイナの食器が並んでいる。

　すぐに給仕が飛んできて、全てのワイングラスに、血のように深い赤をした葡萄酒を注ぎ入れた。

「初めまして。当家の主であるチャールズ・ルークです。代々、ここの町長を務めております。私の隣に座っている二人は、妻のフランチェスカと娘のシャルロットです。タリチャアヌ教授とカリン殿のことはもう見知っておりますが、そちらのお二方、ロベルト神父と平賀神父はお初ですな。よろしく、このルーク家での滞在を楽しんでいって下さい」

　恰幅のよい男が、ワイングラスを高く掲げた。

　チャールズは中世風の鬘を被っていた。ブロンドで、くるくると縦にカールを巻いた鬘だ。その着ている服も重たい緋色をしたビロードで、アールヌーボー調の刺繍が施されたものであった。

　およそこの時代としては相応しくない出で立ちであったが、部屋の雰囲気がそれを妙に落ち着いたものに見せていた。

　いかにも美と贅沢の追究者といった、やたら大きく耽溺者っぽい瞳と、たっぷりと贅肉のついた二重顎の男である。

　席にいた全員で、ワイングラスを高く掲げた。そうしてチャールズが葡萄酒を一口飲むと、それを合図に料理が運ばれてきた。

　平賀は隣のフランチェスカ婦人の様子を観察した。

ダビンチが描いたモナリザのような顔をした婦人である。その顔に浮かべている謎めいた笑みもモナリザそのものだった。

一方、シャルロット嬢を見ると、この家の階段で見た絵画の女性にとてもよく似ていた。ふわりと優しい花のようで、金髪に茶色い瞳。

美しさの盛りを迎える年頃のこの少女は、鋭利な美こそ無かったが、人の心を仄（ほの）かに明るくさせるような可憐（かれん）さに満ちていた。そして運ばれてくる料理を食べる仕草ときたら、舞の手つきのように優雅であった。

普段あまり女性なれしていない平賀は、旧家の令嬢とはこのようなものなのかと、驚き見とれてしまった。

「ところで神父様方は、タリチャアヌ教授と同じく吸血鬼のことについて興味がおありだとか。明日、教授がデービッドとベンに面会できるよう取りはからっておりますが、あなた方もご一緒されますかな？　でしたら、このトーマスに送らせましょう」

そう言うと、チャールズが置物みたいに立っている執事を見たので、この時、初めて平賀は執事の名がトーマスであることを知った。

「有り難うございます」

と、ロベルトが言い、「時にご立派な紋章をお持ちですね」と言葉を継いだ。

この言葉は、大層、チャールズを喜ばせた様子だ。

チャールズはたちまち頬を緩ませた。

「我が家の紋章は、ちゃんと英国紋章院の紋章官によって、認められたものなのです。適当にとってつけたそこいらの物とはわけが違います。本当なら吸血鬼のことなどより、皆さんには、我がルーク家に伝わるマーガレット・ルークと、ロード・セバスチャンの大恋愛の物語に興味を持ってもらいたいものですがね。二人の恋愛は、まるでロミオとジュリエットのように、激しく、宿命的なものだったのですよ。

およそ二人が出会ったのは、セバスチャンが葡萄園の見学に行った折り、俄雨に降られて、ルーク家の軒先で雨宿りしていた時だったと言います。困っている様子のロード・セバスチャンを見たマーガレットが家に招き入れようと外に出て、二人の目があった瞬間に、互いは一目惚れしたのです」

チャールズはとくとくと長い間、セバスチャンとマーガレットの大恋愛を語った。

平賀は上の空で話を耳にしながら、食事を取った。

引力や磁場の話なら分かるのだが、男女が惹かれ合うことに関しては理解できない。

ロベルトは適切に頷いたり、質問をしたりしている。

タリチャアヌ教授とカリンも無関心な様子で、食事をしていたが、ことにカリンの食欲ときたら並ではなかった。まるで豚が無心に餌をはんでいると言った感じで、皿に何度もお代わりした。満腹になるということがないかのような食べっぷりである。

胃下垂の傾向があるのだろうかと、平賀はカリンの下腹部の膨らみを観察した。

「ところで、このシャルロットは三年ほど、ブロア家本家に行儀作法の見習いに出したことがあるのですよ。御本家も、同じ年頃のお坊ちゃまがいて、その方が病気がちで学校へもいけなかったから、お友達をお探しでしてね。そこで喜んで受け入れてもらったのです。なぁ、シャルロット」

チャールズが言うと、シャルロットはほんのり頬を赤らめた。

「お父様ったら、お客人が来たらその話ばかり。もうそんな話は止めて下さいな。ずっと昔のことだわ」

「昔と言ったって、ほんの二年前まで、お前はエルトン様とは仲が良かったのだろう? 御本家の執事のイーノス殿が、時々、手紙をくれたが、二人が仲良しなのをよく思っている様子だった。うまくいけば、花嫁候補になれるかもしれん」

「よしてお父様、そんなことあるわけが無いじゃない」

シャルロットは少しいらだったように首を振った。

「そうですよ貴方。エルトン様は、本家のご長男。次代の公爵様ですわ。遠縁とはいえ庶民の私達と婚姻なんて考えていらっしゃるはずもありません。そうやって、シャルロットに妙な期待を持たせないで下さいな。この子が夢に惑わされて、婚期を逃したらどうするおつもりですの?」

フランチェスカ婦人は、相変わらず微笑んでいたが、その言葉には現実的な乾いた重みのようなものがあった。

チャールズは、ばつが悪そうな顔をしながら、「そうも決まったもんじゃあるまい……」

と、小さく言った。

そうして食事を終えた後、一行はまた違う部屋へと移動した。そこはティールーム兼リビングといったところで、サンダーマウンテンを望む大きな窓があった。

その時、平賀は初めてホールデングス城というものを、しっかりと見た。

麓に澱んだ森の影を潜ませ、そこから一段高くなった丘の上にそびえる巨大な城砦はたっぷりと月光を吸いこんで、銀のような際だった白さに輝いていた。

中央にそそり立つファサードと四本の尖塔、高低のある装飾的な屋根と数百本もの煙突、そしてそれらを取り囲む城壁の複雑なシルエットは、ウエストをぎゅっと絞った中世の貴婦人が寝そべっている姿のようであり、さらにいうならば、その女の柔らかな肉身の凹凸を繊細な線で表現した細工品のようである。

そうして、その体のところには、まだらに銀箔のような霧がまとわりついていたが、それが夜風の動きにつれて、まるで貴婦人がひらひらとスカーフを振るかのように揺らめくのであった。

城の窓には、煌煌と明かりが点っている。

「中には、誰かいるのですか？」

平賀が訊ねると、チャールズがつまらなそうに答えた。

「城の番をしているジョン・サクソンと数名の使用人たちが、常に城の点検や清掃をして、傷めないように守っているのですよ」

「そうですか」

暫くすると、腹が一杯になりすぎた平賀は深い眠気を催した。食べるのは苦手である。食べ過ぎると、胃に血が行くためか、すぐにふらふらとして気分が悪くなるのだ。

そんな平賀のようすを、ロベルトは見抜いたのだろう。

「すいません、僕たちはそろそろ部屋に戻らせてもらいます」

そう言うと、ロベルトは平賀に合図し、二人はさっさと自分たちの部屋に戻った。

「シャルロット嬢は、どうやらエルトン様とやらが好きなようだね」

ロベルトが言った。

「えっ、そうなんですか?」

平賀は驚いた。

「エルトン様の話が出た時の彼女の過剰反応が、恋心を物語っていたよ」

ロベルトは、確信しているかのように言ったが、平賀にはよく分からなかった。

とにかく二人はお祈りをして、ベッドへと入った。

静かにしていると、部屋のどこかが微かにきしみ始めた。

古い建物特有の、きしみである。それが時には、ひそやかな笑い声のようにも、すすり泣きのようにも聞こえる。

平賀はまた、吸血鬼のことを頭に蘇らせながら、意識を沈ませていった。

事実、ロベルトの推測は当たっていた。

＊　＊　＊

シャルロットは、ハーブティーを飲みながら、いつまでもホールデングス城の様子を眺めていた。

はっきりと二年前に別れたエルトンの顔を思い出し、その声が今にも城から響いてくるような錯覚にとらわれる。

シャルロットの胸にはエルトンと子犬のように戯れて過ごした日々の思い出が、お伽の国の幻灯画のようにいつまでも流れ続けていて、忘れるということはないのであった。

そうしてフランチェスカ婦人は、娘の憑かれたような横顔を見て、敏感にその胸の思いを感じ取り、叶いがたい危うい願いをこれ以上育てまいとして、はらはらする。

チャールズはそういう思いには鈍感な様子で、再び召使いに葡萄酒を持ってくるようにと命じた。

「それにしてもバチカンの神父たちは、綺麗な男たちだったな。まあ、よくしてやってくれ。お前も頼んだよ」

チャールズはどこか嬉しげに呟いた。

夫に男色的な感情傾向を日頃から認めていたフランチェスカ婦人は、「そうですわね」

と気怠く返答をした。

恐らくまた夫は、過去にも目に適った客人を迎える度にそうしてきたように、暫く、神父たちを過剰にもてなして、構うことだろう。

ことにロベルト神父のほうは、チャールズの好みであることを婦人は見抜いていた。

チャールズはワイングラスを片手に婦人の頬に接吻した。

「愛しているよ」

と言う。

愛人との秘密の関係を持っている時の男のような、妻に対する気のなさを隠した猫撫で声。

それでいて他の者に対して持っている感情の火照りのようなものを、不手際なほど発散している。

もしそれで、夫が同性愛に実際走るようなことでもあれば、フランチェスカ婦人の愛も冷めるのであったが、それがチャールズの内側にのみ留まっていることが、生ぬるい愛の地獄の中での救命具のようなものであった。フランチェスカ婦人はそれに身を委ねるしかなかった。

「お客人たちが、満足なさいますように、せいぜい、料理人に力を入れるよう命じておきますわ」

婦人は、ひっそりと呟いた。

第三章　吸血鬼の証人たち　Witness of the vampire

1

平賀やロベルト達が、ルーク家でとうに眠ってしまっていた頃、ネームレスマウンテンの付近にある安酒場では、農園や畑の労働者たちが騒いでいた。

デービッドは昨日、今日と酒場に足を運び、強い酒を呷っていた。

夜の恐怖に対抗して眠りに落ちる為には、酒の力と、馬鹿馬鹿しい大騒ぎの勢いが必要だったからである。

デービッドが眩暈を起こしながらも、尚も飲んでいると、店の中央にいた若い荒くれた農夫たちの集団が、一人の美少年に眼をつけて、からかい始めた。

田舎の女というのは、いやに身持ちが堅くって、婚約者になろうというのでもなければ、男達にはそっけないし、夜はそそくさと家に籠もってしまう。

それだから、男達は美少年にやり場のない欲求をぶつけているのだ。

この美少年の名は誰でも知っている。ユージン・ハートといって、町の教会のハート牧師の十六歳になる孫であった。

将来、教会の牧師を継ぐであろうその少年は、夜な夜な、家族の寝静まった後に、こっそりと、ずる賢い猫のように下町の酒場に忍んでくる性悪だ。綺麗な顔をして、女のように男達に接してただ酒を強請るものであるから、荒くれ男たちの良い慰みの相手となっていた。

特にその夜の酒場の空気はクリスマスが近いどよめきと、冬の暗鬱さが入り交じって狂気めいていた。

誰もが酷い酔っぱらいであった。

若者たちが、ユージンに、「吸血鬼にもう二人も町の女が襲われたというのに、牧師様はなにをしているんだ?」と絡むと、ユージンはせせら笑った。

「あんな爺には何の力も無い。そのことは自分がよく知っているさ。ここにやって来る途中に、サンダーマウンテンの頂付近で、不吉な青い焔がざわめきたつのを今夜も見たから、吸血鬼はまだまだ町人を襲うだろうね」

するとユージンの傍らの屈強な若者が、「不吉なことを言うじゃないか」と詰りながら、節くれ立った分厚い掌で、ユージンの鼻と口を覆った。

ユージンは暫くあがいたが、若者達にその肢体を押さえつけられ、気絶した様子で倒れた。

四肢をだらりとして、しんと静かなその様子は、まるで本物の屍体のようである。

酔いしれた若者達が、戯れに乱暴な愛撫をユージンにしながら、その体をまるで生け贄を捧げるがごとくに自分たちの座席のテーブルの上に置く。

　そうして彼の開いた唇の間に、黄金色の酒を矢継ぎ早に注ぎ込んだ。

　ユージンはぐったりとしていた。

（やっぱり死んでいるのかな？）

　と、デービッドは首を傾げた。

　だが、この少年はこんな風に妙な演技をして、ただ酒を呷ることが好きだから、恐らく死んではいないのだろう。

　デービッドは、ユージンの口もとから溢れて来る酒が、蠟燭の焔に赤く煌めきながら喉を伝わって落ちていくさまを、ぼんやりと見ていた。

　やがて若者達は、ギターをかき鳴らし、もの狂おしげにテーブルの周りで足踏みをして踊り出す。

　デービッドもそれに加わることにした。彼はタンゴのような激しい足捌きでステップを踏み、床にこぼれて溜まった酒を、飛沫にして撒き散らかした。

　若者達は、大声で嗤い、デービッドも嗤った。そうしてぐったりしているユージンの襟足の辺りを皆で撫でながら、卑猥な話をし続けた。

　だが、田舎酒場なものだから、そうした狂乱は一時をもって終了である。

「こちとらもう眠いんだ。帰った、帰った」と怒鳴りながら、おっかない酒場の親父が、若者達を追い立てて外へと放り出した。

デービッドは真夜中の魔法が解けたシンデレラのような無念な心地で、小さな自らの荒れ屋へと戻った。

きっとドアを開き、寝床に蹌踉(よろ)けながら横たわると、自分が墓の中の柩(ひつぎ)に閉じこめられたような心地がする。

大量の酒のお陰で、すぐに眠気が狭霧(さぎり)のように立ち込めてきた。体が動かなくなる。眠りながらも微(かす)かな意識はあって、窓の外で落ち葉が、苛立(いらだ)たしげに吹きすさぶ夜風に揺れさざめき、巻かれていく音が聞こえている。するとも闇の中から自分を呼ぶ声をデービッドは聞いた。

　デービッド。デービッド。目を醒(さ)ましなさいな。

その声は暗鬱な情熱の調子を孕(はら)んでいた。

　デービッド。私よ。

イーディの声だった。デービッドの耳は凍(い)てついたが、声は尚も近づいてきた。

　デービッド。私を見て。

傍らの暗闇に立つイーディの裸体が、確実な息遣いを持って、くねくねと動いていた。両手には、あの日、デービッドが斧で彼女の首を断ち切った時に着ていた血染めの真っ赤なドレスを持っている。

それをデービッドの周りでひらひらと振ると、デービッドの体は、まるで不思議な魔術をかけられたように、宙に浮かんで、ドレスの振られる調子とともに揺れた。

額に冷たい汗がわき出る。

デービッド、何を恐れているの？　私を好きだったのでしょう？

愛を恐れているの？

デービッドは少しだけ首を振った。

イーディが赤い唇を舌なめずりしながら覗き込んでくる。

その赤が鮮やかで目が離せない。思いがけない色。こんなに明るく眩しい赤があるだろうかと、心臓の音が盛り上がっていく。

イーディが喜んだ表情で、豊かな胸を両手で押し上げる。そうして片手を括れた細い腰に伸ばしていく。

その様子が、ゆっくりとしたスローモーションを見ているように、一瞬、一瞬、デービッドの眼に焼き付いていった。

デービッドは、イーディの首を切り落としてから屍人の毎夜の到来に恐れ戦いていたが、同時に激しい興奮を覚えながら夜ごとのイーディの痴態を眺めてもいた。

やがてイーディは動くことが出来ないデービッドの首筋に、軽く口づけをした。

すうっと自分の体から生気が抜けていくのが分かる。

このままイーディによって、自分は殺されるのだろうか？

或いは吸血鬼となったイーディをしとめ損なったことを牧師に相談するべきだろうか？

だが、イーディの手で体中をまさぐられると、デービッドは自分を滅ぼす者をあえて迎え入れる破壊的な快楽を禁じ得ないでいた。

2

ベッドで眠っていると、誰かの視線を感じた。

じっと静かに、しかし決して諦めない狩人のような眼で、誰かが見つめている。

そっと薄目を開くと、黒い服を着た男がベッド脇に立ち、こちらの顔を覗き込んでいる。

思わず逃げようとしたが、体は金縛りにあったように動かない。

にやっと笑った男の口からは、真っ赤な血が滴り、男は血まみれの唇で、平賀の唇を塞いだ。

平賀は、気味の悪い悪夢から目を醒まし、不快な朝を迎えた。

口の中に血の味と匂いを感じる。指を突っ込んでみると、指先に血がついていた。

寝ている時にどこかを嚙んだのだろうか？

首をかしげていると、隣のベッドにいたロベルトが大きく伸びをして起き上がった。

「おはようございます」

平賀が言うと、「おはよう」と、ロベルトが快活に答えた。

「吸血鬼の話ばかりしていたせいか、吸血鬼の夢を見てしまいました」

平賀は目を擦りながら言った。

「なんとも素直なことだ。君は子供みたいだね」

ロベルトはくすりと笑うと、ベッドから立ち上がって窓へと歩いていき、閉じていたカーテンを開いた。

明るい日差しが入ってくるかと思いきや、外の天気は悪く、空はコンクリートのように重たく見えた。

平賀もベッドから抜け、二人はパジャマから服へと着替えた。

二人で朝の祈りを終える。

それからロベルトは遠慮がちに部屋にある召使いを呼ぶためのロープを引っ張った。

暫くすると女召使いがやって来た。

「御用でございますか？」

「ああ、すみませんが、朝食の用意をお願いできますか？」

ロベルトが言うと、召使いは、「かしこまりました」と言って去った。

暫くするとシャンパンつきの豪華な朝食が運ばれてきた。

食事が終わると召使いがそれを片付け、暇な時間が訪れた。

調査する道具がない。

パソコンがない。

決められた祈りの時間が無い。

三つ揃えば、退屈だけが襲ってくる。

二人は仕方なく部屋に添えられていた便箋を使って、碁を打った。

三回目の勝負に入って暫くしてから、ドアがノックされた。

ロベルトが、さっと立ち上がり、ドアを開く。

トーマス執事とタリチャアヌ教授が立っていた。

「そろそろデービッドとベンに会いに行かれますか？　私は丁度、時間が空いてございます」

待っていた誘いだ。平賀とロベルトは、同時に「はい」と答えた。

「カリンさんは？」

ロベルトが訊ねると、「車は四人乗りですから」と、トーマスが答えた。

「あいつは歩いて町にいかせるから大丈夫だ」

タリチャアヌ教授が言った。カリンが向こう側に見えるドアの前に立ち、気のせいか恨めしそうな顔でこちらを見ている。

ロベルトは「すみません」と謝罪した。

一行はクラッシックな黒塗りの車に乗り込んだ。

サンダーマウンテンの高台から降り、町中を通り過ぎていく。

儚い日差しのせいで、事物の影がやけに薄く、立体感がない。すべてが影絵のように見える。

ネームレスマウンテンの方へ近づくにつれ、貧しげな民家や、獣の声が聞こえる小屋が多くなる。

そうした一軒の家の前で、車は急停車した。

「ベンの家です。降りましょう」

トーマスが言った。

石塀に囲まれ、煙突がある三十平米ほどの小さな家だ。細長い庭の片隅に薪が積まれていた。

トーマスが家の玄関をノックしながら、「トーマスだ。ルーク様の客人をお連れした」

と大声を張り上げる。

するとドアが、ぎしっと音を立てながら開いた。

年の頃は、四十そこそこだろう。目玉だけが、ぎょろりとした、のっぺり顔の男が顔を覗かせた。その背後の部屋の中に、貧しい身なりをした女性が、所在なさそうに立っている。

陰気そうな哀れさを、ベールのように被（かぶ）った女性だ。

トーマスが封筒、おそらく幾ばくかの金を包んだそれを差し出すと、ベンはもぎ取るようにして封筒を汚れたズボンのポケットに入れた。

「聞かれたことには、なんでも答えるように」

トーマスはそう言うと、自分は車の中に戻っていった。

「旦那（だんな）方、どうぞ、汚いところですが、中に入って下さい」

ベンが言った。

タリチャアヌ教授は、遠慮ない様子で、ずかずかと中に入っていくと、家族が食事を取っているのであろう小さなテーブルの椅子に腰掛けた。

平賀とロベルトはベンと女性に会釈をしながら、タリチャアヌ教授の周囲に腰掛けた。

ベンは女性を、おそらく女房だと思われるその女性に、「お前は聞いていたら泣くだろうから、どっかに出ていってこい」と命じて、外に追い出した。

「さて、それでだ。君の娘さんが、吸血鬼の被害に遭われたというので伺ったわけだが、そこのところの経緯を、詳しく語ってくれたまえ」

タリチャアヌ教授は、赤い鼻髭を撫でながらベンに訊ねた。

「あれは嵐になった夜のことですよ。空の様子も怪しいんで、俺は早くから帰って晩酌をしていたんでさ。それでストーブの薪が切れて、娘が庭に薪を取りに行くと言ったんです……」

ベンは証言した。

娘のドリーンが家の扉をあけたとき、狼どもの遠吠えがやたら五月蠅く聞こえ、ベンは一瞬、厭な予感を覚えた。すると、すぐに恐ろしい悲鳴が聞こえてきた。

やはり狼が出たのかと、ベンは柱に立てかけていた猟銃を手に取り、外へ飛び出した。

だがそこで見たものは狼などではなかった。

全身黒ずくめの影のような怪物が、地面に倒れたドリーンの上に覆い被さっているのだ。

ベンは反射的に猟銃を構え、男に向かって引き金を引いた。

一発、二発、三発と撃ち、すべて命中したはずだ。

なのに男は倒れることもなく、平然と顔を上げて、ベンの方を見た。

長い黒髪と、黒い仮面。その眼は獣のように赤く光り、口元にはべったりと血が付いている。

（ば、化け物だ！）

ベンは恐怖の為に、手にしていた猟銃を落としそうになった。

男は素早くベンに近づいてきたが、恐怖に凍えるベンを無視してすっと脇を通り抜けた。そして軽くひと飛びに塀を越し、庭の外へと出て行った。

ベンは狼狽えながらも、男の様子を目で追った。

幽霊、そう、男はまるで幽霊のようだった。

闇間にちらちらと動く姿をみつけたかと思うと、次の瞬間には忽然と消えてしまう。

そして突然、男の姿が大柄な狼に変じたかと思うと、鋭い遠吠えが辺りに響いた。すると、どこからともなく数匹の狼が現れ、ベンに向かって激しく吠えたててくる。

ベンはこれ以上の災いが起きないように、家の中にとって返すと、十字架と大蒜を手にして門の前に立って叫んだ。

「吸血鬼よ、去れ！」

そして門に、大蒜を擦りつけた。

狼たちが闇の中へと走り去っていく。

ベンはそれから慌てて、倒れているドリーンを家の中へと運んだ。ドリーンの首は血まみれで、完全に息が絶えていた。

「本当に猟銃で撃ったのに、その男は平気だったのですか？」

平賀は瞠目して訊ねた。

「ええ、まるで応えていない様子でした」

「弾を外したのでは？」

「冗談じゃありゃあせんぜ。ほんの二メートルほどしか距離がなかったんです。そいつを外してちゃ、家畜小屋の番なんて務まりません。俺は二百メートル向こうの狼だって、しとめることができるんですぜ」

ベンは答えた。嘘はいっていない口ぶりだ。

「なる程。相手は吸血鬼だ。そういうこともあろう。それでドリーンの体は今どこにあるのかね？」

タリチャアヌ教授は、非情な響きを持った声で訊ねた。

「棺桶だけしつらえて、まだ奥の部屋に寝かせてありまさぁ。一応、ハート牧師様に、清めては頂きましたがね……」

ベンは暗く澱んだ声で答えた。

「なる程、では娘さんを見せてくれ」

平賀たちは、ドリーンが眠る部屋に案内された。

みすぼらしい小さな部屋に、真新しい棺桶が置かれていた。

その中に十二、三歳と見える少女の屍体が眠っている。屍体の周囲には、赤い薔薇が敷き詰められていた。それは香りと形から、この地でしか生息しない冬に咲く薔薇、ファイロン・レッドだということが分かった。

ベンは娘の傍らに立って、無表情に立ちすくんでいる。

平賀たちは棺桶に近づき、まじまじとドリーンの様子を窺った。

首筋にある歯形を観察し、彼女の脈を確認する。ドリーンの身体は、硬直して青みを帯びていた。

「間違いなく死んでいます」

平賀は断言し、そしてドリーンの身体から微かに匂い立つ、異臭に気づいた。それは死臭とはまた違っていた。

「変な匂いがしませんか?」

平賀はロベルトとタリチャアヌ教授に訊ねた。

「するね。腐った果実に油が混ざったような匂いだ」

ロベルトが的確に表現した。

「そいつは吸血鬼が残していく匂いだ」

タリチャアヌ教授が言った。

「吸血鬼が残していく匂い?」

「そうだ。ホールデングスの吸血鬼は独特の匂いを残していくとされている。それもその匂いは、強い吸血鬼にだけ特有のものだ。悪魔が硫黄の匂いを残すのと同じだ」

そう言うと、タリチャアヌ教授は、胸ポケットから小さなケースを取りだし、その中から針を手にとると、いきなりドリーンの首元に突き刺した。

「何をするんです！」

ロベルトが驚いた声を上げた。

「騒ぎなさんな。吸血鬼として蘇るかどうかこれで分かる」

そう言って、タリチャアヌ教授が刺さった針を引っこ抜くと、針には澱のような血が付着していたが、傷口から血は流れなかった。

「血が固まっているということは、この娘は吸血鬼になっていない。安心して墓に葬るがいい」

タリチャアヌ教授がそう言うと、ベンはほっとしたような息を吐いた。

「どうだね、これで吸血鬼に噛まれたものが全て吸血鬼になるわけではないと証明できたであろう？」

タリチャアヌ教授は誇らしげに言ったが、平賀の興味は針に付着した血に注がれていた。

「一寸、その血を見せて下さい」

平賀はタリチャアヌ教授から針を受け取った。

まじまじと血を観察する。目で見る限り、それは普通の血液である。匂いを嗅いでみる。

やはり血液の匂いがした。吸血鬼の匂いは血からは感じない。

匂いのもっとも強いところは？　とドリーンの身体を嗅いだ平賀は、その元が少女の唇にあることを突き止めた。

平賀は、内ポケットの中から、綿棒を二本と小さなビニール袋を取りだした。

一本の綿棒に、針に付着している血液を擦りつける。

そうしてもう一本の綿棒を、少女の唇の間に差し込んだ。そして取り出す。

二つの綿棒を平賀はビニール袋に入れて、内ポケットにしまった。

それから平賀は巻き尺を取りだした。それでドリーンの首筋にある二つの歯形の直径と、両者の間の距離を測る。

「歯形の直径は、二・三ミリ。二つの歯形の距離は、八・二ミリですね。ええと、どなたか写真を撮れるものを持ってらっしゃいませんか？」

「我が輩のデジタルカメラを使うとよい」

タリチャアヌ教授はそう言うと、上着の懐に腕を突っ込み、小さなカメラを平賀に手渡した。平賀がそれでドリーンの傷口を数枚撮影する。

「二つの歯形の距離や湾曲の度合いから顔の大きさや顔相が多少は分かると思います。私のパソコンが戻ってきたら、後でデータを貰いますね」

「ふむ分かった。しかし、それにしてもいつもそんな小道具を持っているのかな？」

タリチャアヌ教授が言った。

「調査のための小道具はいつも持ち歩いています。癖なんです」

「それで吸血鬼のことが分かるのかね？」

「今はまだ何とも言えません。調査をする為には色んな機材を届けてもらわなければなりません」

「ほう」

「娘さんの為に、祈らせてもらえませんか？」

ロベルトがベンに言っている。

「お宅さん方は、バチカンの神父さんだと聞いてますけど」

「ええそうです」

「それじゃあ、ご遠慮願います。うちは国教会の信者です。ハート牧師様に祈ってもらった後ですしね。違う宗派の人に祈られたんじゃあ、魂が迷っちまう」

ベンは平然と辞退した。

「残念でしたな。では、次に行くこととしましょう」

タリチャアヌ教授はそう言うと、外へと出て行った。

平賀たちはトーマスの車に乗り込み、次にデービッドという青年の元へと向かうことになった。

そこは丘の上にあるリンゴ農園の休憩所だった。

よく日焼けした体格のいい青年が、おどおどした仕草でリンゴ箱に座っている。

平賀たちはその青年を囲むようにして立った。

「吸血鬼を目撃した時のことを話して下さい」

平賀が丁重に言うと、青年はやや下を向いたまま、暗く熱っぽい眼をして、ゆっくりと、吸血鬼のことについて語った。

平賀が聞く限り、デービッドの目撃したものは、夢の中でもない限り、この世の常軌を逸したものであった。

そうして恐らくその者は、ベンの目撃した者と同一の者だった。

別に口裏を合わせる必要もない男たちが語る内容の一致と、実際に人が死んでいるという事実は、迷信めいた非合理的な出来事が、紛う方ない現実であることの証拠である。

この現実を、何か科学的な理論で説明することが出来るだろうか？

平賀が宇宙から漂ってくる閃き(ひらめ)を摑(つか)もうと首を傾げていると、いきなりタリチャアヌ教授が大声を上げた。

「ぬぬ。君、その首の傷はどうしたのだ？　何か隠していることがもっと他にもあるだろう？　我が輩が見たところ、その傷は吸血鬼から生気を吸い取られた痕(あと)に違いないのだ。隠さずに言え！　でないと己の命が危ういぞ！」

するとデービッドの目が見る間に充血し、唇が戦慄(わなな)いた。

見ると、確かにデービッドの右の首筋にかぶれたような痕がある。

それは少し血を滲(にじ)ませ、痛々しかった。

デービッドは、教授の鋭い眼光に射すくめられたようになって、たどたどしく吸血鬼を葬る為に執り行った秘密の儀式のことを漏らした。

そしてイーディなる女性の屍体の首を、儀式に則(のっと)って切り落とした日から、その女性が毎夜、彼のもとを訪れてきては、首筋を吸うのだと訴えた。

「助けて下さい」

と、デービッドは言った。

「抗えないのです」

と……。

「一つ聞くことを、正直に答えるのだ。君は屍体に接吻したりはしなかったかね？」

タリチャアヌ教授の問いに、デービッドは項垂れて、恥じ入るように顔を覆った。

「してしまいました。一度だけ……」

「なる程……。で、屍体の首を切り落とした後に焼いたかね？」

タリチャアヌ教授がデービッドに訊ねた。

「多分、焼いてまではいません。多分……そう思います」

「ふむ。まずそのことを確かめて、処置をどうしたものか考えねばなるまい。我が輩が、ハート牧師と相談しておこう」

「お願いします」

デービッドは縋り付くようにタリチャアヌ教授を見た。

とてもその目は嘘を言っているようには見えなかった。

「杭で心臓を打ち抜いて、首をはねても滅んでいないということですか？」

帰りの車の中で平賀が訊ねると、タリチャアヌ教授は頷いた。

「恐らく、非常に中途半端なかたちで吸血鬼として生を保っているのだろう。肉体もちゃんとしたものではなくて、亡霊に近い形になっている。それだから首筋に歯形がつくこともなく、生気を吸う力も弱いためにデービッドはまだ生きていられるのだ」

「デービッドのところに行ったということは、他の儀式に参加した人たちのところにも行ってるんですかね？」

ロベルトが呟いた。

「それを確かめよう。まずはイーディの父とアーロンのところに行こう。後はハート牧師と儀式を手伝った助祭だな。だが、我が輩の予測が外れていなければ、恐らく誰の所にも行っていないと思う」

「それは何故です？」

平賀は訊ねた。

「我が輩の予想では、デービッド以外、誰とも血の契約を交わしていない。すなわちオドを交えていないからだ」

タリチャアヌ教授は豁然とした様子で言い放った。

「オド……ですか」

「ふむ。そのことについては事実関係を確認した後で、ゆっくり説明しよう」

3

町の中心部に着くと、執事のトーマスは「ルーク家に帰りたい時は、お電話くだされば、運転手をよこします」と言い残し、車で走り去った。

平賀達はまず、クリスマスのもみの木が飾られている広場の近くにあるムーア雑貨店を訪ねた。平賀は、デービッドが目撃した吸血鬼が、ヤモリのように壁に張り付いて這っていたという、高窓の方を見上げた。

当然、古い煉瓦造りの壁は垂直で、人が上り下りできるようなものではない。

何かそれが出来そうな器具、鉤だのロープだのを使った痕跡はないかと、壁にじっと目を這わせ、厭と言うほど観察したが、何も見いだすことは出来なかった。

三人はそれを確認すると、店へと入った。

店の中にはずらりと生活雑貨が並んでいる。

石鹸やシャンプーといった必需品から小さな籐の籠やタオル。クッキーなどの食料品、そして季節柄のクリスマスデコレーションなどが目に留まった。

店員が三人ほどいて、客が触り散らかした雑貨品を、整理している。

店主のフランク・ムーアは、娘を失った悲しみを気丈に押し殺して、いつものように商人らしい笑顔を顔に張り付け、レジに立っていた。

「フランク・ムーア。吸血鬼の犠牲になったイーディ・ムーアの父親だね」

タリチャアヌ教授は、相変わらず不躾な態度で訊ねた。

フランクは、微かに目の下を痙攣させてタリチャアヌ教授を振り返った。

「何ですか、突然」

「なんでもない。ただ一つ聞きたいことがあるだけだ」

「どんなことです？」

「イーディの屍体を焼いたかどうかについてだよ。それと、君はあれからイーディの姿を夜見ることはないかね？」

タリリャアヌ教授の声が大きかったせいか、店にいた客が数人固まって、ひそひそ話を始めた。フランクは、「一寸、こちらに来て下さい」と言って、平賀たちを店の奥の隅に来るように誘った。

「困りますよ。店先であんな大声で話をされては。この町は噂がすぐに広がるんです」

フランクは小さな声で言った。

「それはそうだろうな。ノミの臍のように小さな町だ」

タリチャアヌ教授がそう言ったので、平賀は思わず、「ノミに臍はありません。臍を持つのは哺乳類、鳥類、爬虫類だけです」と正した。

「平賀……、たんなる物の譬えだから」

ロベルトが言った。

「噂されるのが厭なら、我が輩の質問に正直に素早く答えることだ。イーディの屍体は焼いたのか？　そして夜にイーディの姿を見ることはあるかね？」

フランクは、しっと人差し指を立て、小さな声で答えた。

「屍体は焼いてはいません。ただし、屍体が暴れぬように、心臓は取りだして、切り落とした頭とともに脚の間に置きました。イーディの姿はそれ以来見てはいません。何故です？」

「デービッド・オリバーのところに毎夜、イーディが姿を現すらしい」

タリチャアヌ教授がにべもなく答えると、フランクは唇を震わせた。

「そっ……そんな……」

「確かめに来たのはそれだけだ。ではな」

タリチャアヌ教授はそう言うと、さっさと外へと出て行く。

平賀とロベルトは顔を見合わせながら、教授の後に続いた。

そうして歩いていると、カリンが向こうから、のっしのっしと現れた。

「カリン、今からスペンサー病院に偵察に行くところだ」

タリチャアヌ教授が言うと、カリンは「ご一緒します」と一言いった。

初めて喋るのを聞いた。野太く低い声だ。

カリンと合流した平賀達四人はスペンサー病院に行くと、ひんやりとした待合いの長椅子に腰掛けた。

十数人ばかりいる順番待ちの人も、目新しい四人が並んで腰掛けているのが気になる様子で、ちらりちらりと平賀たちの方を見る。中には、じっと凝視している者もいる。

「さて、では我が輩がアーロン医師に面会を求めてこよう」

タリチャアヌ教授は立ち上がり、受付へと向かっていった。そうしてなにやら、ごそごそと受付係と話をすると戻ってきた。

「三十分ほど待たねばなるまい」

タリチャアヌ教授は呟いた。

しかし平賀が気になっていたのは、さっきから待合いの窓の外で、中の様子を覗き込んでいる一人の女性の存在だ。その女の顔立ちや出で立ちは、冷たくて硬い陶器のような感じであった。眼光には極度に神経質そうで強迫的な色合いがあって、その目で、食い入るように窓の外から病院の様子を見ている。

平賀がその女性についつい目を奪われていると、タリチャアヌ教授が耳元で囁いた。

「あれがフレディの女房のイザベルだよ。夫を見張っておるんだ。嫉妬深さに起因して、妄想まで引き起こしているようだ」

そう言っている内に、平賀たちの目の前を、フレディと一人の看護師が、談笑しながら肩を並べて歩きすぎようとした。

すると、いきなりイザベルが中へと飛び込んできた。

そうして驚いている顔のフレディの頬を平手うちすると、今度は看護師に摑みかかった。

「やっぱり！　この女と怪しいと思ってたのよ。二人で人前でいちゃつくなんて、一体、いつから関係を持ってるの！　白状なさい」

「おい、止めろ。何を勘違いしてるんだ。ここは職場だぞ。仕事仲間同士で話をするくらい当然じゃないか」

フレディが慌ててイザベルを止めにかかる。

イザベルはフレディの手を解きながら、看護師の髪を引っ張った。

「誤魔化されるもんか！」

「止めて！　止めて！」

騒然とした空気に、待合いにいる人々は、ぽかんとしていたり、眉を顰めていたり、

「またイザベルの嫉妬が始まったよ」と密かに笑っていたりする。

いきなりの修羅場に、平賀が驚いていると、他の看護師達や医師たちが飛んできて、イザベルを外へと追い出した。

ジェームズ院長が、つかつかとやって来て、フレディに勧告した。

「イザベルに二度とこんな真似をしないと約束させない限り、お前も病院には来んでよい！」

フレディはぺこぺこと頭を下げ、病院の外から中を覗き込んでいるイザベルの元へと走っていった。夫婦は言葉を交わしながら去っていく。

「全く、あんな嫉妬深い女は見たことがない。今に亭主が一歩でも外に出たら、妄想を膨らませるようになるに違いない。まさにあれこそ嫉妬の女王だ！」

タリチャアヌ教授が、からからと嗤うと、横にいたカリンも頷きながら、不気味な声で嗤った。平賀には何が可笑しいのか分からなかった。

しばらくすると平賀たちはアーロンの診察室に通された。

「私に御用とはなんでしょうか？」

アーロン医師が、机の上の書類を揃えながら訊ねる。

「簡単な用事だ。一分で済む。君はイーディ・ムーアの姿を見たかね？　つまり、イーディが死んでから後のことだ」

タリチャアヌ教授が訊ねると、アーロンは不可解きわまりないという顔で眉を顰めた。

「いいえ。彼女は死んだんですよ。姿なんて見るはずがありません」

「ふむ。やはりな」

「一体、何なんです？」

「何でもない。それだけのことだ。用はもう済んだ。ではさらばだ」

平賀達はスペンサー病院を後にして、遅くなった昼食を食べることにした。

タリチャアヌ教授によれば、町にはレストランが三軒あるということだった。

どこもさして美味くないという。

だがとりあえずは一番ましだというジューシーラビットという名のレストランへ行くことになった。

「僕達は、今財布を持っていないのですが……」

ロベルトが言った。

「そうなんです。事故車の中にスーツケースごと置いてきて、警察に押収されているんです」

平賀が説明すると、タリチャアヌ教授は「めしぐらい我が輩の奢(おご)りでよい。この大食らいの助手に比べれば、君らの食費など大したことはないだろう」と言った。

教授に甘えて、二人は店に付いていくことになった。

スペンサー病院から五分ほど大通りを進んだ角に、落ち着いたブラウンの看板が出ている。木の扉を開けて中に入ると、質素なテーブルと椅子が並んでいる。

昼どきを過ぎて二時半になっていたせいか、店には客が少なかった。

四人はテーブルに着き、メニューを見て適当なものを頼んだ。

ミルクとバター入りのマッシュポテト。野菜のソーセージ。ラビットの肉入りパイ。

そんなものがテーブルに運ばれてくる。

カリンは皿が目の前に来ると同時に、がっつき始めた。

平賀は食べ物よりもタリチャアヌ教授の言っていた『血の契約』のことが聞きたくて、うずうずしていた。

それで食べ物に手を付けぬ内に、切り出した。

「教授の推察通り、アーロン医師やフランクさんはイーディさんを見ていなかったわけですが、デービッドだけがイーディに吸血される理由というのは何なんです？　『血の契約』って……」

タリチャアヌ教授は、マッシュポテトを一口頬張り、それからコーヒーを啜(すす)った。そうしておもむろに口を開いた。

「血の交流というものは、性交と同様、屍者と通信する古くからのかけがえのない手段だったのだ」

平賀は頷いた。

「ロベルト神父から、女神ヘカテに仕えた巫女たちの話を聞きました。彼女らは霊界と通信するために、屍人の血を飲んだとか」

ロベルトは言葉を発さず、交互に平賀と教授を見ているだけだったが、彼が黙り込んでいるという印象にはならなかった。恐らくそれは、物言わぬ時でも語りかけてくるような、底深く漂う水のように青い瞳のせいだろう。

「そうだとも。死は愛する者達を他界へと引き離し、両者の間に、越えがたい距離を置く。こうした屍者と生者の間の距離は、血によってのみ解消されるのだ。

愛する者が死んだとき、残された者が人差し指を切断し、永遠の誓いとなす儀式は先史時代からあったという。オーストラリアの先住民やフン族には、こうした儀式の真の目的は、故人を悼むために自らが出血することによって、屍者の状態に近づき、死の世界に近づくためであり、またその血を屍者に捧げることで、屍者のほうも一時、生命力を取り戻し、生者の世界に近づいてくるからだ。そうすることで両者は、死とも生とも言えぬ曖昧な次元での邂逅を成し遂げるのだ。そうすることで二人は血のテレパシーを共有する」

「血のテレパシーですか？」

平賀はこの聞き慣れぬ魅惑的な言葉の説明を、尚も求めようと訊ね返した。

「左様、血のテレパシーだ。例えば錬金術的秘密結社薔薇十字団の遠隔通信の秘法もこれを用いてなされている。一人がメスで左腕を切り裂いて血を流し、その血を海綿できれいに拭う。するともう一人が同じく薬指に切り傷をつけて、傷口から相手の傷口に一滴の血を垂らす。それから両者の傷口が完全に癒合するまで、包帯を巻いておく。そして今度は、後者が腕に、前者が薬指に傷をつけ、傷の先から相手の傷口に一滴の血を垂らす。そしてやはり傷口が癒合するまで包帯を巻いておく。そうするとだ、この両者はどんなに離れていようとも、針の先でくだんの癒合した瘢痕を突くと、同時に片方にも同じ刺激を感じるのだ。しかも前もって、最初の突き、第二、第三の突きが何を意味するかを決めておけば、それによって、片方の人間が伝えたいことを互いにすることが出来るんだ」

「だとすると、輸血などの行為でも、血の契約となるんでしょうか？」

「それは少し違う。与える側と受け取る側の意識も違う。輸血に深い意識は関わっていないからな。

ともかくだ。デービッドがイーディの屍体に接吻した時に、半ば吸血鬼になりかけていたイーディの血の循環機構は、吸血鬼のそれと同じになっていたに違いない。それであるから、接吻の最中にイーディの毛細血管からデービッドの血が吸い取られ、デービッドの恋心とイーディの飢えとが結びついて両者を必要とし合い、『血の契約』を結ぶ形になってしまったんだ。だから両者の間にのみテレパシーが生まれ、儚くなったイーディの霊魂であっても、デービッドのところにだけは行くことが出来るのだろう。そして実際の肉体がない故に牙を立てて血を啜ることは出来ず、血の中にある生命のエキスであるオドを吸収して、飢えを凌いでいるのだ」

「オドと言えば、十九世紀のもっとも優れた科学者であると言われるドイツのカール・フォン・ライヘンバッハが提唱した不思議な力のことですよね。生命力と深い関係があるという……」

「そうだ。動物の場合、オドはアストラル界から個々の心臓にある入り口を通じて物質世界に出て行き、主に血液や体液の中に宿って、霊と肉体を動かす力となる。それ故に吸血鬼は血を啜る。血の味や香りも彼らにとっては好ましい。だが、嚙みつくための牙を持たぬ亡霊もどきなら、オドだけを抜き取っていくことがある」

タリチャアヌ教授が断言する横で、カリンが三つ目になるパイを食べていた。

「医学的には血は骨髄から造られるんですが……」

平賀が言うと、タリチャアヌ教授は首を振った。

「心霊学的には違うな。意識や生命の扉となるのは、心臓だ」

平賀は真剣な顔をして親指を嚙んだ。

「それが本当だとすると、心臓移植された人間に、移植した方の人間の意識が宿るという話も本当かもしれませんね。私は心臓を移植された人間が、移植後、性格や物の好みが変わって、提供者と似るようになったという報告書を読んだことがあります」

「あり得ることだ。ただしこの薔薇十字団の秘法には、まだ明かされていない魔術的手続きがあるようだから、試しても無駄だぞ」

タリチャアヌ教授が言ったので、平賀はがっかりとした。そして、もやもやと考えながら、ビーンズのサラダのようなものを頬張った。

確かに命というものは不思議なものであって、生命の無いものとあるものとの間に、どんな隔たりがあるかを明確に言うことの出来る科学者は存在しない。

一応のところ、現代の生物学では、代謝に代表される、自己の維持、増殖、自己と外界との隔離など、さまざまな現象の連続性をもって生命とする場合が多い。

しかし実のところ、これらの定義を崩すような、死とも生とも判断できない、物質とも生物とも言えぬような中間のものも存在しているのが現実なのである。

だから生ける屍体と言われる吸血鬼が、絶対に存在しないとは言い切れない。

ちゃんとした検証をすることなしに言い切ることは却って野蛮で非論理的である。

『屍者の王』が存在するならば、是非にともその生態を調べてみたいものだ。

生命について、何かが分かるかも知れない。

二十一世紀になった現代でさえ、哲学、生物学双方の分野で、生命の定義は非常に困難な問題だ。定義自体が、今のところは生命とは何かの『過程的現象』を意味するものであり、純粋な物質、つまり物理的定義がちゃんと出来ているというわけではないからだ。

だから、現状における生命の定義自体を全く無意味なことだと考える哲学者や生物学者も多々いる。

現代においては似非科学的な発想だとされてしまったオドに関する考えを、平賀は科学から追放すべきではないと考えていた。

そういう物質があるとしたら、非生命と生命との間に一線を引く画期的な定義となるであろうし、まんざら古い考えが間違っていると言うことは出来ない。

例えば、二十世紀はアインシュタインの相対性理論の時代であったが、二十一世紀の今は、彼の考えには盲点があるのではないか？　ニュートン時代のシンプルな物理に対する定義を見直すべきではないか？　という声も少なからず上がっている。

ぼんやりそんなことを考えていた平賀だが、ロベルトが不意に「『薔薇十字団の遠隔通信の秘法』の手続きならば知っていますよ」と軽く言ったので、驚いて彼を見た。

タリチャアヌ教授は興奮した表情で、ロベルトを振り返った。そのカップを持つ指先が、昂揚の為か少し震えているのが分かる。

「なんだって？　それは本当かね？　我が輩はその情報を何年も探し求めたが、どうにも見つけることが出来なかったんだ」

カリンもパイを頬張りながら、瞠目している。

「僕が読んだ古文書に、十七世紀にイギリス、エジンバラの司祭をしていた神父が、実は薔薇十字団の一員だったようで、彼の手書きの本に、詳しく『血のテレパシー』の秘儀の手続きが綴られていましたね」

ロベルトの言葉に、タリチャアヌ教授は固唾を呑んだ。

「少しなら我が輩も分かるのだ。だが、一つだけ分からないことがある。それは『血の交わりの魔法陣』と呼ばれるものだ」

「血の交わりの魔法陣ですか。確かそれならこうです」

ロベルトは胸ポケットに差していた万年筆を手に取ると、ナプキン立てから紙ナプキンを一枚抜き、それをテーブルの上に広げて、さらさらと一つの魔法陣を書き上げた。

歓喜。稲妻のように歓喜の表情がタリチャアヌ教授の顔に閃いた。

教授は、魔法陣の描かれたナプキンを手に取ると、筋張った、普段顔色の悪い顔を桃色にほてらせて、遊技に熱中している子供のように、魔法陣を見詰めて読み始めた。

そうして、「なる程……。なる程……」と何度も呟いた。

そう、何時だって凄いことをロベルトは知っているのだ。

それから教授は大事そうにそれを畳んでポケットに入れると、いきなりロベルトに握手を求めて腕を差し出した。

「有り難う！」

と教授は言った。

「いいえ、食事をご馳走になったお礼です」

「いいや、実に価値あるものを教えてくれた。こんな食事など百回奢っても足りぬくらいだ。我が輩の吸血鬼研究の歴史において画期的な知識であった」

「そんな、大袈裟ですよ」

ロベルトは微かに疑問の入り交じった微笑みを浮かべてタリチャアヌ教授の手を掴んだ。

二人が握手を交わす時には、カリンは五つ目のパイを食べているところであった。

「いよいよ吸血鬼が何処にいるのか探し当てねばならん」

タリチャアヌ教授は呟いた。

食事を終えた後、平賀たちはハート牧師を訪ねることにした。

同時に、イーディの屍体を確認するためでもある。教会はルーク家の近くにある山の麓だ。

歩いていくには骨が折れる。

タリチャアヌ教授は、「いちいち移動するのに、運転手を待っていられるか」と言い、
店員に命じて、タクシーを呼ばせた。

平賀達は、タクシーに乗り込んで、教会へと向かったのであった。


森を通りぬけると、墓地に出た。

墓地の所々に薔薇のアーチがめぐらせてあり、ぽつりぽつりと赤い薔薇が咲いている。

風にのって、キツイ花の香りが漂ってきた。

ここは山の麓にほど近いが、ルーク家とは山の反対側になる位置だ。墓地を過ぎてしばらく行くと、教会が現れた。

貴婦人がドレスのすそを広げたような巨大な円形の屋根があり、その中央から鐘楼が天に伸びている。

全体は六角形の建物で、六つの角ごとに、バロック的な曲線を持った尖塔が立っている。正門の上にある尖塔には、薔薇窓の代わりに時計があった。

屋根の軒にもバロック調の優美な曲線が見受けられ、壁には丸窓や細長いステンドグラスが連なっていた。正面玄関は木の扉で、扉に続く六段の階段がある。

教会の前には、まるで平賀たちの侵入を妨げるかのように、英国国教会の教主・カンタベリー大主教の紋章が掲げられていた。

タリチャアヌ教授に続いてカリンが中に入っていく。

平賀とロベルトは互いの目を合わせた。

「私達も入っていいんでしょうか？」

「歓迎されないことは確かだとは思うが、一応、入ってみよう」

ロベルトは浮かぬ顔で答えた。

中に入っていくと、教会内部は八角形の柱が両側に隙間なく並び、まるで白い壁のように見えた。外部からは見えた色とりどりのステンドグラスと丸窓は、入り口の位置から一切見えない。

構造としては、三身廊から成っている。

平賀達は、主祭壇を真正面に据える中央の廊下を歩いていった。

すると柱の間から、キリストの受難の日々が描かれたステンドグラスが見え始めた。

摩訶不思議な現象だが、これらは眼の錯覚を利用したマジックだ。サン・ピエトロ広場にも、同様のマジックをベルニーニは取り入れている。

普通に見ると、まるで巨大な壁のように並ぶ立柱だが、『円柱の中心』と敷石に記された場所に立つと、全ての柱がピッタリ重なり合い、広場の外の世界がきれいに見えるのだ。元々、その印を中心として、柱を放射状に建ててあるのだから当然なのだが、ベルニーニは人を驚かせるためにそんな仕掛けを作ったのではない。

彼は、閉じながら、同時に世界が開かれているという二つの条件を満たす空間を作ろうとしたのだ。

つまり、広場の中にいる信者にとって、そこは閉じられ守られた空間であるが、同時に世界中にいる信者たちにも救いをもたらすべき空間であるとベルニーニは考えた。サン・ピエトロ広場で発せられる神の救いの光は重なり合った柱を抜けて、外の世界に放射状に広がっていく。ベルニーニは地球全体に向かう光を思い描いたのだ。

この教会の作り手も、そうした思いを持っていたのだろうか。

平賀が入り口付近で足をとめ、そんなことを思っていたときだ。

主祭壇の奥からハート牧師が姿を現した。

「そこに余り長く留まってはいけませんぞ。そこは『悪魔の足場』という、教会で唯一、魔が侵入してくる場所です」

平賀とロベルトが声のする方に向かって歩こうとすると、ハート牧師は二人を制するように片手を前に出した。

「そちらのお二人は、これ以上、祭壇に近づかないで下さい。あなた方はバチカンの神父でしょう？」

「ええ、そうです」

平賀は頷いた。

「ならば英国国教会の中にいることだって、相応しくはない」

ハート牧師の言葉に、ロベルトが「私達はここに掛けています。それでいいでしょう？」と言って、長椅子に腰を下ろした。平賀もその横に座った。

「いいでしょう」

ハート牧師は極めて面白く無さそうに承諾した。

タリチャアヌ教授は、ハート牧師の目前まで歩いていって、一言いった。

「どうやらイーディ・ムーアの霊が迷っているらしい。夜な夜な、デービッドのところに来ては彼の生気を啜っておるようだ」

「なんですって？」

ハート牧師は顔色を変えた。

「牧師様のところには姿を見せませんかな？」

「いえ、私はイーディの姿は見ていませんが、ドリーンまで吸血鬼の犠牲になったので、何か手を施そうと考えていたのです」

「どんな風に？」

思わず平賀は訊ねた。

ハート牧師は咳払いをした。

「バチカンの神父方には関係ないことです。我が国王は、ローマ法王に破門されたのですぞ。バチカンの方々と手を組む気は到底ありません」

ハート牧師の頑なな態度に、平賀は口を閉じた。

「なんなら、我が輩が手伝いましょうかな？　カソリックでもないし。こう見えても吸血鬼のことを長年研究しておりますからな。少しは役に立つでしょう」

タリチャアヌ教授が言うと、ハート牧師は頷いた。

ロベルトは時計を見ていた。

「もう四時半だ。ここにいても僕たちはつまはじきだろう。取りあえず、ルーク家に戻ろう。教授たちには後から話を聞くことにしよう」

ロベルトがこそっと平賀の耳元に囁いた。

「……そうですね。そうしましょうか……」

平賀とロベルトは頷き合って二人で立ち上がった。

「お邪魔なようなので、僕たちは先にルーク家に戻っています」

ロベルトが言った。

「歩いてどのくらいですか？」

平賀が訊ねる。

「教会の裏手にある山の麓の道に沿って右に行くと、三十分ほどで山の向こう側に出ますから、ルーク家が見えますよ」

平賀達が立ち去ると聞いたハート牧師は、せいせいとした表情を隠さずに言った。

二人は教会を出て、ハート牧師に言われたとおりに歩いた。

途中、無数の小さな鳥が、甲高く悲しい声で鳴きながら、木の枝にとまっている姿がある。

「あれはもしかしたら、カササギですね」

平賀が言うと、ロベルトが答えた。

「英国では不吉な鳥なんだ。人のような不気味な声で鳴くし、屍体（したい）を啄（ついば）むから、あの鳥が群れているのは近くで屍人が出る証拠などと言われているよ」

ロベルトはなかば独り言のように呟（つぶや）いた。

頭の片隅で物思いにふけっている証拠である。それは平賀にしても同じで、一体、この吸血鬼の謎をいかにして調査すればいいのか、交通がまともになって、バチカンと遣（や）り取りができるようになったら、何を必要とするか考え続けていた。

第四章　屍王の脚は速きもの　The swift (king of the dead)

1

平賀とロベルトが去っていった後、タリチャアヌ教授はハート牧師に忠言した。

「まずはイーディの屍体の様子を見た方がいいでしょうな」

ハート牧師は頷き、彼ら三人はムーア家の墓へと足を運んだ。

真新しい棺桶を開けてイーディの屍体を確認する。

首を切られ、心臓をえぐられて、頭部をその両足の間に置かれたイーディの奇怪な屍体の様子を、タリチャアヌ教授は密に観察した。

屍体の肌に屍斑は見えず、まだそれほど腐敗してはいない。

腕を持って、動かしてみる。それは滑らかに生きている時のように動いた。

次にタリチャアヌ教授は、胸の傷口に、針を差し込んでみた。

引き抜くと、ほんの僅かだが、血液が糸を引いた。

「血液が固まっておらん」

タリチャアヌ教授はハート牧師を見た。

「これはまだイーディが完全に滅んでいない証拠だろう。埋葬しなおさねばなるまい」

「なんと言うことだ」

ハート牧師は忌々しそうに言った。

「どうすればいいでしょう？」

「やはり最終的には火葬するしかあるまいな」

「そうしましょう。実はこのような時の為に隠れた火葬場が森の中にあるのです。イーディの屍体をそこまで運ぶ手伝いをしてもらえますか？」

「喜んで。このカリンにやらせましょう。馬鹿力ですので」

そう言うと、タリチャアヌ教授は、カリンにイーディの胴体を担ぐようにと命じた。

カリンが軽々と、屍体を担ぎ上げる。

イーディの頭と心臓は牧師が布で包んで持った。

三人は森の中の火葬場に行き、イーディの屍体を火にくべた。

もくもくと火葬場の煙突から出る灰色の煙が、夕暮れ間近の赤紫色の空へと立ち上っていく。

イーディは大した吸血鬼ではない。これで滅んだことだろう。

「さて、問題は吸血鬼が潜んでいる場所を探さねばならないということだ。もしかするとこの墓地に、吸血鬼が眠っている可能性もある。一つ、試してみるかね？」

「試してみましょう。町の牧師として、これ以上、禍々（まがまが）しいものの横行を見ぬふりはできませんからな」

ハート牧師は深刻な表情で頷いた。

＊　＊　＊

教会から戻ってきた平賀たちは、「お疲れ様でした」と召使い達に労われ、ティールームに通された。この道行きの過程で、平賀は、ルーク家の窓が何故か西向きが多いことに気づいた。

屋敷からサンダーマウンテンの上が常に見えるように設計されているのだ。

その為、夕日が暮れる頃になると、屋敷の中全体が、血のような赤に染まっていく。

薫り高いカルダモンのハーブティーが出てくる。

夕日がゆっくりと沈んでいくと、サンダーマウンテンの古城に向かって、夜の闇が潮のように押し寄せてくるのが見えた。

そしてその闇が、黒い不思議なガスのような魔力で広がってきて、山の裾野に広がる森の中の木といわず動物といわず、小さな建物と言わず、すべてのものを押しひしゃげていき、ルーク家の庭先まで押し寄せる。

平賀も闇に吸いこまれそうな気分になった。

やがて召使いが夕食の用意が出来たと言いに来る。

食卓に着いた二人は、タリチャアヌ教授たち抜きで、ルーク家の人々と食事をした。

チャールズはたっぷりと葡萄酒を飲みながら、ロベルトに「最近のイタリアでは何が流行っているのか？」と訊ね始めた。

ロベルトは、イタリアの行事や流行のカクテル、そして最近見たオペラの内容などを、流暢にチャールズに語り聞かせている。

チャールズはそれらの話に満足そうに頷いたり、質問したりしていたが、彼が最も食いついたのは、やはり葡萄酒の話題で、ロベルトが最近飲んだ素晴らしいスーパー・トスカーナのことであった。ワイン法や従来の格付け基準にとらわれずに造られるトスカーナ産の上質なワインを、スーパー・トスカーナと呼ぶ。格付け基準が作られた時には、最下位のランクのものとして生産されていたのだが、今では、品質の良さから世界的な評価が高まり、「スーパー・タスカン」と呼ばれて格付けを超えた大人気となっている。

ロベルトが飲んで感激したというのは、スーパー・タスカンを生産するワイン蔵の中でも、規模が小さい蔵で造られた一九九八年ものの赤ワインで、ロベルトは何故だか、そのワインのブレンドの秘密を知っているのだった。

ロベルトとチャールズが話に花を咲かす中、フランチェスカ婦人は謎めいた微笑みを顔に浮かべて、寡黙に食事を摂っていた。その姿はどことなく不機嫌そうである。

シャルロット嬢は、少し遠慮がちに平賀に話しかけてきた。

「バチカンって、とても狭い国なんですってね？」

「ええ。人口は八百人程度、国土面積は約〇・四四平方キロメートル。国際的な承認を受ける独立国としては世界最小です。その狭い面積の中にサン・ピエトロ大聖堂やバチカン宮殿、サン・ピエトロ広場、バチカン美術館、法王の宮殿や政庁などがあるのです。ローマ法王が治められる小さな神の国です」

「お国では、雪がよく降るとか？」

「ええ。イギリスと違って、霧は殆どでません。冬場は雨や雪がよく降ります。今頃、サン・ピエトロ広場には雪が積もっているでしょう。白い雪の上を、とてもカラフルな制服を着たスイス衛兵が行き交っていますよ」

シャルロット嬢は夢見がちな潤んだ瞳を閉じた。

「一寸、想像してみますわ……」

そうして暫くすると、シャルロットは楽しげな微笑みを口元に浮かべた。

「とても素敵……。聖堂の屋根に雪が積もっているわ。衛兵さん達は、魔法使いに人間にされたインコみたいね」

小さくつぶやいた彼女の頭の中で、バチカンは御伽の世界の国のような印象なのだろう。

たっぷり二時間の夕食を終え、平賀たちは荷物の受け取りに警察署に行くことになった。

平賀とロベルトは、運転手のマックスと共に車に乗り込んだ。

「警察署は近いんですか？」

平賀が訊ねると、マックスは頷いた。

「サンダーマウンテンの頂上付近にあるんです。徒歩だと一時間半かかりますが、車で行けば十分ちょっとで着きますよ」

「町中ではなくて、丘の上にあるんですか？」

妙なところにあるものだと思って、平賀は首を傾げた。

「ええ、ここの町の警察署は、もともとホールデングス城の衛兵宿舎として造られた建物が利用されているんです。だいたい今でもこの辺り一帯は、ファイロン公爵家の私有地ですから、行政が勝手に公共の施設を造るということはないんです。警察が出来たのも、第二次世界大戦後のことですよ。それまでは城の衛兵たちが城とこの城下町を守っていました。といいますか、今でも警察署長は、衛兵隊長だったロビンソン家が代々継いでいます。他にも町役場や図書館、教会といった場所は、公爵家の建造物を再利用させてもらっているんです」

そう言うと、マックスは車を発進させた。

ルーク家から森の間を抜ける。

森は複雑に入り組んでいた。木々の枝は網の目のように錯綜し、時に壁となり、また天井となった。そうするうちに、車は狭い山道へ出た。

道の傾斜こそ緩やかだが、すぐ片側は岩壁、片側は断崖である。

岩壁には木が生い茂っていて、その魔女の皺だらけの腕のような枝を、重々しく車の屋根へと投げかけていた。

強い北風が吹きつけるたび、木立が騒ぐ。

道を登るにつれ、下界から吹き上がってくる風の音が物悲しく響き、まるで屍者の呼び声のようだ。

やがて丘の頂上近くに、煉瓦（れんが）とコンクリートで造られた建物が見えた。

尖（とが）りアーチ型の門の上には警察の印と、ブロア家の紋章らしき物が、二つ並んで薄いレリーフとして施されている。

その背後の一段高くなった丘の上には、鉄柵（てっさく）で囲まれた広大な敷地を持つホールデングス城が見えていた。

平賀たちは車を降りて警察署に入った。

受付で用件を伝える。若い警官がやってきて、その案内で一つの部屋に通された。

二人で十分程、待っていると、一人の背広を着た男性が現れた。

木彫りの人形のように角々とした輪郭で、小さな鼻髭（はなひげ）を生やし、忠義そうな目をした初老の男だ。

男は自分のことを警察署長のガイ・ロビンソンと名乗った。

ガイ・ロビンソンは、スペンサー家で訊ねられた事故のことを記した報告書を読み上げながら、その一枚、一枚の記述に間違いはないかを確認してきた。そして逐一、サインを求めた。それが終わると、次は荷物の内容確認である。

二時間半近くが経ってようやく、平賀とロベルトは荷物の受け取り書に署名し、荷物を受け取ることができた。

警察署を出てみると、マックスは運転席で、こくりこくりと居眠りをしていた。

「マックスさん。起きて下さい。用事は終わりました」

ロベルトがそう言って、車の窓を叩く。

マックスは目を醒まして車から出てくると、ロベルトたちのスーツケースをトランクに積み込み、後部座席のドアを開いた。

平賀とロベルトが後部座席に乗り込むと、マックスが運転席に戻り、車を発進させる。

警察署を後にし、下り道を数分も走らぬうちに、カーブを曲がろうとした車のライトが異様な物を照らし出した。

闇に浮かぶ人影。

こちらを向いた赤く光る瞳。そして血塗れの口元と、そこから覗く鋭い牙。

その男の足下には、人間が倒れている。

「うわぁぁ――!!」

マックスは凍り付いた悲鳴を上げた。

「吸血鬼だ!」

ロベルトが叫ぶ。

「止めて！　車を止めて下さい！」

平賀の声に、マックスは急ブレーキを踏んだ。

車は鋭い音を立てて止まり、平賀とロベルトは外に飛び出した。

闇の化身のごとき吸血鬼が、二人のすぐ近くに立っていた。

デービッドやベンが証言した通りの姿だ。

黒いマントに燕尾服。カールした長い黒髪と赤い瞳。そして黒マスク。

平賀は彼らの証言では曖昧だった身体的特徴を素早く見た。

背丈は、百七十五センチから百八十センチ。

顔は小さく、体つきは胸板が厚く、筋肉質そうだ。手足は優雅に長かった。

ロベルトがラテン語で、悪魔祓いの言葉を放ちながら、吸血鬼に十字架を向ける。

平賀は恐ろしさも忘れ、不死の化け物を確認したい一心で近づいていった。

すると、吸血鬼は音もなく平賀の頭上高くまで飛び上がったかと思うと、ヤモリのようにぴたりと崖に吸い付いた。そして殆ど垂直に近い崖をするすると上がっていく。

「なんだあれは？　とても人間の動きじゃないぞ……」

ロベルトが狼狽えた声で言った。

平賀もベンとデービッドから聞いていた吸血鬼の奇態さを、現実に目の当たりにして息を呑んだ。

数秒も経たぬうち、吸血鬼は素早く木々の間に姿を消した。

するとその場所から黒い煙のような蝙蝠の集団がわらわらとわき出てきて、不穏な羽音を立てながら、一斉に闇夜に飛んでいく。

次にごろごろという音が山を震わせて響いた。平賀たちの頭上で、青白いフラッシュのような光が瞬いた。

雷だ。だが、雷が起こるような天気ではない。

平賀とロベルトは頭上を隈無く見た。雲はない。六分欠けた髑髏の横顔のような陰影を持った月がはっきりと輝いている。

これが姿を自在に変化して、雷を落とし、雹を降らせ、天候を自在に操ると言われる吸血鬼の力なのだろうか？

一瞬、何とも言えぬ空恐ろしさが平賀の心を過ぎった。

平賀は、ぶるりと首を振り、なるだけ恐怖に負けずに、冷静になるように自らを律しつつ地面に眼を落とした。

地面に横たわっている人影。

近づいていくと、それは黒い牧師の服を着て、眼をかっと見開いたまま横たわるハート牧師であった。首筋には、二つの牙の痕があり、首回りを中心に出血が見て取れる。

平賀はハート牧師の傍らに座り、頸動脈から脈を取った。

脈は無い。心音を聞いてみる。心臓は動いていなかった。

平賀はハート牧師の口元に鼻を近づけ、嗅いでみた。

噎せ返りそうな血の匂いの中に、一抹違う匂いが混じっている。

ドリーンの時と同じ、腐った果実のような甘い匂いと油っぽい匂いが混ざった吸血鬼の残していくとされる匂いだ。

身体の硬直具合や、体温が十分残っているところから見て、死後間もないに違いない。

平賀は時計を確認した。十一時十三分二十一秒である。

そうしてから、ポケットから取りだした綿棒で、ハート牧師の血と唾液を採取した。

「死んでいるのかい？」

ロベルトが側に寄ってきて訊ねた。

「ええ、恐らく死んでいます」

平賀は答えながら、メジャーを取りだし、歯形の直径や、その間隔を測った。

「すいません、ロベルト。カメラで、この噛み傷を撮って貰えますか？」

平賀が頼むと、ロベルトは頷き、先ほど警察で返した貰ったデジカメでハート牧師の屍体を撮影し始めた。

まずは首筋の歯形を中心に、全体像まで撮っていく。

「さて、これからどうする？」

ロベルトが平賀に訊ねた。

「またこのことを報告する為に警察に戻らないといけないでしょうね」

「ああ、そうだね……」

二人は車へと戻った。マックスは座席でがたがたと震えながら縮こまっている。

「マックス。もう一度、警察に戻ってくれ。このことを警察に報告するんだ」

「この道は一方通行で、道幅からもUターンできませんから、歩いていったほうが早いですよ。車だと一度下に降りて、またぐるりと回り込んでお屋敷の方から上がってこないといけないんです」

マックスは震え声で答えた。

「では、僕たちが行ってくる」

するとマックスは恐怖でハリネズミのように毛を逆立てた。

「神父さんがた、私を置いていかないで下さいよ。もしまた吸血鬼が現れたら、どうしたらいいんです。恐ろしくて一人じゃいられません」

本当に彼は怯えているようであった。

「分かった。じゃあ、僕が一人で警察に行ってくるから、平賀はここで一緒に待っていてくれたまえ」

ロベルトはそう言うと、車を降りて、元来た道を走っていく。

そして暫くすると、担架を担いだ警官たちがやってきた。その中にロベルトの姿もある。

平賀は車を降り、ロベルトと並んで警察官たちの動きを観察した。

警察官達は現場の写真を何枚か撮影すると、平賀とロベルトとマックスに目撃証言を訊ねてきた。

なにしろ、事故車から荷物を返してもらうだけでも相当な時間を要したのだ。吸血鬼を目撃したなどと証言すれば、到底、警官は納得してくれずに長丁場になるに違いない。内心、徹夜も覚悟した平賀であったが、聴取はあっけなく終わってしまった。三人あわせても僅か三十分にも及ばなかったほどだ。

警官達はハート牧師の屍体をブルーシートで包むと、そそくさと担架の上に乗せた。

「遺体は、どうするんですか？」

平賀は警察官の一人に訊ねた。

「取りあえず警察署の屍体安置室に保管して、あとでスペンサー医師に検死をしてもらいます。それから葬儀ですね」

「犯人捜査は？」

「犯人は吸血鬼ですからね。この手の捜査と処理は警察ではなくて、教会がする仕事ですよ。ハート牧師の息子さんが後を継がれるでしょう」

警官は当然のように答えた。

「しかし、殺人事件が起こっているのですよ」

「銃で撃っても死なず、ふわふわ飛んだり、嵐を起こしたり、崖を這っていくような魔物を、我々にどうしろと言うのです？　昔からこの辺りでは、吸血鬼や化け物どものことに関しては教会に任せることになっています。一応、男の特徴は警官達に伝えられています。しかし、黒髪で赤い眼をした男なんぞ、この辺りにはいませんね。誓っていいます。いませんとも。墓の中にしかいないはずです」

警官はそうきっぱり言い切ると、くるりと背を向け、皆とともに担架を運んでいってしまった。

平賀は少し釈然としない気持ちで、ロベルトとともに車に乗り込んだ。

「ああ、おっかない。早く帰りましょう」

マックスはそう言って、エンジンを吹かせた。

2

サンダーマウンテンを下りきり、麓の教会の辺りまで来ると、一つの墓所の前でタリチャアヌ教授とカリンと白い服を着た美少年が話し込んでいる姿があった。

何故かその三人の側には白い馬が繋がれている。

「止めて下さい」

平賀が言うと、マックスはブレーキを踏んだ。

「教授たちはハート牧師と一緒にいたはずです。何か知らないか聞いてみましょう」

平賀は車を降りた。ロベルトがそれに続いてきた。

「あのう、神父様方、私は恐ろしいのでそろそろ帰りたいんですが……」

マックスは怖ず怖ずと言った。

「帰って下さって結構です。私達のことは心配しないで下さい。えっと、荷物だけはできたら私達の部屋に運び込んで置いて下さい」

平賀はそう言って、タリチャアヌ教授たちの元へと歩いていった。

「教授、ハート牧師に何があったのか、知っておられますか？」

呼びかけた平賀の声に、タリチャアヌ教授は振り返った。

そうして顰(しか)めっ面をしながら不思議そうに平賀たちに訊ね返した。

「ハート牧師に何かあったということを、何故、知っているんだね？」

「何故も何も、さっき山頂の付近で、ハート牧師がお亡くなりになっていたんですよ。吸血鬼に嚙まれてね」

ロベルトが答えた。

「さっき？　それは何時頃のことかね？」

「私達が、吸血鬼とハート牧師の姿を見たのは四十分程前です。死亡をはっきり確認したのは十一時十三分二十一秒でした」

平賀が答えた。するとタリチャアヌ教授の顔が強張(こわば)った。

「ハート牧師がこの場所で襲われたのも四、五十分前だったはずだが……。まあ、しかし我が輩はその時、教会の墓地に眠っている人間に関する記録を見ておったので、確かではないがな」

「なんだ、祖父(じい)さん死んだのか。祖父さんが吸血鬼に襲われたのは、十一時六分頃だったよ」

タリチャアヌ教授の横にいた少年が答えた。少女のような綺麗な顔をしているけれど、暗い瞳をした薄情そうな少年だ。

「ということは、ここから歩いて一時間半近くする山頂の付近まで、吸血鬼とハート牧師は七分足らずで移動したということですか？」

平賀は首を傾げた。徒歩で七分での移動は到底無理な話だ。

ここからなら、車を使って移動したとしてもその位の時間はかかるだろう。

時速八十キロ以上で走れば、可能だが、山の道は一方通行で、しかも車一台しか通れない狭い道幅だ。

ここからは逆通行になるし、もし無茶をして車で上ったとしても、自分達の車と出くわすことになったはずだ。

「ふむ。吸血鬼ならば可能だろう。恐らく空を飛んでいったに違いない」

タリチャアヌ教授が言った。

平賀は吸血鬼が消えた木立の陰から、ばさばさと飛び立った不吉な蝙蝠のことを思い出しながら、「その時刻は確かなんですか？」と、少年に念を押した。

「確かだよ。僕が馬から落ちる前に、ちらりと教会の時計を見たら、十一時六分だった」

少年は教会の正面の塔にある時計を指さした。時計は内蔵された電灯があるらしく、淡く光っていた。夜の教会は他の所にもスポットライトが点けられて、ライトアップされている。

「貴方はどなたです？」

平賀の問いに、少年は、ぼんやりとした顔で、くしゃくしゃと頭を掻きながら答えた。

「僕はユージン・ハート。祖父さんの孫だよ。祖父さんってのは、牧師のこと。ハート牧師の孫ってこと」

「何があったか聞かせて貰えませんか？」

平賀が言うと、ユージンは嫌気顔で答えた。

「今まで、このおっさんに捕まって、質問攻めにされてたのに、堪忍してよ。僕は酒飲みに行きたいんだ。話は明日にでもしてくれない？」

「酒って、おいおいまだ君は未成年じゃないのかい？」

ロベルトが困った表情で言うと、ユージンは、「説教でもするつもりかい？ そんならもう何も話さないよ」と、ふて腐れた。

「なんだ、さっきからそわそわしてろくに話も聞いておらんようだから何かと思ったら、酒が飲みたかったのか。酒くらい、我が輩がくれてやる」

タリチャアヌ教授が懐からスキットル（携帯ウイスキーボトル）を取り出し、ユージンに差し出した。ユージンはそれを毟るように受け取ると、蓋を開け、まるでアル中患者のように、ぐびぐびっと喉を鳴らして飲んだ。

「うまい。強い酒だ。なんて酒だい？」

ユージンは水を得た魚のように嬉しそうな声で言った。

「ウォッカだ。話をする気になったか？」

「ウォッカか……、この町の酒場じゃあ、こんな酒置いてない。これを全部飲んでもいいっていうんなら、話をするよ」

「全部飲むがいい」

平賀は、少年に酒を与えるタリチャアヌ教授の無責任な言動挙措を酷く異様に感じ、一抹の不愉快さを感じたが、何か言いたくなるのを我慢してじっと黙っていた。

こと吸血鬼のこととなると、教授は常軌を逸した頓狂な横顔を覗かせる。

だが、自分も研究者として同じような傾向があることを平賀は自覚していたからだ。

「ここは暗いから、教会の玄関に座ろうよ」

そういうと、ユージンは歩いていき、教会の正面にある階段に腰掛けて、話を始めた。

「今日の夕方、僕がハイスクールから帰ってくると、祖父さんから『今夜十時、上下とも白い服装をして、教会の前に来い』と命じられたんだ。

本当は酒場にこっそり行きたいのを我慢して、仕方なく教会前に行くと、祖父さんが熱病にかかったようなおかしな表情をして、白い馬の手綱を持って立っていた。

『その馬はどうしたの？』と訊ねたら、

『ウルウス馬舎で去年生まれた若い交尾したことのない馬を貸してもらったんだ。これに乗りなさい』

祖父さんは命じるように言った。

僕は馬の乗り方なんて知らないと言ったが、大丈夫の一点張りだ。

『私が手綱を引いてやるから、これで墓所を一回りするのだ。馬が後ろ脚で立ち上がっても狼狽えず、しっかり鞍に摑まるんだ』

そう言うんだ。

なんのことかと思いながらも、僕は渋々馬に乗った。

祖父さんに引かれた馬は、茨だらけの墓地を縫うようにゆっくりと歩いていった。僕はこのわけの分からない儀式がいつ終わるかと、教会の時計が見える位置に来る度に、時計を確認してたんだ。

小一時間うろうろして、元の教会近くまで戻って来たときだった。

丁度、僕は時計を見て、（十一時六分か、酒場になんとか間に合うかな……）と思っていたんだ。

そのとき、馬がいきなり、ひひんと嘶いて、後ろ脚で立ち上がった。

虚を突かれた僕は、馬から転がり落ちた。

痛いと思ってしばらくうずくまっていたが、背後で祖父さんのわめき声がきこえたんだ。

何事かと思って立ち上がると、目の前に黒い服を着た男が立っていた。

黒髪で、黒いマスクを被り、黒いマントを着た、見たこともない男だよ。その男が、目を見開いたままぴくりともしない祖父さんを、軽々と肩に担いでいたんだ。

僕は一歩も動けずに、木偶のように突っ立っていたさ。

『あんた誰？　祖父さんをどうする気？』

ようやくそう声をあげると、男は祖父さんを抱えたまま、ひらりとマントを翻して背を向け、森の中へと入っていった。

大の男一人を担いで、本当に軽やかに駆けて行ってしまったんだ。

男の姿はすぐに闇に溶けてしまって、後を追ったが見あたらなかった。

それで仕方なく、僕は祖父さんの帰りを待つことにして、教会まで来たら、このタリチャアヌ教授とカリンが出てきて、何があったのかとしつこく質問してきた、ってわけ。

全く、うざったかったよ。まぁ、酒を貰ったからいいけどさ」

ユージンは酒を飲みながら、赤い顔で面倒そうに言った。

「一体、何故、ハート牧師は白い馬に彼を乗せたりしたんでしょう？」

平賀の疑問に、タリチャアヌ教授が答えた。

「昔ながらの吸血鬼を見つける方法を実践したんだ。つまり、純粋で交尾していない白馬か黒馬に、白衣を着た美しい童貞の少年を乗せ、墓地内を回る。そうすると、馬は吸血鬼のいる墓の前に来たとき、後ろ脚で立ち上がるのだ。墓の近くに小さな穴が開いていれば、これはいよいよ吸血鬼が眠っている証拠だ。霧になって出て行く時に、その穴を使うのだな」

「なんですって？　では馬が立ち上がった墓というのはどこだったんです？」

平賀は身を乗り出して訊ねたが、タリチャアヌ教授は肩をすくめた。

「ところが、ユージンはそれを覚えていないと言うし、吸血鬼がどちらの方向へ行ったのか訊ねても、よく分からぬというのだ。我が輩はその間、教会に埋葬された、吸血鬼になりそうな人物を捜す為、教会記録を読んでおった。ところが、かなりの時間が経っても牧師が戻って来ぬので、不思議に思って外に出てみると、このユージンが一人でいたというわけだ。

しかしこれでハッキリとした。吸血鬼はハート牧師を攫って、山の上に飛んでいったというわけだ。それにしても、ハート牧師は十字架をしておったのかね？」

平賀はハート牧師の屍体の様子を思い出しながら答えた。

「ええ、胸から銀の十字架をなさっていました」

「十字架をした牧師を平然と獲物にしたとは、恐るべきことだ。やはり吸血鬼の王族に十字架や聖水が通じないというのは本当だったんだな」

タリチャアヌ教授が呻いた。

「へへっ、僕が童貞だって？　見当違いもいいところだ。そんなだから、神様だか、吸血鬼だかは知らないけれど、怒りをかったんじゃないかな」

ユージンはすっかり酔っぱらった顔で、不埒にへらへらと嗤った。

その時、ロベルトが何かに気づいたようにユージンに訊ねた。

「ここは随分と立派な墓所が多いけれど、墓所の一つ一つに数字が刻まれているんだね。どうしてかな？」

「ああ、それは墓の数が多いから、番地みたいなものさ。なんでも一番古い墓が三十番っていう番地で、それを中心に順に数字をふって、墓の位置を分かりやすくしているらしいよ」

「ふむ。変わった趣向だね。ローマ・カソリックにはないことだ」

「そういえば教授、教会記録の中に吸血鬼らしき埋葬者は発見されたんですか？」

　平賀が訊ねる。

「一応、疑わしき者のリストは作ってみた。我が輩は、明日からはこれらの埋葬者の墓地を一つ一つ、当たってみることにする」

「もし吸血鬼がいたとしたら、どうやって対抗する気なんです？　十字架も大蒜も本当は効き目がないのでしょう？」

　ロベルトが訊ねる。

「我が輩しか知らない、とっておきの秘密の方法があるのだ。だが、それは我が輩が長い年月かけて編み出した方法であるから、いくら気前の良い我が輩でも、これぱかりはおいそれと人には教えられぬ。いくらお二方さんにでもだ……」

　タリチャアヌ教授は、ぎろりと視線をサンダーマウンテンに向けた。

　するとサンダーマウンテンの黒い山陰の中に、青白い焰のようなものが、ちらりと燃え上がった。平賀は何かの錯覚かと思って、目を擦ったが、やはり不可思議な焰のような影が、縹渺と移っていく。

「ふむ。怪しの山よ。我が輩が昔ここを訪れた時は、あのような焔は見たことがなかった。言い伝えでは吸血鬼が暴れるとき、あの山に雷がもたらされるというが、あれはその残りの光か……。やっぱり本物の吸血鬼が暴れているようだ」

　するとユージンが、けらけらと嗤った。

「祖父さんもそう言っていたよ。吸血鬼が現れる時には必ず、あの光が山に宿るって言い伝えがあるってね。十日ほど前からずっとあんな風さ」

　ユージンは酒を飲み干した様子で、スキットルを逆さにして最後の一滴を掌で受け取ると、唇を尖らせてそれを啜り上げた。

「あの光は、僕らが山で遭難した時にも見ましたよ。嵐に襲われる前に、あの光が車の後ろからついてきたんです。薄気味の悪い光だと思ったけれど、疲れていたから目の錯覚だと思うようにして無視していたんです。すると、突然大きな火の玉が車の前に飛んできた。それに驚いた運転手がハンドルを切り損ねたんです」

　ロベルトはそう言うと、山にデジカメを向け、動画を撮った。

「ふむ。あの焔によってこの町に遭難したとは、吸血鬼がお二人を呼び寄せたのか？　それとも神が退治して来いとここに導いたのか……。もしくは、助けが欲しいという我が輩の念が通じたのか？　いずれにしても運命の導きという奴かも知れぬ」

　タリチャアヌ教授は、恐ろしいことが起こっているというのに、研究家としての興味がますます湧いた様子である。

「確かに偶然にしてはできすぎてますね。ふへっへっへっ」

カリンの野太い嗤い声が闇に響いた。

霧が地上を這ってくる。平賀たちの影法師は霧に映って幻のように立体的に浮かび上がった。まるで物の怪がそこにいるかのようである。

「今、気づいたんですが、私が山の上で見た吸血鬼は、夢で見た吸血鬼とそっくりでした……」

平賀が呟くと、タリチャアヌ教授は平賀を振り返った。

「夢で見たとはどういうことだ？」

「変な話なんですが、黒髪の吸血鬼に接吻される夢を見たんです。おそらく口の中を嚙んで、血が滲んでいたので、血の匂いと味が原因して、そのような夢を見たのだと思いますが……」

タリチャアヌ教授の、ふちなしの眼鏡の奥が鋭いナイフのような光を湛えた。

「それは現実であったのかもしれぬぞ。そうすると、お前さんは、吸血鬼によくよく気に入られているのかもなぁ……。とにかくこうしていても仕方ない。今日はルーク家に戻るとするか……」

そう言うと、タリチャアヌ教授は懐中電灯を点けて歩き出した。カリンが後を追い、平賀とロベルトも後ろに続いた。

平賀とロベルトは、自分たちが教会から去った後、何があったのかをタリチャアヌ教授に訊ねた。

四人は語らいながら、ルーク家に向かっていった。

3

エルトンは寝床の中で、アダルバードが足音を潜ませながら城に戻ってくる気配を感じていた。

また誰かを襲ったのだろうか？

エルトンは不安に見舞われて眼を開けた。

すると案の定、アダルバードがエルトンの脇に座っていた。

その口元からは血が幾筋も滴り落ちている。

「今度は誰を襲ったんです？」

エルトンが訊ねると、アダルバードは重々しい溜息を吐いた。

その瞬間、つんと血の匂いが漂ってくる。

エルトンは胸が痛くなるような動悸を覚えた。

「つまらない者の血を吸ってしまった。今宵は妙に喉が渇いていて、早く血が欲しかったのじゃ。だから教会のもうろく牧師を食してしまったよ」

「もう……止めて下さい」

するとアダルバードは被っていた仮面を取った。

エルトンにうり二つの顔が現れる。

それはそうだろう、彼はアエリアスの遠い祖先なのだから……。

「仕方なかろう。我は、人の命と愛を求めて彷徨う隠者だ。真実の愛に出会ったならば、この身の呪いも解けると聞くが、いつも愛には出会えず、命を貪ることになる。だが、我がこうも頻繁に喉が渇くのも、そういって、我を非難がましく見るお前がだらしないからではないか。お前も血を吸わねばならぬ身だというのに、それを拒むゆえ、我がお前に命を与えてやらねばならぬのだ」

そう言うと、アダルバードは、エルトンに接吻した。

接吻された途端、ねっとりと生暖かく香しい液体が、アダルバードの唇からエルトンの身体へと注ぎ込まれた。

忌まわしい。だが、それを心底美味しいと感じる自分がいる。

エルトンは、厭々をするように首を振った。

「僕はもう死んでも構わないのです」

するとアダルバードは不思議そうに首を傾げ、赤く輝く瞳でエルトンの顔を覗き込んだ。

「おかしなことを言う。どうやって死ぬというのだ。到底、死ぬことなど叶わぬ身だぞ。お前は、我がブロア家の正統な跡継ぎ、もはやエルトン伯爵の称号も与えられているというのに」

「爵位など……」

呟いたエルトンの頬をアダルバードが平手で打った。

「我がブロア家はただの公爵家ではない。英国王室よりも以前からの旧家なのだぞ。『血は薔薇よりも尊し』。この家訓を忘れるな」

　エルトンはアダルバードから顔を背けた。

「我の言うことを聞きたくないのか？　ならばこれはどうだ。お前が愛しく思っておるシャルロットがどうしているか知りたくないか？」

「まさか、シャルロットやその家族に何かしようというのじゃないでしょうね？　ルーク家には近づかないで下さい。もし何かあったら、たとえ貴方でも承知いたしませんよ」

　エルトンは、動揺して訊ねた。

「シャルロットをどうにかするとすれば我ではなく、お前だろう。彼女は、お前の呪いを解く真実の愛だと思うかな？　もしそう思うならば、近づいてよく見てみればよいのに。あれは確かもう十六歳じゃ。美しくなっていたぞ。それからそう、ルーク家は客人を泊めておった。一人は年寄りの赤毛の男、そして体臭の臭い大男。それから綺麗な若い男が二人いた。前者の二人には興味は無いが、後者の二人には気をそそられて何者かと思うておったが、正体がはっきりとした」

「何者だったんです？」

「バチカンから来た神父のようだ。恐れる相手ではないが、ルーク家の客人なので手出しはせずとおいた」

そう聞いて、エルトンは胸を撫で下ろした。

「夜も明ける……。生気も十分取ったから、そろそろ我は暫く眠っておこう」

そう言うと、アダルバードはひらりと身を返した。

静かで軽い猫のような足音が、潮が引くように遠ざかっていく。

深い溜息を吐いていると、鍵ががちゃりと開き、執事のイーノスが入ってきた。

気づくと、もう朝になっている。

「お目覚めでございますか？　エルトン様」

「ああ、今日は目覚めがいい」

するとイーノスは、エルトンの口元についている血に気づいたようで、胸ポケットから、さっと絹のハンカチを取り出すと、それでエルトンの口元を拭いた。

「アダルバード様がおいでになったのですか？」

「ああ。昨夜は牧師の血を吸ったと言っておいでだった。だが、暫くは眠ると言い残された」

ほおっ、と言いながら、イーノスはエルトンの顔をしげしげと見た。

「左様でございますか。では館も暫くは平穏になりますな。そうとなれば、エルトン様が館に来られていることを告げるパーティを催さねばなりません」

「パーティか……。どうしても必要だろうか？」

「当然でございます。新しい御領地に移った時には、必ず縁者と領民の主だったものを招くパーティをすることはブロア家の習わしでございますから」

エルトンは余り気が進まなかったが、ブロア家の総執事長であるイーノスの言葉は、父の言葉と同じくらい絶対的な響きを持っていた。

実際、エルトンの教育から躾、身の回りの世話全ては、幼い頃からイーノスの手によるものだったのだ。

「分かった。何時にする？」

「左様ですな。色々と手配もございますから、三日後でございましょう」

「三日後か……」

「ええ、エルトン様、気を抜かれませんように。ここはロンドンの社交界とは違いますが、真の紳士たるものは、どのような場所でも心を張り詰めていなければなりません。こちらでもブロア家の御嫡子として恥ずかしくない気配りと態度で人々に接せねばなりませんぞ。まずは、主だったお家へは、直接に招待しに回りましょう」

「何軒ほど回ればいいかな？」

「そうですね。九軒のお家は、ブロア家と遠い血縁に当たりますので、そこには顔をお見せになった方がいいかと存じます」

「シャルロットの家も入っているかい？」

「ええ、当然でございます」

「では、シャルロットの家に行くのは最後にしてくれないかな？　ゆっくり話をしたいから」

「承知いたしました。では早速に手配を整え、日程をお作りいたします」

イーノスは意味ありげな微笑みを浮かべてエルトンを見た。

恐らく自分のシャルロットに対する思いのことなどはすっかり見抜かれていることだろう。

イーノスは昔から、エルトン自身より、エルトンのことを知っているのだ。

「さあ、上で召使いどもが、ばたばたとしております。気を抜かれませんように」

イーノスは再び、子供に言い聞かすようにエルトンに言うのだった。

＊　＊　＊

妖(あやか)しのものの影が、きしっきしっと小さな足音を立てながらルーク家の屋敷を彷徨(うろつ)き回り、それが自分の側にやって来たかと思うと、ルビーのような赤い眼で、上からじっと見下ろしている。

――そんな気味の悪い夢を見て、ロベルトは目覚めた。

隣を見ると平賀もほぼ同時ぐらいに眼を醒(さ)ました様子で、しばしばと瞳を瞬(まばた)いている。

ロベルトの身体は少し汗ばんでいた。厭(いや)なべとつき方をしている。

昨夜、エアコンを切るのを忘れていたようだ。部屋の中が妙に蒸し暑かった。

「厭な夢を見た。昨日、あんなものを見ただろうか？　吸血鬼がそこいらを歩き回ってて、僕を見ていたんだ」

ロベルトが言うと、平賀はちょっと驚いた顔をした。

「私も吸血鬼の夢を見ました。ベッドの脇に立って……そう、丁度、私と貴方のベッドの間に彼が立っていて、じっと赤い眼で私のことを見詰めているんです」

それを聞いてロベルトは自分の夢と平賀の夢との奇妙な一致に、不吉なものを感じた。

一体、あれは本当に夢だったのだろうか？

もしかすると吸血鬼が本当に訪れていたのではないだろうか？

ロベルトがそんな不安に捕らわれていると、平賀がベッドから立ち上がり、「さぁ、荷物も返して貰ったし、ようやくこれで吸血鬼の調査が出来ますね」と、弾んだ声で言った。

その横顔を見ると、少女のようでありながらも、きりっとしていて、悪霊の前にひるまない、意志を秘めている。

それはまるで、激しい寒さの中で、燃え上がる焔のようであった。

ロベルトは頼もしく感じ、落ち着いた気分になって、自分もベッドから出た。

エアコンを止め、外気を取り入れるために窓を開ける。

窓から入ってくる空気は、鋭利なナイフのような鋭い冷たさであった。

汗ばんだ身体に、無数の冷たいナイフが突き刺さってくる。

ロベルトは悪い血と毒気を抜かれたように、すっきりとした気分になった。

二人は着替えをすませ、洗顔や歯磨きを終えた。

そうして二人で朝の祈りを行った。

この日の祈りはことに入念に行うことにした。

自分たちの教会から遠ざかって久しく日が経つ。

教会は自分達の内にあるものだと常々、教えを受けているものの、祈りを捧(ささ)げるべき祭壇やキリストやマリアの像が存在しない生活が続くと、奇妙な寂しさを感じてくる。

それに、この部屋にも吸血鬼の不吉な影がある今、清めを行わなければならない。

二人は祈りの言葉を相談して決め、自分達の十字架を壁に立てかけて跪(ひざまず)いた。

そうして香を焚(た)き、声を揃えて唱えた。

父と子と聖霊との御名(みな)によりて。アーメン。
主の御前に出(い)でて恭(うやうや)しく礼拝せん。
三位一体なるいとも尊き唯一の主、
今、主のここにいますことを信じ、謹み敬いて礼拝し、主の無上なる御霊威に対し、
尽すべき尊敬を献げ奉ります。
御恵みを感謝しわが身を献げん。
主の今まで私達に賜(たま)いしもろもろの御恵みを感謝し奉る。

私達が今日に生きながらえるは、ひとえに主の賜物なれば、この日もまた主に仕え、
わがすべての思い、言葉、行い、苦楽を主に献げ奉ります。
願わくは、何事も主を愛する精神をもってなさしめ、一に主の御栄えとならしむるよう、聖寵を垂れ給え。
罪を避け徳を修むる志を立てん
崇むべきイエス、
主はわれらの達せんと努むべき、完徳の鑑みにましませば、われひたすら主にならい、
柔和、謙遜、貞操、熱心、堪忍、慈しみなどを体し、ことに今までしばしば犯したる
罪を、
今日再び犯さざらんことを努め、これを改むるに力を尽さんと決心し奉ります。
必要なる御恵みを天主に願わん。
主はわが弱きを知り給う。
聖寵によらざれば何事もかなわざるが故に、必要に応じてこれを施し給え。
主の戒め給うすべての悪を避け、命じ給う善を行い、御摂理によりて、
われに与え給う数々の苦しみを甘んじて堪え忍ぶ力を授け給え。
それから二人は主祈文を読み上げた。

天にましますわれらの父よ、願わくは御名の尊まれんことを、御国の来らんことを、
御旨の天に行わるる如く地にも行われんことを。
われらの日用の糧を、今日われらに与え給え。
われらが人に赦す如く、われらの罪を赦し給え。
われらを試みに引き給わざれ、われらを悪より救い給え。アーメン。

そして天使祝詞、栄唱、使徒信経と唱え、最後に首から紫のストラをかけ、聖水を辺りに振りまきながらイエスの聖名の連禱を行った。

主あわれみ給え。
キリストわれらの祈りを聴き給え。
主なる御父　われらをあわれみ給え。
主にして世のあがない主なる御子　われらをあわれみ給え。
主なる聖霊　われらをあわれみ給え。
唯一の主なる聖三位　われらをあわれみ給え。
生ける主の御子なるイエス　われらをあわれみ給え。
正義の太陽なるイエス　われらをあわれみ給え。
童貞マリアの御子なるイエス　われらをあわれみ給え。

来世の父なるイエス　われらをあわれみ給え。
御計画の使者なるイエス　われらをあわれみ給え。
いとも力あるイエス　われらをあわれみ給え。
平和の主なるイエス　われらをあわれみ給え。
命の源なるイエス　われらをあわれみ給え。
御あわれみを垂れて　イエスわれらを赦し給え。
御あわれみを垂れて　イエスわれらの祈りを聴き容れ給え。
すべての悪より　イエスわれらを救い給え。
すべての罪より　イエスわれらを救い給え。
御怒りより　イエスわれらを救い給え。
悪魔のわなより　イエスわれらを救い給え。
聖なる御託身の玄義によりて　イエスわれらを救い給え。
御誕生によりて　イエスわれらを救い給え。
いとも神聖なる御生活によりて　イエスわれらを救い給え。
御労働によりて　イエスわれらを救い給え。
御苦しみと御受難とによりて　イエスわれらを救い給え。
主の十字架と遺棄とによりて　イエスわれらを救い給え。
御死苦によりて　イエスわれらを救い給え。

御復活によりて　イエスわれらを救い給え。
御昇天によりて　イエスわれらを救い給え。
聖体の御制定によりて　イエスわれらを救い給え。
御喜びによりて　イエスわれらを救い給え。
御栄えによりて　イエスわれらを救い給え。
世の罪を除き給う主の小羊　イエスわれらを赦し給え。
世の罪を除き給う主の小羊　イエスわれらの祈りを聴き容れ給え。
世の罪を除き給う主の小羊　イエスわれらをあわれみ給え。
イエスわれらの祈りを聴き給え。　イエスわれらの祈りを聴き容れ給え。
主イエス・キリストよ、
主は『なんじら求めよ、さらば与えられん。尋ねよ、さらば見出(みいだ)さん。たたけよ、さらば開かれん』と宣(のたま)えり。
こいねがわくは、われらをして主のいと神聖なる愛に感ぜしめ、専ら心と言葉と行いとをもって主を愛し、絶えず讃美(さんび)するを得しめ給え。
主よ、御身は御慈愛によりて造り給いしわれらを司り給えば、願わくはわれらをして、常に聖名を敬い愛せしめ給え。　とこしえに活きかつしろしめし給う主に願い奉る。
かくしてここに平和あれ。
平和への道はここより永久に続くなり。

アーメン。

一連の儀式を終えた二人は、ストラと聖水をしまった。

「さて、道具を広げる前に、朝食を済ませておこう」

ロベルトは召使いを呼ぶためのロープを引っ張った。

暫(しばら)くすると、召使いがやって来た。

「御用は何でございましょう?」

「朝食をお願いします」

「かしこまりました」

召使いは頭を下げて平賀とロベルトの方を向いたまま、後ろに下がり、ドアの向こうまで行くと、ぱたりとドアを閉めた。

そして三十分程すると朝食が運ばれてきた。二人はそれを食し、そうして召使いが皿を下げていった。

それを待ちわびていたかのように平賀が動いた。

ロベルトも、まずパソコンと携帯をテーブルの上に持っていって起動させた。

あんな事故にあったというのに、パソコンも携帯も無事に動いている。

もともと何があっても故障しないように頑丈な造りのパソコンや携帯が採用されているのだが、その成果であろう。

ロベルトは携帯で、試しにバチカンの自宅に電話をしてみた。

呼び出し音が鳴って、自分が吹き込んだ留守番電話が流れ出す。ロベルトは直ちに電話を切って、平賀に言った。

「感動だよ。携帯が繋がった。今まで奇跡調査というと、携帯の繋がらない僻地や田舎だったからね。いちいち、人に気を使わずネットが出来る」

「本当ですね」

向かいで平賀もパソコンを弄りながら笑った。

ロベルトはパソコンに携帯電話を繋げ、ネットが出来ることを確認すると、次にいつものようにトレース用紙とメモ帳、コンパスや定規や色鉛筆といった文房具類を取りだした。いつものシンプルだが、重要なロベルトの調査用具である。

平賀の方は荷物が多いので、まだトランクから取りだしている最中だ。

ロベルトはまず、トレース用紙と文房具を持って、タリチャアヌ教授の部屋を訪ねることにした。

勿論、狙いは、ブラム・ストーカーの原稿が本物であるかどうかを調査する為である。

自分たちの部屋を出て、タリチャアヌ教授の部屋をノックすると、カリンがドアを開いた。

「これは神父さん。どうしたんだね？」

タリチャアヌ教授が座った姿勢で、カリンの肩の向こうから声を掛けてきた。

「ブラム・ストーカーの原稿をもう一度見せて貰いたいんです。本物かどうか見極めたいので」

「ああ、構わんとも。入り給え」

ロベルトは部屋の中に入り、タリチャアヌ教授が座っている向かいに、テーブルをはさんで座った。そしてばらばらと文房具類を所定の位置に並べた。

「筆跡の詳しい鑑定をしたいのですが、タリチャアヌ教授は鑑定士がどのような方法で、これをブラム・ストーカーのものだと鑑定したのか経緯は知っていますか？」

「ああ、我が輩がもう一つコレクションしているブラム・ストーカーの写真の裏に書かれていた彼の字と見比べて、百パーセント本人だと断言したんだ」

「では、視覚的な分析しか行っていないんですね？」

「だと思うが、他にどんな方法があるのかね？」

「筆跡の鑑定を視覚的分析法だけに頼ると、巧みに造られた偽物の場合だと、余程、分析の名人でもないかぎり、三十二パーセントの割合でミスが生じます。これを補うには、数値的分析法や、光学解析法。あと顕微鏡解析。筆圧／痕跡検査。インク・紙の成分分析などを行う必要がありますね。ですが、これらのことを行うとなると、専門の機材が必要で、これをパーフェクトに揃えていて、僕の使用が許可されるのは、バチカンの分析課だけです。教授のお持ちだというそれらのお宝をバチカンで一時預かることは出来ますか？」

「我が輩に宝物を一時にせよ手放せというのか？　それは困る」

と、タリチャアヌ教授は想像していた通りの反応をした。

「では、視覚分析と数値的分析と顕微鏡解析のみにします。言っておきますが、僕は名人ですので、この三つだけでも九十九パーセント確実な鑑定が出来るとは思いますがね。ブラム・ストーカーの写真と原稿を見せて貰えますか?」

ロベルトが言うと、タリチャアヌ教授は、浮かれた様子で、トランクの中から、ブラム・ストーカーの原稿が入った桐箱を取り出し、ロベルトの前に置いた。

そしてもう一つ、褪せてセピア色になったブラム・ストーカーとその親友であるヘンリー・アーヴィングが写っているという写真をロベルトに手渡した。

「左がブラム・ストーカー。右がヘンリー・アーヴィングだ」

タリチャアヌ博士が説明する。

「写真のでどころは?」

「ブラム・ストーカーの子孫からのものだよ。我が輩がインタビューしたんだ。その時、これがあったので、高値で買い取った」

「では確かですね」

ロベルトは、じっと写真を見た。

髪を短く刈り、たっぷりとした口髭と顎髭を生やしたブラムの顔の輪郭は、がっちりと骨太な感じで四角く、眉は太くて、莽莽と峙ち、眼はぎょろりとして、鼻梁が短く、どことなく全体的に怒ったような険しい表情が染みついた顔であった。体つきも随分、頑丈そうな男である。
ロベルトが写真の裏を見ると、一八八五年六月二日と日付が書かれ、
――親友ヘンリー・アーヴィングと共に、エイブラハム・ストーカー
と、本名が書かれている。
ロベルトは写真の裏の文字をトレースした後、箱の中から、一枚一枚透明のフォルダー
に入れられた原稿用紙を最初から順番にテーブルに並べる。
そしてそれらを慎重にトレースしていった。
全てが終わると、ロベルトはランダムにアルファベットのAからZまでの文字を五つず
つ見いだして、それらも慎重にトレースしていった。
それから、文字の並びによって、文字同士がどう繋がるかのパターン分析に有効な文節
を抜き出した。これらの作業は慎重を期して行われた為に、三時間近くが経過した。
ロベルトはそれから原稿や写真の裏の文字を、じっと凝視した。
「どうかね？」
タリチャアヌ教授が待ちかねる様子で訊ねた。
「視覚分析というのは、ただ形が類似しているとかいうことを判断するような簡単なもの
ではないんですよ。少しお時間を……」
ロベルトは答えながら、ブラムの文字には一つ、大変に特徴的な箇所があることを見い
だした。アルファベットのOの字の形が、普通の人と逆向きに、つまり時計回りに円を描

いていることを示していたのである。

ロベルトはノートにそのことを書き留めた。

「基本的に、筆跡というものは、子供のころは余り特徴を持ちません。何故かというと、子供の頃は、字体を学ぶ際の手本となる教科書だとか、指導者などの文字に影響を受けるからです。ですが、年とともに、その人独自の筆跡が固定化し個人差が生まれ、筆跡が明瞭になります」

ロベルトはそう説明しながら、これらの手書きの文字の筆先が非常に強く同じような角度から押しつけられて書かれていて、潰れているのを確認した。

書くときに、身体と腕に強く力が入るタイプのようだ。

険しい顔立ちから考えるに、短気なところがあって、何をするにも力みがちな人物であったのかも知れない。

ロベルトは広い肩を、ぐっと持ち上げ、肘を張って、強くペンを押しつけて字を書くブラムの姿を想像した。

「よく映画なんかで見るような、字の細かな部分の特徴に類似を見いだして、それで筆跡を鑑定できると思うのは素人考えなんです。筆跡というのは、個人が、字を書くときの全体運動の一部が、字体の中に固定化して現れたものだと認識しなければなりません。ようするに筆跡を分析するということは、筆跡を通じて、書き手の体格、動作の特徴、性格、特徴的な癖などの書き手固有のパターンを読み取るということです。単純に言うと、右利きだとか、左利きだとかいうようなことですが、筆圧によって腕力や体重が推察できることもありますし、もっと細かいパターンの重なりが筆跡には現れます。そう、チック症などが顕著でしょう。チックは字のブレとして現れます。そのブレの特徴によって、大きなチックか、小さなチックか、首や肩を振るなどの上半身のものか、貧乏揺すりのような下半身のものかも分かります。そうした個人差、希少性、恒常性を字体の中から探し出していくのです」

「ほうっ、なかなか奥が深いものだな」

「ええ、面白いですよ。注意しなければならないのは、上っ面の個人差や、希少性、恒常性を捉えたとしても、筆跡鑑定はなしえないというところです。何故なら、筆跡はいつも、同じじゃないからです。同じ人間が書いた字でも、何気なく書いた時と、身構えて書いたときでは、字体が変わります。字を書くということは日常運動の単なる一部です。ですから、人は毎日、少しずつ違う字を書いています。それを踏まえて、確実に筆者を識別するには、書いている人間そのものが、どのような人間であるかを洞察しなければならないんですよ。身体的特徴、運動の特徴はもとより、状況によって左右されないような、その人間の揺るがないベースを押さえておく必要があります。文章的にどのような表現や言葉を使うのが好み、癖なのか、教養のレベルはいかほどなのか。興味の対象は何なのか、さらに言えば、どんな思想や性癖を持っているのか。そういったことに思いをはせ、字の書き手の人物像がありありと身近に感じられるほど洞察力を働かせるのです。そうすると、自ずとその文章を誰が、どんな人物が書いたのかが分かってきます。簡単な例でいいますとね。そう、教授は自分の子供さんはおられますか？」

ロベルトはタリチャアヌ教授に訊ねた。

「我が輩には妻も子供もおらん。研究に没頭しすぎて、そういうものを持っている暇がなかったのだ」

「では、ご兄弟は？」

「うむ。妹ならいるな」

「例えば、貴方はその妹さんのことを人混みの駅や休日の公園などで、たやすく見つけられたという経験をしたことがありませんか？」

「まあ……あると思うが。それがどうしたのだ？」

「自分のよく見知った人を大勢の中から即座に見つけられるのは、その人が好むだろう服装や身振り手振り、するであろう行動といったその人の個性を熟知している結果なんです。筆跡鑑定もそういうものです。そう言うと分かりやすいですか？」

「なる程、少しは分かる気がするな」

タリチャアヌ教授は鼻髭を撫でながら答えた。

「と言うわけで、それらを本格的に検証する為に、僕らの部屋くらいにならこの原稿用紙と写真を持っていっても構いませんか？」

「どの位の時間必要かね？」

「勿論、長ければ長いほどしっかり検証できますけれど、教授が僕に預けて我慢していられる時間はどの位ですか？」

タリチャアヌ教授は考え込んだ顔をしてから答えた。

「丸一日だな」

「十分です。ではきっちり丸一日、これらのものをお借りしますね」

「汚したり、破損したりしないように気をつけてくれ」

「勿論ですとも。失礼ですが、僕が普段、取り扱っているものは、こういうものより格段に価値の高いものばかりです。破損しようものなら、世界的損失になるんです。書類や書籍を飴細工よりもデリケートに毎日取り扱っていますから、そんなへまはしません」

ロベルトはそう言って、桐箱に原稿用紙を入れ直し、その上にブラムの写真を置いた。

そして蓋を閉めると、自分の持ってきた小道具たちとともに持ち上げた。

＊　＊　＊

一方、平賀はロベルトが出て行ったあと荷物を広げて並べていた。

彼の手元には最小限の調査機材が残されているだけだった。

まずはノートパソコン。各種の化学反応を見る為の試験薬。ビーカー。フラスコ。電子顕微鏡。用途別の写真機。それらを部屋の中に配置しながら、クローゼットを暗室がわりとして現像液などを入れる。

残念ながらビデオカメラや成分分析器などの機材は、かさばるのでバチカンに荷物として送ってしまったのだ。

だが、これだけあれば何もないよりずっとましだ。

まず平賀がしたことは、メールをチェックすることだった。

案の定、ローレンから数通のメールが届いていた。

ローレンとはバチカン情報局にいて、平賀の調査のサポートをしてくれている人物である。

「今どうしている？
連絡が無くて心配している。
出来るだけ早く連絡するように」

メールは全て同じ内容であった。

平賀はすぐに返信を書いた。

「親愛なるローレンへ。
連絡を入れるのが遅くなり、心配かけました。

私はまだ英国にいます。事故を起こして、ホールデングスという町に足止めされているのです。

こちらで興味深いことがあり、その調査にあたろうと思っています。

調査対象は吸血鬼です。

突然なので驚かれると思いますが、きっと貴方も興味が湧くはずです。ことの経緯を説明します……」

平賀はホールデングスに足止めされた経緯を書き、それからこの町で起こっている吸血鬼事件で知った様々な事実を綴った。そして最後には自分とロベルトも吸血鬼に遭遇したことを書いた。

「二、三日中に道路が通じるようになれば、吸血鬼に噛まれたドリーンとハート牧師から採取した血液と唾液を送ります。その分析をお願いします。

当面は、持っている限りの調査道具で頑張ってみます。

平賀より」

返信ボタンをクリックすると、平賀はさっそく血と唾液のついた綿棒を、丁寧に小箱に入れた。いつもローレンとの物品の遣り取りに使っている専用の小箱である。

それが終わると、デジカメのデータから、昨日撮った山の妖しい光をパソコンに読み込み、解析する作業に入った。

見ていると、山を這って移動していくような光の流れは、ゆらりゆらりと横に靡いたかと思うと、ぱっと縦に立ち上ったりする。

まるで青白い魔物が舞踏でもしているような、不規則な動きだ。

平賀も初めて見る現象である。

平賀はこの現象を説明する仮説を色々と立ててみた。

地面に含まれる燐が水分と反応して光っている可能性。

蛍などの発光昆虫の群れである可能性。

あるいは光るコケ類を体に付けた小動物が移動しているという可能性。

沼地や地下から噴出する天然ガスに何かが点火して漂っているという可能性。

あるいは、オーロラめいているところを見るとプラズマ現象だという可能性。

平賀はこれらを一つ一つ検証した。

地面の燐が水分と反応して光っているとしたら、まず雨が降っていなくてはならない。

だが、昨日は雨ではなかった。霧などの湿気でも適切な水分となり得るかも知れない。

しかし、これだと光が移動していく様をどう説明しよう？

風による霧などの湿度の高い空気の流れに沿って、地表の燐が発光しているのかも知れない。だが、燐の発光だとすると、明るすぎる気がした。

とにかく地表に燐が含まれていないか確認しよう。

蛍などのグローワーム、つまり発光昆虫の可能性だが、平賀の知る限りでは夜はマイナス二度になる現在の気候で、活発に動くグローワームが思い当たらなかった。

昆虫は冬季にはまず群れるような活動はしないだろう。

あと光蘚(ひかりごけ)のような発光物を身体につけた動物の移動。

これはあり得るかも知れない。

形や大きさから見て、一匹ではない。小さな群れが移動している可能性がある。

そうであれば、もう一度、山に行ってみれば、発光の原因物体が落ちていたり、動物の足跡が見つかったりするだろう。

次の可能性。引火性のガスが点火して浮遊している可能性はどうだろうか?

バチカン情報局のデータバンクから辺りの地理とその内容を調べてみる。

辺りには、引火性ガスの発生源となりそうな沼地はない。地下ガス情報もない。

しかしまだ発見されていない地下に存在するガス、または地下から地表に噴出するガスがあるかもしれない。

いずれにしろ、ガスが燃えたのだとしたらその辺りが焼けているだろう。

これも要確認だ。

そしてプラズマ現象という仮説。

つまり、雷やオーロラのような現象だ。

雷やオーロラのような自然現象だとなると、吸血鬼が天候を操って雷を呼び寄せるのだというタリチャアヌ教授の言い分が正しいと言うことになる。

これがユージンが言っていたように、頻繁に生じていたとなると、自然環境から生じる強い磁界や電位差がその辺りに存在しなければならない。あるいは電波による干渉もプラズマ現象の原因になる。

しかし、地図による情報から見る限り、辺りに高圧電線や他に電波を発生するようなもの、磁界を発生させそうな施設のない条件下では起こる現象ではない。

第一、常に山に光が宿って移動する現象が見えるというのではなく、吸血鬼が現れるときにだけ光が宿るというのも不可解なのである。

そう吸血鬼の魔力によるものでもなければ……。

それならそれで興味深いが……。

平賀はともかく、その五つの可能性を書き留め、どのような調査を行えばよいかを考察した。そして調査することと、その要点をまとめた上で、調査に必要な小道具を、それ用の小さな鞄(かばん)に準備した。

次に、タリチャアヌ教授のデジカメで撮影されたドリーンの首の歯形の痕(あと)と、昨夜(ゆうべ)、ロベルトが写したハート牧師の歯形の痕について解析する。

まず歯形の特徴、大きさ、二つの歯形の間隔からいって、両者の歯形は同じものだと考えられた。

そう、あの黒ずくめの屍者の王のものだ。

平賀の脳裏に、ありありと昨夜の異様な光景が蘇った。

吸血鬼の赤い瞳。そして鋭く光った牙。二メートル近く跳躍して、崖をするすると登っていった異常な動きと存在の消滅。その直後に飛び立った蝙蝠の群れ。

それだけでも十分なのに、吸血鬼はハート牧師を担いで、僅か七分で山頂付近まで運んだのである。

そんな摩訶不思議なことがどうやったら可能であろう。

まさにタリチャアヌ教授が言ったように、空を飛んだのだろうか？

考えれば考えるほど、交互に、もやもやと青い霞で覆われたり、透明な氷で満たされたりするような頭脳の狂いが生じた。

理論では割り切れないものに接近していることを、平賀は強く感じた。

全ての事柄が、吸血鬼が実在している証のようであった。

一体、あの仮面の下にはどんな顔があるのだろう？

平賀は顔認識ソフトを呼び出し、顔判断の様々な項目に分かれた条件入力の中で、たった一つだけ分かっている犬歯の間隔と大きさを入力し、判定ボタンを押した。

暫くしてソフトが僅か一項目だけの条件で叩き出した不明瞭な顔の輪郭は、まるで犬のような口元の尖ったごつい顔であった。

当然、平賀が見た男はそんな顔はしていなかった。

仮面を付けてはいたが、普通の人間の輪郭をしていた。それともそれは変身した姿であり、実態は狼のような顔をしているというのだろうか？

否、或いは蝙蝠のような顔であっても怪しくはないが……。

平賀は眼を閉じて、再び昨夜見た吸血鬼の姿を思い浮かべてみた。

思いつく限り、描いてみよう。

そう思って、モンタージュソフトを呼び出す。

提示される数々のパターンの中から、条件を選んでいくと、犯人像を描き出してくれるというソフトである。

髪の形、色、長さなどが、何十パターンも示されていく。平賀はそれらの条件から自分が見たのに近いものを選んだ。顔の形も様々に出てくる。面長、丸顔、四角い顔。だがこれは仮面をつけていたので、一概にどうとは言えなかった。顔を諦め、首の太さ。これは目視で見当をつけ記入した。そして首もとから肩のラインの角度を指定する。

それから胴体で近いタイプのもの、手と足の長さなどを指定し、服装を重ねる。

そうやって顔無しで出来上がった吸血鬼の姿をじっと眺めて、平賀は首を傾げた。

なんだかその姿は、ありそうであり得ない姿だったからだ。

まず、非常に筋肉質で胸板が厚く見えた吸血鬼の頭部は、極めて小さかった。それは犬歯の間隔からも想像出来たことだ。小顔なだけならば、別に問題はない。違和感があるのは首である。

普通これだけ体軀が良ければ、首もがっしりと太いはずだ。なのにその首はやけに細く収まっていて、全体の筋肉量から考えても、そんなはずはないだろうというしなやかな形である。

それであるのに首の付け根から肩は直角に曲がるような急な角度で筋肉が盛り上がっていて、非常にアンバランスである。

加えて、手足は長かったが、二の腕や太股の大きさから考えて、そんなに筋肉質ではないのだ。色んな点で、人間工学的に成立しないような奇妙な体型であった。

自分の記憶の間違いだろうか？

それとも吸血鬼と言えば、すでに人外のものであるから、人間の理屈を当てはめること自体が間違っているのかも知れない。

平賀がパソコンの画面を見詰めながら考えに耽っていた時、ロベルトが部屋に戻ってきた。

そして手にしていた荷物をソファのテーブルの上に置くと、平賀が声をかける間もなく、召使いを呼ぶためのロープを引っ張った。

すぐに召使いの足音がしてドアがノックされた。

ロベルトが出て、「一八〇〇年からの客人名簿を見せて下さい」と頼んでいる。

そうして戻ってきてテーブルに腰掛けたロベルトの瞳は、鋭い輝きを帯びて、桐箱から取りだした原稿に注がれた。

「ブラム・ストーカーの原稿が本物かどうか調べるんですね？」

「そうとも。僕の手でブラム・ストーカーの正体を解き明かしてみせるさ」

ロベルトは、ほくほくとした声で答えた。

暫くすると召使いが客人名簿を持ってやって来た。ロベルトは名簿を受け取ると、熱心にそれを繰り出した。

そして一つのページで手を止めた。

「あったぞ。ブラム・ストーカーの署名だ」

平賀はその署名を覗き込んだ。

氏名　エイブラハム・ストーカー
住所　ロンドン　クイーンズ・アベニュー
日付　一八八二年十一月二日

と書かれてある。日付から見ると、ブラム・ストーカーがこのホールデングスの町を訪れたのは三十五歳の時であったようだ。

ロベルトは吸いこむような瞳で、この署名と日付に書かれた数字を見詰めていた。

「本物のようですか？」

「少なくとも、この原稿と、ブラムの写真に書かれた署名と、この客人名簿にある署名とは、年齢による変化はあるものの、同一人物が書いたのではないかとは思われるね。確実なことを言うには、まだ諸処、検討してみないといけないけれど……」

ロベルトは答えた。そして言葉を継いだ。

「あとで電子顕微鏡を貸してくれないかい？」

「何をするんですか？」

「顕微鏡で紙とインクの分析をしたいんだよ」

「今でもいいですよ。私は使っていませんから、どうぞ」

平賀が言うと、ロベルトは資料を手にして顕微鏡を置いたサイドテーブルの方へと移動した。

そうして原稿用紙を顕微鏡で眺め、続いて写真の裏に書かれている文字を観察している。

そして、「矛盾はないみたいだな……」と、呟いた。

戻ってきたロベルトは、ブラム・ストーカーの原稿用紙を一枚一枚めくりながら、もの凄い勢いでキーボードを叩いていく。どうやら原稿の内容を丸写ししているようだ。その作業はものの小一時間で終わった。

そしてそれを何かのソフトにかけたかと思ったら、今度は、文字の書き記してあるトレース用紙を取り出し、定規やコンパスを使って文字に、何本かの線を引きはじめた。細かい数字を横に書き記していく。

「これって、何の計算です？」

「クラスター分析をするのに、いろいろと数字として出しておくんだ」

「筆跡鑑定にクラスター分析を応用するなんて初めて知りました」

「僕だって、自分の専門分野になれば、数字くらいは扱うさ」

ロベルトはそう言いながら、作業を続けている。

クラスターとは、もともとはブドウの房の意味である。

他にも、群れ、集団、集落、住んでいる地域、年齢・性別・年収などの人口統計学的データ、趣味・ライフスタイルなどの心理的特徴をベースにして似たようなグループにくくった固まりをクラスターと表現する。

ようするに、共通した特性によって人々や物事をグループに分ける統計的分析手法で、有効な分類軸がわからないデータに、自動的に切り口を探し出してくれる方法である。

生物学や科学実験のデータの分析法としても使われるが、それ以外にはマーケティングなどにも応用されている。

その時、パソコンからメール着信の効果音が流れた。

すぐにメールを開いてみる。

ローレンからであった。

「平賀へ
了解した。

吸血鬼とは興味深い。

久々にわくわくする調査だ。

早く荷物が届くことを願っている。

分析は私に任せておくように」


平賀はそれを読んで頷いた。

ロベルトが数字を書き終わった様子で、ほうっとモノクルを外す。

そのタイミングに合わせて、平賀は話を切り出した。

「実は、覚えている吸血鬼の姿をモンタージュしてみたんですが、妙なんです。ロベルト神父も見てくれませんか？　私の記憶による間違いがあれば訂正したいのです」

平賀は自分が作った吸血鬼の全身像のモンタージュをロベルトに見せた。

「どうでしょう？　一瞬だったので、私にはこんな風に見えたのですが……」

ロベルトはつくづくとモンタージュを嘗めるように見て、頷いた。

「僕の記憶とも一致しているよ」

「本当ですか？」

「ああ」

「でもそうすると、生物学的に不自然なんです」

「どんな風に？」

「大胸筋や腹筋などの発達に比べて首回りの筋肉がやけに未発達ですし、手足も華奢すぎます。そういう体型になるような運動とかスポーツのことも考えてみましたけど、該当するものがありません。加えてこれです。僕が計測した吸血鬼の犬歯の太さ、間隔を顔認識ソフトに入力したら、こんな風になってしまったんです」

平賀は、画面を変えて、狼のような輪郭が出てきたものをロベルトに見せた。

ロベルトは気味悪そうに眉を顰めた。

「余り人間らしくはないね……」

「そうなんです」

平賀は大きく溜息を吐いた。

「それにたとえオリンピック選手だったとしても、昨夜の吸血鬼のような、あんな風な動きが出来るわけがありません。なんだか強靭な未知の獣のような動きだったでしょう？」

「ああ、確かに。あれが普通の人間ではないことは間違いないよ。実際、僕の気持ちも吸血鬼がいるかいないかで揺れ動いてるんだ」

ロベルトも平賀と同じ感想であるらしい。

「とにかく私は、徹底的に現場検証してみます」

「それでまずどうする気だい？」

「吸血現場となった場所を再度あらいます。イーディ・ムーアの部屋、ドリーンが襲われたベン・ラッセル家の庭。あと私達が吸血鬼を目撃した山の現場です。貴方は何をしますか？」

「僕はそうだな、この町の吸血鬼伝説をようく調べる為に、教会に書庫を見せて貰えないか頼んでみるよ。もし駄目なら、図書館でもあたろう」

「そうですね。教会側が素直に見せてくれたならばいいですね。同じキリスト教徒なのに、水と油みたいに弾き合うなんて不思議なことです」

平賀は、ハート牧師が見せたカソリックへの悪意を心底不思議に感じていた。

「珍しいことではないよ」

ロベルトはあっさりと言った。そうして時計を見た。

「昼食のこともあるから、まずは町に出てみようか……。それから各で行動しよう。財布も戻ってきたから、タクシーに乗れるしね」

「そうですね。そうしましょう」

平賀は調査道具を詰めた小さな鞄を手に提げた。

そして二人が部屋を出ると、突き当たりの部屋からタリチャアヌ教授とカリンが出てくるところであった。

「お二方も町に出るのかね？　我が輩たちも食事をしに行くところだ。一緒に出ようじゃないか」

タリチャアヌ教授が片手を上げて、大きな声で言った。

4

湿っぽい大気が、頭を押さえるかのように重くのしかかってくる。

よどんだ風にのり、時折、人々のお喋りが手にとるように聞こえてきた。

「また怪物がでたようだ」

「ハート牧師様がやられたって本当かね？」

「どうやらそのようさ」

「今度はどのくらいやられるんだろう？」

「それより、そうなると日曜日のミサはどうなるんだ？」

「牧師様の息子のベンジャミンさんが、代行するみたいだよ」

「ああ、そりゃあ良かった」

奇妙な放心の表情が、薄い仮面のように町の人々の顔に被さっていた。

こんなに不気味な事件が起こっていると言うのに、人々の反応は異様に緩慢である。

昨日の警官のやる気のなさもそうだが、ここでは、吸血鬼に対する恐怖から、恐怖に対抗しようという気概が、長い因習の中で、麻痺しているのだろう。吸血鬼のことは、闇の中にひそかに封じておくべきことであり、それを大騒ぎして、引きずり出す必要はないといった風情である。

「何故、みなさんは吸血鬼をどうにかしようと思わないんでしょう?」

平賀は疑問に思って呟いた。

「どんなに騒いでも、この町の吸血鬼を退治できないことを知っているからだろう。それにだ、吸血鬼が現れるのは希なことで、一時の嵐さえ収まれば、この片田舎の町は鋤をつけた牛が畑をぐるぐる回っておるが如くに、平凡で退屈な安定期に入るのだ。この町の住人どもが奇妙に騒がないのはその為だよ。吸血鬼のことさえ我慢していれば、公爵家の手厚い保護によって、ぬるい豊かさと平和とが約束されておるからだ」

タリチャアヌ教授は答えた。

四人がやって来たのは、昨日と同じレストラン『ジューシーラビット』だ。

平賀たちは席につき、昨日のように適当に注文した。

「まあ、お二方さんはこの町に来て、まだ五日ほどしか経っておらんから、この町の奇妙さが分からぬと思うが、実際、妙な町なのだ。ここの町の人間達の考え方や生活ときたら、電気が通って、パソコンや携帯の時代が来た今日でも、十七世紀の頃とちっとも変わっちゃいない。ずっと代々、金持ちは金持ち、貧乏人は貧乏人だ。やっている職業すら変わってはいない。思うにこの町の人間には上昇志向だとか克己心のようなものが抜け落ちている。そのくせ、秘密主義で、保守的で、差別的で、階級主義で、迷信が渦巻いておる。そうして中身はまるっきり腐っているんだ。将来牧師になるはずのあのユージンという少年が、酒浸りなようにな」

タリチャアヌ教授は、忌々しそうに言った。

よほどこの町に厭な思い出でもあるのだろうかと、平賀は不思議に思った。

カリンはその隣で、もくもくと食事をしている。相変わらずの大食らいだ。

「教授たちは今日は何をするんです？」

ロベルトが訊ねる。

「昼間は、教会記録から割り出した吸血鬼とおぼしき人物の墓場を調べる。夜は吸血鬼が徘徊していないかどうか町中をパトロールだ」

「教会に行く時、一緒に行ってもいいですか？　僕も教会記録を読みたいんですよ」

「一緒に行くのは構わんが、恐らくベンジャミンはお前さんを拒絶するだろう。父親譲りの頑固なローマ・カソリック嫌いだ」

「取りあえず、頼んでみることにします。どうしても駄目なら、図書館にでも行きますよ」

ロベルトは気重そうに答えた。

「で、お前さんの方は何をするのかね？」

「私は吸血鬼が現れた場所の現場検証をします」

「ほほうっ。何か分かったら教えてくれ」

「ええ、分かればの話ですけど」

平賀は頷いた。

そうして四人で黙々と食事をしていると、玄関のドアを酷く乱暴に開け、一人の男が飛び込んできた。手にレストランの紙袋を持っている。

体格のいい男だ。頬の肉のこそげた、顎が鋭利な刃物みたいに尖った暴力的な顔つきをしている。

「バニー・サクソンだ。これは一悶着あるな……」

タリチャアヌ教授が、ひっそりと囁いた。

その言葉通り、男は店員の襟首を掴んだかと思うと、いきなり拳で、その顔を殴りつけた。

店員が昏倒する。するとびっくりした顔で、店のマスターが怒鳴った。

「何するんだ！」

「何もくそもねえ。お前の所で買ったパイが腐ってたんだ！」

男の英語は、あきらかなアメリカ東部の下町訛りだった。それに加え、イタリア系の訛りも感じ取れた。

「腐ってるだって⁉ うちじゃあ、腐ったものなんて売ったことがない。ストーブの側にでも長い間置いてたんじゃないのか！」

「うるせえ！」

バニーはそう言うと、レストランの袋を店主の顔に叩き付けた。そしてカウンターの上に重ねられていた皿やグラスを全て叩き落としていく。

「こら！　やめないか、警察を呼ぶぞ」

店主が言うと、男はふんと鼻を鳴らして、またつかつかと平賀達の脇を通り過ぎて出て行った。

「あの男はつい四年ほど前に町に来て、町の女と結婚した新参ものだ。新参ものというだけでもこの町の人間は嫌うのに、加えてああいう性格だから、誰もが良く思っておらん。あんな風だが、普段は温厚に振る舞っておる。女房になったアリーもそれで騙されたんだろう。だが、すぐに本性をむき出して、かっとなって怒り出すと止まらず、手は出る足は出るで、アリーは毎日、青あざが絶えないという噂だ。まあ、そういうことは良くある話だが、我が輩が引っかかっておるのは、あの男の顔にどこかで見覚えがあるような気がすることだ」

タリチャアヌ教授が首を捻った。

「ふむ。そう言えば僕もどこかで見たような気が……。どこだっただろう？」

ロベルトが曖昧な様子で呟いた。

平賀は自分の食事は終えたので、早速、調査に動くことにした。

「では、私は調査に向かいます。まずはここから近いイーディの家へ行って、部屋を見せて貰います」

そう言って立ち上がると、タリチャアヌ教授が言った。

「ここではカソリックの神父の威厳は通用せんよ。もし調査に協力してもらいたければ、相手が求めるものを与えるのが先だ」

「求めるものを与える、とは？」

「例えば、フランクの場合は、上客には甘い。だから値の張るものを買ってやるとか。ベンはあの通りの貧乏人なので、直接、金がいいだろう。それと、ここで屍者（ししゃ）の為に祈ってやるとか、聖書について語ったりするのは止めておいたほうがいい。却（かえ）って反発を買う」

「ああっ……そうか……そうなんですね」

平賀は正直、稲妻に打たれたような衝撃を受けた。バチカンの保護を受けない調査にそうしたことが必要だと、初めて気づいたし、そもそも考えてもみなかったからだ。

平賀はタリチャアヌ教授の言葉を胸にしっかり刻んで、店を出た。

まず平賀がしたのはデービッドの証言した内容どおりに吸血鬼がどう動いたかをビデオに記録することである。『ムーア雑貨店』の東にあるイーディの部屋の窓辺から吸血鬼が歩いていって消えたという場所まで撮影したのだ。その際、吸血鬼が飛び乗ったと言われる塀の高さをメジャーで測った。

二百十九センチだ。一飛びで乗ることなど到底不可能だった。

平賀は首を傾げながら、『ムーア雑貨店』の中に入った。

「いらっしゃいませ」

フランクの愛想のいい声が響く。

さて、何をいくらほど買ったら、フランクの機嫌がよくなり、イーディの部屋を見せてくれるのか？

見当も付かなかった平賀は、とにかく商店内にある自分が必要とするものを全て買うことに心を決めた。方位磁石、地方の詳しい地図、とくにサンダーマウンテンの地図。歩数計、登山靴とロープ。ピッケル。

これらを全て持って、レジに立つ。

「おや、登山なさるのですか？」

フランクが愛想よく言った。

「ええ、サンダーマウンテンに登るんです」

平賀が言うと、フランクは不思議そうな顔をした。

「サンダーマウンテンに登るのに、ピッケルや登山靴は必要ないでしょう？　普段着で登れる小山ですよ」

「少しばかり違う登り方をしてみようと思いまして」

「ほう、そうですか」

フランクはレジを打ち終わり、「百ポンドと七十二ペンスです」と答えた。

平賀は自分の財布から百一ポンドを取り出してフランクに渡した。

「時にイーディさんのことですが……」

フランクの顔がぴくりと痙攣する。

「何か？」

「えーとですね。私にイーディさんの部屋を少し見せていただきたいのです」

「イーディの部屋を？　妙なことを仰いますが、何故です？」

フランクの顔色を見て、平賀は辺りを見回した。

そして用のない釣り道具の高価なものを指さした。

「あれも買います」

「これはどうも。お買い上げありがとうございます」

フランクがにこりと歯を見せる。

「ええとですね。一応、神父としてこのような場所に居合わせたことはですね、神のお導きだと思うのです」

「神の導きですか？」

「はい。もしもの時に、吸血鬼に対してどうすればよいのか、私に学んでおけと神が導かれたのだと思うんです。ですから、吸血鬼がどのようなものかよく知っておきたいのです。それで、吸血鬼が現れたイーディさんの部屋に、何か吸血鬼特有の印のようなものが残されていないかどうか確認したくて……」

平賀がもごもごと言い訳をしている間、フランクは店員に釣り道具を持ってこさせ、レジに数字を打ち込んだ。

「八十三ポンドと十二ペンスです」

フランクの声に、平賀は再び百ポンド紙幣を差し出した。

フランクは釣り銭を数えながら、「少しの間ならいいですよ。但し、私が見ているという条件で」と言った。

「ええ、それで結構です」

フランクは頷いて平賀に釣り銭を渡し、それから店員に少しばかり席を外すと告げた。

「こちらに来て下さい」

フランクが店の奥のドアを開ける。するとそこは長い廊下になっていた。

廊下の突き当たりの階段を上る。

そしてイーディの部屋だというところに通された。

「部屋の掃除とかはなさいましたか？」

平賀が訊ねると、フランクが頭を振った。

「いいえ、そうしてしまうと娘がいたという痕跡が無くなってしまうような気がして、そのままに置いてあります。むごたらしい現場ですけどね」

フランクは言った。

「警察はここを調べましたか？」

「いいえ、吸血鬼のことですから、警察は調べません。ハート牧師様が来て、清めのためにお香を焚き、聖書を読んで下さいました」

「分かりました」

平賀はまず、血の痕が見受けられるイーディのベッドへと近づいた。

血は黒い染みとなってシーツにTの字のような形をして残っていた。

「あの、このシーツ、調べる為にお預かりできないでしょうか？」

「何ですって、駄目ですよ」

フランクはぴしゃりと撥ね付けた。

平賀はシーツから吸血鬼の唾液とか、体液とかが出る可能性を期待していたのだが、こうも強く拒絶されたのでは諦めるしかなかった。

「わかりました。じゃあ、指紋摘出検査をしてもいいですか？」

「吸血鬼の指紋を採るのですか？」

フランクは不思議そうに訊ねた。

「ええ、吸血鬼たるものがどんな指紋を持っているか、特徴があれば、事前に吸血鬼を判別しやすくなります。吸血鬼が早くに分かれば、吸血被害も防げるかも知れません。そうでしょう？」

フランクは目を瞬き、「そういうことなら、検査なさってもいいでしょう」と答えた。

平賀はそこで、手袋をはめ、持ってきた鞄から『粉末法』の道具を取りだした。

アルミニュウムの粉末、柔らかいそれ用の毛ブラシ。そして摘出した指紋を転写する為のシール等だ。

平賀はそれを持って、部屋の隅から隅の指紋が付きそうなところを検査した。

ことに重点的に調べたのはベッドとその周辺。そして吸血鬼が部屋に出入りした窓とその周辺である。特に窓を調べているとき、平賀は窓の下の方に薄く煤のようなものがついていることに気がついた。綿棒でその煤を取っておく。最終的に、合計、三十五個の指紋が検出された。

「まことにすみませんが、後で、イーディさんの部屋に出入りできる人たちの指紋を提出していただけますか？　あの、このスタンプに指をつけて、紙に押してくれるだけでいいんです」

フランクはそれを受け取って、「分かりました。今は皆、忙しいので、店が閉まってからやっておきましょう」と答えた。

「では、明日、またその紙を取りに来ますね」

平賀はそう言って、部屋を出た。

商店に戻った平賀は、取りあえず釣り道具だけは店で預かって置いてもらうことにして、タクシーを呼んでもらった。

そして向かったのはサンダーマウンテンだ。

車が山の麓にある教会付近にさしかかると、平賀はタクシーの運転手に注文をつけた。

「今からきっちり時速六十キロで上まで上って下さい」

運転手がスピードを調整した。平賀は速度計が六十キロになっているのを確認してストップウォッチを押した。

頂上付近、警察署の手前の地面に血痕が見えた。ハート牧師の屍体が見つかった現場だ。

平賀はストップウォッチの数字を確認した。

九分二十二秒。

計算すると教会からここまでは、おおまかに九千三百六十メートルということだ。

やはりどう考えても人の足で牧師が運ばれたとは思えない。

「ここで止めて下さい。そして、私が帰ってくるまで待っていて下さい」

「ここでは無理ですから、車は警察署の前に止めておきます」

「はい」

平賀は登山靴を履き、ピッケルとロープを手に車を降りた。

まずは焰が移動していたと思われる付近を目指し、垂直に崖を降りてみる。

太い木の幹にロープを結わえ付け、それをまた腰に結ぶ。そして、ほぼ垂直の崖にピッケルを突き刺して、身体を安定させ、少しずつ降りて辺りの観察をする。

万が一、崖から落下しても、五メートルほど下の道に落ちるだけなので、極端な危険はなかった。

とはいえ、もともと体育会系ではない平賀にとっては骨の折れる仕事である。

彼を動かしているのは、ただ吸血鬼に対する強烈な知的好奇心のみだった。

平賀は数カ所のポイントでこうした崖下りを行った。

だが、光るコケ類を体に付けた小動物が移動しているという痕跡はどこにも見あたらなかった。

次に沼地や地下から噴出する天然ガスに何かが点火して漂っているという可能性。

これはどこを調べても、樹木や葉っぱに焦げた痕がないことから、火による現象ではなかったと判断した。

平賀は最後に土と石の採集をした。

燐が含まれていたり、発光したりする鉱石がないかどうか調べるためである。

こうして一仕事終えた彼はへとへとになって車の元へと戻った。

「旦那、こんどは何処にいくんですか？」

運転手が訊ねる。

「ネームレスマウンテンにあるベン・ラッセルさんの家です。えと、住所はですね……」

「いちいち住所なんていいですよ。名前を聞けば大抵わかります。ベンの家ですね」

車は走り始めた。

さて、ベンの家につくと、平賀を出迎えたのは婦人であった。

「夫は仕事でいないんです。だから家の中には入ってもらうことはできません」

婦人は目を伏せて小さく呟いた。

「分かりました。少し庭を見せて下されればいいんです」

平賀はそっと、十ポンドを差し出した。

「勝手に見て下さい……。私は知らないことにしておきますから」

婦人は札を手に取ると、パタンとドアを閉めた。

平賀は、ドリーンの襲われた薪の積まれている場所を隈無く観察した。

そうして、芝の間に一本の長い黒髪が落ちているのを見て、興奮を覚えた。

もしかすると吸血鬼の髪の毛かも知れない。

ピンセットでそっと髪の毛を持ち上げ、確認する。

平賀が一番注目したのは毛の根元に白い毛球がついているかどうかであった。

残念ながら毛球はなかった。平賀はがっかりとした。

髪の毛が残っていれば、遺伝子が特定されるだろうと考えるのは素人の思い込みである。

毛髪からの遺伝子検査は、「検査者」が「被検者」の毛髪を抜き取ることによって行われる。

遺伝子情報は、おもに毛球にあるので、脱落毛や切った髪からは、特殊なケースで無い限り鑑定困難なのだ。

警察などが事件現場で採取している毛髪は『頭皮付きの毛髪』や、『強制的に抜かれた毛髪』を探し出して鑑定しているのである。

例えば、凶器に残された頭皮付き毛髪とか、頭部を強打したテーブルに付着しているものなどだ。

毛髪だけだと、中心部にある髄質の遺伝子を取りだして調べる方法はあるが、これは酷く難易度の高い検査であって、血液型が判明するだけでも良い方なのだ。

だが、取りあえず髪の毛はビニール袋に入れて保管した。

どんな情報でも得られればいい。あとはローレンの力を頼るしかない。

平賀はまたここでもビデオで周辺を撮影した。

一通りの捜査を終えると、すっかり夕方である。

平賀は時計を確認して、待たせていた車に乗り込み、ルーク家に戻った。

部屋に戻ると、ロベルトはすでにソファに腰掛け、パソコンに目を落としていた。

「帰っていたんですね」

平賀が声をかけると、ロベルトはパソコンを見たまま頷いた。

「やあ、お帰り。僕も今さっき戻ったところだよ。案の定、教会には拒否されたから、図書館で資料を漁ってきたんだ」

「何か収穫はありましたか？」

「まあ、色々とね。君のほうは……なんだい、その恰好は？」

ロベルトは振り返って平賀を見ると、何とも言えない顔をした。

確かにその時の平賀の恰好は少々異様であった。登山靴にピッケルを持ち、道具入れの鞄に、邪魔になるロープを巻き付けて、全身、泥まみれだったのだ。

「一寸、山登りしてたんです。やってみて厭というほど分かりましたが、山の崖の斜面を何もなしに登るなんて、あり得ませんね」

「まあ、普通そうだね。すごいロック・クライマーなら別だろうけど」

「ええそうですね。しかも二メートル以上の跳躍力を持っていて、銃で撃たれても死なず、時速八十キロで走る超人です。残念ですが、そういう人物像は私の想像の域を超えてしまいました。人間という枠の範囲ではとても……」

「僕だってさ」

ロベルトが苦笑いした。

「さっさと顔を洗って、服を着替えたほうがいいよ。なんだか、今宵は凄い客人がおいでだそうだ」

「凄い客人？」

「ああ、驚いたことに、ファイロン公爵のご子息、エルトン伯爵が来るんだってさ。光栄なことに、僕たちもお目通りが叶うらしい」

第五章　貴人の到来　The noble visited

1

七時きっかりになると、皆は玄関先に並んだ。

まずはチャールズ、フランチェスカ婦人、そしてシャルロット、その後にロベルト、平賀と続き、後ろには召使い達が並んだ。

トーマスは玄関の外に出て、エルトン伯爵を出迎える様子だ。

七時三十分になった時、トーマスの声が聞こえ、玄関の扉が開いた。

「エルトン伯爵様がおなりになりました」

二つの人影が玄関から入ってきた。

仕立ての良い灰色の外套を着た青年と初老の男である。

青年が被っていたシルクハットを取ると、そそくさとトーマスがそれを受け取った。

そして外套を脱ぐのを、初老の男が手伝い、トーマスに外套を預けた。

初老の男は自分もシルクハットと外套を脱いだ。

二人は英国紳士を絵に描いたような服装をしていたが、初老の男が執事であることは、わざと時代遅れのズボンを服に合わせていることから一目瞭然であった。

「お待ちしておりました閣下。そしてイーノス殿。つまらぬものしかございませんが、ゆっくりと食事をなさって下さいませ」

チャールズが深々と礼をすると、婦人や召使い達もそれに倣った。

「お出迎え、わざわざ有り難うございます」

エルトン伯爵は、高貴な笑みを浮かべた。

「ではチャールズ殿、エルトン様を席に案内していただけますかな？」

イーノスが言った。

二人ともこれ以上美しい発音はあるまいというぐらいの生粋のキングズ・イングリッシュである。そして二人は案内されるままにルーク家の中を歩いていく。

またその歩き方の優雅で毅然とした様も素晴らしかった。

ロベルトは初めて英国貴族というものを間近で見て、やはり並の人々とは違うと感心した。

英国の貴族制度には、他のヨーロッパ諸国とは違う厳格なルールが存在する。

金で爵位を買ったり、売ったりは出来ないし、貴族の称号を状況に応じて増やすということもしない。英国の支配階級は、君主と王室を頂点とするピラミッド形の階級構造が破綻をきたさないように、つまり最上層の貴族階級がバブルのように膨れあがらないように、綿密、巧妙、厳格な決まりを守っているのだ。

まず、爵位の保持者は当主一人に限定される。次に爵位の継承はもっとも近い血筋の男子が行うことになっている。血縁でもないものを養子に迎えて、爵位や領地を継承させることは許されない。

また、所領も年長の男子だけの相続であり、次男や三男などには分け前は全くない。それであるから気骨のある次男以下の男子は家を出て、学者や法律家、あるいは経営者として活躍し、そのことが十八、十九世紀の英国の繁栄に貢献したのだ。

このように、爵位を継ぐものは数が限られており、それぞれが桁外れ（けたはず）の富を有するのが英国貴族である。

他のヨーロッパ諸国では、父子（おやこ）、兄弟が同じ爵位を名乗ったり、相続も分割したりしたことから、爵位のインフレが起こって権威が失墜し、所領は分割されて価値が下がっていった。

そういうことから鑑（かんが）みて、真の貴族はもはや英国にしか存在しないと言って良いかも知れない。

ことに公爵家ともなると、女王陛下さえも「私の従兄弟達（いとこ）」と呼びかけるのである。

エルトン伯爵が、伯爵を名乗っているのは、父であるファイロン公爵の持っている二番目の爵位であるからだ。爵位は当主だけのものなので、その相続人である息子も、厳密には父親が亡くなるまで法的には貴族ではないが、父親の二番目の爵位を名乗るのが慣例である。

ファイロン公爵が持っている爵位は三つ。すなわちファイロン公爵。エルトン伯爵。ノースガレッジ子爵である。だから長男はエルトン伯爵というわけだ。

食卓に辿(たど)り着いた一行は、まずはエルトン伯爵、イーノス執事が上座に座り、それから各の席についた。

ロベルトはこの時、まじまじとエルトン伯爵の姿を見た。

青年は、十九歳だという。いかにも英国貴族らしい端整で、繊細な顔立ちをしていた。

プラチナブロンドの髪には天然のカールがかかっていて、ほぼオールバックであるが、前髪が一房だけ葡萄(ぶどう)のように顔の前に垂れている。瞳(ひとみ)は真っ青だ。

ロベルトはルーク家の二階にある絵画に描かれていた青年の瞳を思い出した。

ウルトラマリンブルーで描かれた印象的な青い瞳。

エルトン伯爵は全くそれと同じ瞳の持ち主だった。

神々しく光るシリウスの青色だ。

血管の浮いた白い肌。細い腕や足はすらりと長く、全身がきゅっと華奢(きゃしゃ)に引き締まっている。

フリルを襟と袖(そで)から出し、体にぴったりとしたスーツを着たようすは神様が美しくこしらえた人形のようであった。

執事のイーノスは、深い皺(しわ)の刻まれた厳格な顔立ちをしていて、重たい雰囲気を醸し出している。

いつになく豪華な食事が運ばれてくると、エルトン伯爵は、優美な手つきでナイフとフォークを動かした。

「領地のようすはどうですか？　領民たちは日々、豊かに過ごしていますか？」

エルトン伯爵が訊ねると、チャールズは「勿論でございます。町会議のまとまりも常に良好で、作物や酪農の生産量は、毎年、ご報告させていただいている通りでございます。困っている者は、この御領地にはおりません」と答えた。

「家令のリッチ・ベル殿によると、人口がここ三年ばかり減少気味で、酪農をする若い働き手が少なくなっているとか？」

イーノスがチャールズを振り向いた。

家令とは、貴族の屋敷、土地、領地の管理などをする最上級の使用人のことである。

「ああ、それはどうしてもこのご時世ですから、若者は都会に出て行きたがるのです。ですがご心配なく、大体のものは五年もすれば都会の生活に疲れて町に帰ってきます」

チャールズが答えた。

「しかし、都会で所帯を持って、よそ者を領地に連れ帰ってくる者が多くなるのはいかがなものですかな？　領地の秩序が乱れるのでは？　ブロア家に忠誠を持たないものが多くなると困りものです。領民の忠誠に応えて、ブロア家も借地代などを請求していないのですからな。チャールズ殿はこの町の町長でいらっしゃるのですから、若者達がなるだけこの地を離れないような工夫をしていただきたい」

イーノスの言葉に、チャールズは、「分かりました。努力いたします」と頭を垂れた。

「イーノス、久しぶりの顔合わせだというのに、そのような話はまたの折りにしておくれ」

エルトン伯爵が言った。そして、エルトン伯爵はしげしげとシャルロットを見て、クリームが溶けるような甘い笑顔を見せた。

確かにその日のシャルロットはことのほか美しかった。

薄化粧をして髪を細かく編んだシャルロットは、まさに初々しい清らかな乙女だ。

「シャルロット、最後に会ったのは、もう二年と少し前ですね。あの頃はまだ子供のようだったのに、とても美しくなられた……。そのドレスは良く似合っていますよ」

シャルロットはその言葉を聞くと、ぱっと花が開いたような笑顔を見せた。

「本当に？　これはお祖母様の形見を仕立て直したものなんですの。私もとっても気に入っているんです。でも閣下も随分、背がお高くなられて、男らしくおなりですわ」

「お互いに大人になったのです」

エルトン伯爵はそう言うと、今度は平賀とロベルトたちを見た。

「そちらのお二方は、バチカンの神父様方だとお聞きしましたが……」

「ええ、そうなんです。この町に嵐の日に遭難してしまったんです」

平賀が物怖じしない様子で言った。

「ところで、閣下。今は通行止めで町が孤立している状態だと聞いていたのですが、閣下はいつ来られたのですか？」

　ロベルトは不思議に思って訊ねた。

「実は少し前から城に着いていたのですが、体調が思わしくなくて、伏せっていたのです。それで皆のものに心配をかけたくなくて、体調が良くなるまで、私が来たことを知らせないようにしていたのです」

　それを聞くとシャルロットはたちまち瞳を潤ませて、心配そうにエルトン伯爵を覗き込んだ。

「まぁ、閣下。どこかご病気ですの？」

「心配はいらないよ、シャルロット。少し風邪をひいていただけだから」

「閣下は昔からお体がお弱いから、気を付けて下さいましね」

　エルトン伯爵は、ほんのりと葡萄酒で色づいた頬で頷いた。

「身体が弱いのですか？　病名は何です？」

　平賀が唐突に訊ねた。全く空気を読まない発言に、ロベルトはドキリとする。

「いえ、情けないことに、子供の頃から虚弱体質なのです。学校にも通えず、家庭教師で学問を覚えました。ですから、子供の頃の友達と言えば、このシャルロットと乳母の子供らくらいです。このような身の上で、爵位を継ぐなどと、本当は不安なのです」

　エルトン伯爵が伏し目がちに言う。

「エルトン様、そのようなことは軽々しくお口に召されるな」

イーノスが注意するように言った。

エルトン伯爵は気を取り直したように頭を上げた。

「すみません、私としたことが、つまらぬ愚痴などお聞かせしてしまい……。ところで、三日後にホールデングス城でパーティを開催するのです。ルーク家の方々は勿論、是非ともお客人の方々もご一緒に。我が領地の客人は私の客人です。神父様方もどうぞ」

「喜んで行かせていただきます」

ロベルトは遠くから見ただけでも、内部の美しさが感じ取れるホールデングス城に入れると思っただけで、わくわくとした。

それからひとしきり、世間話などをしながら食事会は進んでいった。

チャールズはやたらとロンドンの社交界のことを聞きたがり、エルトン伯爵は静かな口調で、最近、仲間の貴族達と交わした会話などを少しばかり話した。

それによると、今度、貴族仲間と出資をして、銀行を立ち上げることが決まったということであった。

銀行を作るなどと言う大層な話がいとも簡単にできてしまう裏は、ジェントルメンズ・クラブでの付き合いにある。

英国貴族は、表札も看板も出さないジェントルメンズ・クラブというものに出入りして、互いの親交をはかっている。クラブの階級は様々だ。

上流のクラブとなると一国を動かすような面子が集まっているらしい。

こんな話があるくらいだ。

第一次世界大戦前、初老の男性達が毎夜楽しそうに一軒の正体不明の家に出入りしているのを不審に思った警官が「これは売春宿に間違いない」と見張りを続け、捜査に踏み込んだ。

中には居心地の良さそうな居間があり、四人の男性がテーブルについて酒を飲んでいるだけだった。

警察官は、「あなたはどなたですか？」と、一人の老紳士に訊ねた。

「大法官です」

「そしてあなたは？」

「カンタベリー大主教です」

「次は？」

「イングランド銀行総裁です」

「ああするとさしずめ、あなたは内閣総理大臣ですな」

「いかにも私は総理だが」と、バルフォア卿は答えた。

そのクラブには実際に現代にいたるまで看板も表札も出ていないというのである。

だが、エルトン伯爵の様子を見る限り、彼はそれほど夢中になって話をしてはいなかった。むしろどこか白けた感情を漂わせている。どうやら余り社交界に興味が無さそうであった。

尚(なお)も話を聞きたがるチャールズを牽制(けんせい)するかのように、イーノスがエルトン伯爵と、ブルーレンジ公爵家の令嬢との間に、一寸(ちょっと)した縁談話が持ち上がっていることを話題にした。

シャルロットは沈んだ表情になった。

チャールズは残念そうに、「それは喜ばしいことで」と言い、フランチェスカ婦人は冷たい謎の微笑みを浮かべている。

恐らくイーノスは、チャールズの身の程知らずな願望を見抜いているのだろう。

エルトン伯爵は「けど、未(ま)だ何も決まったわけではないのですよ」と、言い訳のように言って、シャルロットを気遣った様子であった。

それから話題を切り替え、四月から七月まで過ごしていたカントリー・ハウスのことについて語った。

日が長く、美しい花々が咲いて、緑の草木が茂る中、ちょっとした狐狩りや、雉子(きじ)狩り、そして鮭釣りなどをした思い出である。

エルトン伯爵の詩の朗読のように美しく紡がれていく言葉に、ロベルトは耳を傾けながら、食事を続けた。

* * *

食事が終わると、一同はティールームに移動して、食後のお茶を飲んでいた。すると突然、召使いたちがあわただしく騒ぎ出すのがわかった。

チャールズは訝しそうな顔で召使いと話し込んでいるトーマスを見た。

「トーマス、一体何なんだ？」

トーマスはばつの悪そうな顔をして、「いえ、旦那様。大したことではございません」と言った。

「大したことでないなら、言えばいいだろう」

するとトーマスはチャールズの傍らに寄ってきて、耳元になにやらぼそぼそと囁いた。

チャールズの顔色がさっと変わる。

「どうしたんです？」

エルトン伯爵が訊ねた。

「いえ、何でもありません。閣下のお耳を汚すだけですから」

いかにも何かあったことは丸わかりである。

「チャールズ・ルーク殿。エルトン様は次期、御領主になられるお方です。何か領地で問題があったのなら、素直にお答え下さい」

執事のイーノスが言った。その厳とした様はまるで天の声のようである。

チャールズは、額の汗をそっとハンカチで拭いて小さな声で言った。

「実は、このところ吸血鬼騒ぎが続いていまして、今日も先ほど、領民の女が吸血鬼に襲われて死んだと報告があったのです」

イーノスは片眉をぴくりと上げて、エルトンを見た。

エルトン伯爵は茫然とした顔である。

「誰が死んだのです？」

平賀が訊ねた。

「病院に勤めているフレディ・ナトリーの女房のイザベルが吸血鬼に襲われたのだ」

嗄れた大声が聞こえたので、皆がそちらの方を振り返ると、片手に吸血鬼退治をする為の小道具を入れているというスーツケースを持ったタリチャアヌ教授とその助手のカリンが立っていた。

「いきなり無礼ですぞ。エルトン伯爵の御前です」

トーマスが咎めると、タリチャアヌ教授はエルトン伯爵に向かって、深々とお辞儀をした。

「失礼、閣下。我が輩は、吸血鬼を研究しているトライアン・タリチャアヌと申します。ルーマニア大学で吸血鬼学の教授をしております。これは助手のカリン・バセスクです」

「初めまして、エルトン・ブロアです」

エルトン伯爵は怒ったようすもなく、紳士然として自己紹介した。

「吸血鬼研究家というとどのようなことをするのですかな？」

イーノスがタリチャアヌ教授を窺うように見た。

「主に吸血鬼伝説などを調べております。そうして、一体、どこに吸血鬼がいるか探索中でしてな。こうしてこの町にやって来たのです」

「ほうっ。そのお鞄の中身は？」

「これは我が輩が考案した吸血鬼退治の為の道具であります」

にやりとタリチャアヌ教授が笑うと、エルトン伯爵は軽い溜息を吐いた。

「それで、この科学の時代に吸血鬼はいましたかな？」

イーノスがタリチャアヌ教授に訊ねる。

「いましたとも、吸血鬼がイザベルを襲ったのを目撃していたのは我が輩と、このカリンとイザベルの亭主のフレディです」

エルトン伯爵とイーノスが顔を見合わせた。

「ここで詳しい話を聞いてもいいですかね？」

ロベルトは一同に気を遣いながら言った。

「私は興味があります。我が領地内で何が起こっているのか、知らなければなりません」

エルトン伯爵が言った。その一言で、全ては決まりだ。

タリチャアヌ教授は平賀とロベルトたちの近くに腰を下ろすと語り始めた。

「他でもない。最近、吸血鬼が暴れているという噂を聞き、我が輩とカリンは、昼は墓地で吸血鬼探し、夜は夜で吸血鬼を追い詰めるべく、町で夜番をしておりました。そうしていると、今日、道行く時に、怪しい影の気配を感じたのです。そいつは我が輩たちの歩いていた道の先にある十字路を曲がっていきました。さっそく我が輩たちはその跡を付けました。それは人のような影になったり、青白い焔のようになったりと、全く奇怪でしてな。恐ろしく思いながらも跡を付けていくと、影は一軒の家の中に、すうっと音もなく入っていったのです」

タリチャアヌ教授の陰気な語り具合に、ロベルトはうそ寒い気持ちになった。

「それでその家というのは?」

平賀が身を乗り出す。

「他でもないナトリー家です」

教授は答えてから、言葉を継いだ。

「それで何が起こるかと、カリンとともにまずは家に接近して、窓から中を見張っていたのです。するとです、イザベル婦人が居間にいて、戸棚をなにやら弄っておりました。そこにです、現れたんです吸血鬼が……。最初、それは靄のように見えましたが、段々と黒装束の男の姿になっていきました。そう、デービッドやベンが見たのと同じような姿をしておったのです。そいつがイザベル婦人に躍りかかったので、イザベル婦人は叫び声を上げて逃げようとしたたか戸棚に激突しました。そうしたら戸棚の上に置かれていた花瓶が落下して、イザベル婦人の頭に落ちたんです。その衝撃かもしれないが、イザベル婦人は倒れてしまいました。そこに吸血鬼が覆い被さったので、我が輩とカリンは慌てて家の戸をノックしたのです」

「そこに出てきたのがフレディです」

カリンが低い声で言った。

「イザベルの夫のフレディですね？」

ロベルトが訊ねると、タリチャアヌ教授は頷いた。

「うむ。フレディは仕事から帰って食事をした後、二階で眠っておったらしい。そこに我が輩たちが激しくドアをノックしたので、何事かと起きてきてドアを開けたんだ。我が輩が今、見た事の次第を話すと、フレディは真っ青になって、居間に向かった。勿論、我々も向かった。するとだ、案の定、吸血鬼がイザベルの上に乗って、彼女の首筋からちゅうちゅうと血を吸っていた。だが、吸血鬼は我が輩たちの気配に気づいて、イザベルから離れると、飛び上がって、天井に真逆さまにぶら下がったんだ。まるでその姿はヤモリか蝙蝠のようだった」

「天井に真逆さまにぶらさがった……!?」

余りに考えられないことだったので、ロベルトは絶句した。

「驚くのはそれだけじゃない。そこで我が輩が吸血鬼退治の道具を取り出そうとすると、奴め、たちまち蝙蝠へと変化して、窓の開いた隙間から飛んでいってしまった……。やはり退治するには、眠っているところを狙うしかないか……」

タリチャアヌ教授は、ぎゅっと眉を顰めた。

「目の前で蝙蝠になったんですよね、その様子、どうだったのか、詳しく聞かせて下さい」

平賀の言葉にタリチャアヌ教授は頷いた。

「あっという間のことだったので、なかなか上手には表現できぬが、まずは体中に黒い毛が生えてきて、顔がなんとも醜悪に歪み、蝙蝠のそれになった。そして全体に小さく縮んでいったんだ」

それを聞いて平賀は赤ん坊が考え込むような顔になった。

そして口の中で何かぶつぶつと呟いている。

「なんて恐ろしい……」

フランチェスカ婦人が呟き、シャルロットがその身体に抱きついて震えている。

エルトン伯爵は急に日が翳ったような表情になって、瞳を伏せた。

イーノスは険しい顔をして聞いていたが、「教会に全ての墓場の清めをするように通達しておきましょう」と言った。

エルトンは茶器を置き、時計を見ると、静かに立ち上がった。

「もう夜も遅い……。それでは私はこれで失礼させていただきます。三日後のパーティでお会いできることを楽しみにしております」

「おお、エルトン伯爵、もうお帰りですか？　妙な話をお聞かせしてご不快だったでしょう。申し訳ございません」

チャールズが言うと、エルトン伯爵は微笑みを浮かべながら首を振った。

「いいえ、決して気分など害しておりませんので、お気遣い無く」

イーノスがエルトンに外套を着せると、エルトン伯爵は玄関の方へと去っていった。ルーク家の人々はその見送りに外へと出て行った。

＊　＊　＊

リムジンカーに乗り込んだエルトンは深い絶望の溜息を吐いた。

「何故だろう？　アダルバード殿は、暫く眠っておくと仰っていたのに……」

「今までこのようなことはございませんでしたな。まことに不可解なことでございます」

「ああ、アダルバード殿に訊ねてみなければ……。だけどそれより辛いのは、シャルロットがあんな風に怯えていたことだ。私の正体とこの呪わしい血のことを知れば、きっと彼女に受け入れてはもらえない……」

「そうお嘆きなさいますな。シャルロット様のことはどうにでもなります。このイーノスにお任せ下さいませ。正妻というわけにはいきませんが、御内妾としてお側に置くことも可能でございます」

「そのような日陰の身にシャルロットをおくのは不憫だ」

「ならば諦めて下さいませ。それよりあのタリチャアヌとかいう教授はくせ者ですな。吸血鬼退治などと言っておりましたが、アダルバード様に害が及ぼされぬかどうかが心配でございます」

「アダルバード殿が退治されてしまわないか心配なのか？」

「左様で。勿論、あのような下賤の輩が、アダルバード様をどうにか出来るとは思いませぬが……」

「私はむしろ、彼が退治されることを望んでいるのかも知れない……。さすれば私のこの憂いもなくなるだろうに」

「エルトン様、不吉なことを仰いまするな」

エルトンの暗い呟きを、イーノスはぴしゃりと制した。

2

エルトン伯爵が去っていった後、平賀は突然立ち上がった。

「どうしたんだい？」

「ナトリー家に行かなければ」

平賀は心がはやっているようだ。

「我が輩達も行こう」

タリチャアヌ教授とカリンも椅子から立ち上がる。当然、ロベルトも立ち上がった。

平賀は調査道具の入っている鞄を部屋から持ってきた。

そして四人はトーマスに車を手配してもらい、タリチャアヌ教授の案内でナトリー家へ向かった。

夜遅い町はすっかりひと気がなく、夜霧（よぎり）が町の家々の屋根まで垂れ下がり、その頭部を刈り取ったように見える。

ナトリー家に着くと、ベンジャミン牧師がベッドに横たわったイザベルの脇で祈禱（きとう）を行っていた。あのユージンが気怠（けだる）そうな顔をして香炉を振っている。

ベンジャミン牧師は、平賀とロベルトの到着を快く思っていない素振りで、「祈禱が終わるまで部屋の外に出ていて下さい」と命じた。

仕方なく平賀とロベルトはフレディに通された別室で、祈禱の終了を待っていた。

平賀がフレディに訊ねる。

「警察には知らせていないのですか？」

「吸血鬼のことは普通、警察には知らせませんよ。取り扱いは教会です」

フレディが答えた。

「タリチャアヌ教授たちと一緒に、貴方（あなた）も吸血鬼を目撃したんですね？」

ロベルトが訊ねると、フレディがしばしばと目を瞬（まばた）き、何度も頷いた。

「ええ、ええ、見ました。恐ろしい黒い奴が、イザベルに覆い被さっているのを。そいつが天井からぶら下がって蝙蝠に変身するのを……」

そう言いながらフレディの眼がタリチャアヌ教授を見る。タリチャアヌ教授は、深く頷いた。

カリンも頷いている。

「蝙蝠や狼に変身できるということは、自分の遺伝子を自由自在に制御できるということなのでしょうかね？」

平賀はあくまでも吸血鬼に生物学的な興味があるようだ。

「まあ……そういうことだろうかね……」

ロベルトは戸惑いながら同意した。

「何をナンセンスなことを言っておるんだ。奴らは魔だぞ。理屈で分かるわけがないだろう」

タリチャアヌ教授が首を振りながら言った。

「今日、吸血鬼のものと思われる髪の毛を一本、入手しました。それを分析してもらえば、彼らの生態の謎が分かるかもです。もっとも毛球のないものでしたから、遺伝子の検出は極めて難しいのですが……」

平賀の言葉にタリチャアヌ教授は「ほおっ」と気のない返事をした。

「あと、今日は何を調べたんだい？」

ロベルトは訊ねた。

「イーディの部屋にある指紋を採取しました。彼女の部屋に入ることのある人の指紋を今、とってもらっているところです。明日結果が出るのですが、それらと違う指紋が出れば、吸血鬼の指紋という疑いがありますね」

「我が輩が断言してもいいが、吸血鬼に指紋なんぞ存在せん」

「そうなんですか？」

平賀が不思議そうに訊ねた。

「あったとしても当てにはできんな。何しろ蝙蝠や狼に変身する輩だぞ。指紋ぐらいどのようにでも変えられるであろう」

「ああ、そうか。確かにそうですね」

平賀が、がっかりした様子で言う。

「まあ、何も分からないよりいいんじゃないかな。他には？」

ロベルトが言うと、「サンダーマウンテンの土を調べました」と答えた。

「どうだった？」

「あの青白い不思議な光の正体を探ろうと、燐などが含まれていないかどうか調べたんですけど、ありませんでした。結論から言うと、サンダーマウンテンの土壌は、花崗岩でした。火成岩の一種で、流紋岩に対応する成分の深成岩です。主成分は石英と長石で、他に十パーセント程度の黒雲母等を含んでいました。どこにでもよくある土壌です。これが特にあのような現象を引き起こすとは考えられませんでした。他にも色々と調査してはみたんですが……」

「謎だったんだな」

タリチャアヌ教授が言う。

「ええ。ことに教授達が、町中でも吸血鬼の移動にともなって青白い焔を見たということになると、ますます不可思議です」

と、平賀が答えた。

ロベルトは咳払いをした。

「実は僕も図書館で郷土史を調べていて、発見したんだが、サンダーマウンテンでの不思議な光や晴れた日に稲妻があったことについての記録が多い時代に限って、吸血鬼の被害報告が多く残されていたんだ」

「じゃあ、やっぱりあの不思議な現象は吸血鬼が起こしているんでしょうか？」

平賀は深刻な表情で言った。

「そんなことは我が輩がはなから言っておるだろう。八年前、ここを訪れた時、我が輩も、吸血事件の記録や郷土史などはつぶさに読んだんだ。そして結論を出した。ここには吸血鬼の王族がいる。そして王族が活性期の時には、人知を超えた不可解な自然現象が起こるのだとな。だが、我が輩が以前に来た時には、サンダーマウンテンは静かなもので、吸血鬼騒ぎもなかった。そしてこの騒ぎが起こってからサンダーマウンテンの妖しの焔も出現したんだ。これが吸血鬼の仕業でないとしたらなんだというのだ」

確かに教授の言うとおりで、平賀にしてもロベルトにしても、人とは思えぬものを間近で見ていたし、妖しい光も目撃したのだ。

この状況で、吸血鬼はいないということの方が難しかった。

「とにかく今できる調査をしましょう」

平賀が気を取り直したように言った。

「何をするんだい？」

ロベルトが訊ねると、平賀はフレディを振り向いた。

「フレディさん、奥さんのイザベルさんが襲われた居間に案内して下さい」

フレディは少し戸惑った様子で頷いた。

フレディに案内されて平賀達は居間に入った。

「イザベルさんが倒れていたのは何処です？」

平賀がフレディに訊ねる。

フレディは戸棚のすぐ足下を指さして、「あの辺りです」と答えた。

そこには割れた花瓶が転がっていた。そして水と、挿していただろう花が散らばっている。

「状況を言って下さい。イザベルさんはどのようにして倒れていたんですか？」

尚も平賀が聞く。

「私が見た時は、そこにイザベルが倒れていて、その腹の上辺りに黒装束に仮面を被った黒髪の男が乗っていたんです。そしてイザベルの首に噛みついていました」

「どんな姿勢だったか、やってみて下さい」

平賀が言うと、フレディは「こんな時に、そんなことを？」と不機嫌そうに言った。

「やってみるぐらいいいだろう。我が輩も見たんだ。あんたはイザベル役で、我が輩が吸血鬼役としよう」

タリチャアヌ教授はそう言うと、「まず、我が輩に窓から見えた光景を説明しよう。この辺りにイザベルがいた。そこに吸血鬼が窓の方から迫っていくのが見えた」と、フレディを戸棚のところに後ろ向きに立たせ、自分はその背後から迫っていった。

「この辺りでイザベルは振り返った」

タリチャアヌ教授がそう言うと、フレディが振り返った。

「吸血鬼が襲いかかろうとする。そうして彼女は恐怖した表情で、慌てて後ずさると戸棚にぶちあたり、上にあった花瓶が彼女の頭の上に落ちてきた。イザベルは倒れ込み、その上にこう吸血鬼が覆い被さった」

倒れたフレディにタリチャアヌ教授が覆い被さる。そして、首に噛みついた。

「あいた！」

フレディは叫んで飛び起きた。

「大袈裟な。まあ、そうしたところに我が輩達が来て、吸血鬼はこの真上の天井にひょいとぶら下がると、蝙蝠に変化して窓から出て行ったというわけだ」

タリチャアヌ教授は少し開いた窓を指さした。

平賀が窓を開け、その下を覗き込んでいる。

「何をしているんだい？」

ロベルトは訊ねた。

「その話だと、吸血鬼は窓から入ってきたようなので、窓を調べてたんです。イーディの部屋の窓の下には煤の痕がありました。そういうものがここにもないかと思ったんですが、ありませんね。それと吸血鬼特有の香りがしない」

平賀が言うと、タリチャアヌ教授は鼻をくんくんとして辺りを嗅ぎ回った。

「本当だな。滞在時間が短かったせいかもしれん」

「それも考えられますね。とにかく無駄かもしれませんが、この部屋にある指紋を調べてみます。皆さん、何にも触れずに出て行ってもらえますか？」

平賀がそう言ったので、ロベルトは教授やフレディたちと元の部屋へと戻った。

二時間近く、平賀は現場を検証していた。彼のことだから、指紋だけではなく、あらゆることを調べているに違いない。その間にベンジャミン牧師の祈禱は終わった。

「遺体の清めは終わりました。香油もしっかり塗っておきましたので、大丈夫でしょう。葬儀は明日執り行い、墓所に入れましょう。遺体の番はどうします？」

ベンジャミン牧師がフレディに訊ねる。

「あれが吸血鬼と情を通じたとは考えられませんが、一応、私と牧師様たちとでということでお願いできますか？」

フレディが答えた。

ベンジャミン牧師は、「よろしいでしょう」と言いながら、横で欠伸をしたユージンを引っ張るようにして帰って行った。

「もし奥さんが息を吹き返したら、心臓に杭を刺して、首を切るんですか？」

ロベルトが訊ねると、フレディは頷いた。

「ええ、それ以外に魂を葬る術はないでしょう？」

そこに難しい顔をした平賀が戻ってきた。

「どうだった？」

「まだなんとも言えません。えーと、フレディさん。居間に出入りしている人たちの指紋が欲しいんですが……」

「居間には私と妻以外は誰も入りませんよ。妻は人が家に来ることを嫌う質だったので」

フレディが答える。

「夫婦以外に入ったとしたら、我が輩とカリンだろう」

タリチャアヌ教授が言った。

「では、フレディさんと教授達の指紋を採らせてもらいますね」

平賀はそう言うと、スタンプを取り出し、彼らの指紋を採取した。

「あとはイザベルさんの指紋ですね」

「丁度、ベンジャミン牧師の祈禱も終わったよ」

ロベルトは平賀に言った。

「イザベルさんの様子を見せてもらえますか？」

「……それは……いいですが……」

フレディは迷惑そうな顔で言った。しかし、平賀はまるで気づいていない様子である。

一行はイザベルの屍体が寝かされている部屋に入った。

まず平賀がしたことはイザベルの死を確認することだった。

心音を聞き、脈を取り、瞳孔の開き具合を確認する。

「完全に死んでいます」

次に平賀がしたのは、屍体を写真に撮ることであった。

色んな角度から撮り、最後に頭にある落下した花瓶によって出来たであろう傷と、首筋の傷口の様子を熱心に撮っている。

それが終わると、首筋の傷口に定規を当てて、測り始めた。

直ぐに平賀が首を捻る。

「何かあったのかい？」

「傷口の直径も、傷同士の幅も、ハート牧師のものやドリーンのものと違いますね」

するとタリチャアヌ教授が興味深げに、傷口を覗き込んだ。

「確かかね？」

「ええ」

と平賀が答える。

「ふうむ……。ということは、イザベルを襲った吸血鬼と、ハート牧師やドリーンを襲った吸血鬼は別のものだということになる。吸血鬼が複数、行動しておるのかな？」

タリチャアヌ教授が首を傾げた。

「そうかも知れませんね……。あんなものが複数いたらそれこそ大変です」

平賀は、あの夜の奇々怪々な吸血鬼の様子を思い浮かべているように呟いた。

「とにかく……イザベル婦人の指紋を採ります」

平賀はそう言うと、屍体の手をそっと取り、指先にスタンプを押し当てたのだった。

＊　＊　＊

翌日、ベッドを出て身支度を整えた二人は、朝の祈禱を行った。

それからいつものように朝食を取り、二人は各自で行動することになった。

ロベルトが向かったのは、町の東南に位置する図書館である。

この町の図書館は立派であるのに、がらんとしていて、受付が二名いるほかは職員の影すらない。その閑古鳥の鳴き方は、町の人々の読書欲の希薄さを大いに感じさせた。

数多の書物は書棚の中で、埃にまみれ、あくびをかみ殺しているかのようだ。

ロベルトは、飢えた子供がお菓子をむさぼるように、古びたローカル新聞の内容を夢中になって閲読した。

新聞で報じられている吸血鬼事件は、一七六二年までが多く、それからピタリとなくなって、再び一八七九年から一九二九年までがピークとなっている。

その多くは、吸血鬼に嚙まれて死んだ者が、蘇って歩き回るとか、知人に害をなしたというニュースであった。

ロベルトはことに大きく報じられている記事を読んでいった。

『大力と剛勇でならしたホールデングス城の衛兵・クライブ・マコーリが吸血鬼に襲われて死んだ五日後から、昔の仲間を一人ずつ、重々しい声で呼んだ。クライブに名前を呼ばれた者は、たちまち病に倒れて三日以内に死んでしまうので、心当たりがあるものは、声が聞こえたら耳を閉じ、決して返事をしてはならない』

クライブ・マコーリによる被害報告はその後、六度も続いた。

そこで教会が動いたようだ。記事が続く。

『クライブによる被害が続くので、ジョン・ハート牧師による屍体の清めが行われた。クライブの墓を再び掘り起こし、屍体と墓に聖水をふりかけながら、屍体の喉をかき切り、しかる後に再び埋葬しなおした』

だが、このことでクライブの被害は収まらなかった。

それからも名前を呼ばれる者が続出し、屍者が大勢出た。しかし、クライブの最期が書かれてあった。

『ある日、クライブ・マコーリの霊が生前の友であったウイリアムの名を呼んだ。ウイリアムはクライブと同僚だった城の衛兵で、極めて勇敢で頭の切れる男であったので、城から走り出て、剣を振り回した。クライブの悪霊は逃げたが、ウイリアムは墓まで追いかけていって、そこで長々と横たわっている屍体の首を一刀両断にすっぱりと切り離した。それ以来、クライブの悪霊は出てこなくなった』

中には金持ちの家の下男として働いていた男が吸血鬼に襲われて死に、その三日後から家の婦人の元に出現したというものもある。

『ジョン・サーミットという男は、旧家マクレーン家の下男であったが、日頃から素行が悪く、教会にも余り通っていなかった。その行いが災いしてか、さる一月十七日、吸血鬼の被害に遭い、死亡しているところを家族に見つけられた。その後、教会によって清められて墓に入れられたが、いく夜にもわたり、ジョンは墓場から抜け出して、教会に押し入ろうとした。しかしうまくいかなかった様子で、マクレーン家の婦人の寝室にいきなり現れ、その枕元で甲高い声で叫び、また魂を引き裂くようなうめき声を発したのである。そうした事が二度、三度と繰り返されたので、マクレーン婦人はほとんど気も違わんばかりになってしまった。

婦人が教会に窮状を訴えると、牧師たち三人がジョンの墓を交代で見張ることとなった。真夜中の鐘がなる頃、見張りの牧師に、突然、ジョンが襲いかかった。そこで牧師は持っていた斧(おの)を振り回し、ジョンに手傷を負わせたのである。ジョンは恐ろしいうめき声を上げたかと思うと、くるりと向きを変えて逃げていった。この恐ろしい怪物を追い詰めた結果、墓場の外れで死んでいるのが発見された。その身体は傷だらけで、噴き出した黒い不潔な血が辺りに血だまりを作っていた。死骸（しがい）は森の奥にある火葬場に運ばれ、焼却されたのち、灰が四方にまかれた』

同様の、吸血鬼に襲われた屍者が真夜中に彷徨（さまよ）うという記事は引きも切らず出てきた。

吸血鬼に噛（か）まれた後は、蘇った例と蘇らなかった例が、ほぼ、半分半分の割合で存在している。

吸血鬼そのものの目撃談もあった。

その最初の日付は、一九〇七年十一月二日となっている。

『ある晩、キャボット家の主人が客人をもてなして夜宴をしていると、寝室から恐ろしい叫び声が聞こえた。人々が慌てて武器を持ち駆けつけた先には、恐ろしい光景が待ち受けていた。髪を振り乱し青ざめた夫人が、寝床代わりの藁（わら）の上に横たわっている娘を抱きかかえていたのだ。娘の首には狼に噛まれたような噛み傷があり、その顔色は母親より一層、青ざめていた。

「吸血鬼だ、吸血鬼が出た」と言うばかりの夫人から、よく話を聞いてみれば、夫人と娘が一緒に眠っていると、窓が独りでに開き、青白い顔、黒髪に黒い服を着た男が立っていて、突然、娘に襲いかかったのだという。夫人は男を止めようとしたが、まるで身体が動かず、その目の前で娘は首を噛まれて血を吸われてしまった。吸血鬼が去り、しばらくして身体の自由を取り戻した夫人は大声で叫んだのだと。その証言によって、娘が吸血鬼と情を通じたわけではないことが分かったので、教会で念入りに清められて埋葬された』

そうした吸血鬼そのものの目撃談は、他に二十四件あり、目撃者は、一様に吸血鬼は黒髪で黒衣の男であると証言している。

共通しているのは、以下の点である。

閉めていた窓や、扉などが勝手に開いた。

目が赤く光っていた。

鋭い犬歯を持っていた。

驚くべき跳躍力がある。

怪力である。

人を金縛りにする。

突然姿を消す、或(ある)いは狼や蝙蝠(こうもり)などに変化(へんげ)する。

——など、尋常ではない力を持っている。

そうした目撃例の最終日付は、一九二九年二月四日だった。

そして、その翌日になると、相次ぐ吸血鬼被害に、村中で、吸血鬼狩りが行われたことが記されていた。

『サンダーマウンテンに巨大な火の玉が三日続けて見えた。野蛮な行動を取らないようにと、領主や教会からたしなめられていた領民達も、このときばかりは恐慌に陥っていた。余りに吸血鬼の被害が多いので、こらえきれない者が何人もいたのである。暴徒化した一部の者たちは、銃や大きな短刀を持って墓場に向かった。墓場に向かう時には、屍者を打ちのめすために口々に悪口を大声で浴びせながら進んだのである。誰かが墓の中に入り、屍体を覆っていたシーツを持ち上げると、恐ろしい悲鳴が聞こえた。その人物は「吸血鬼だ！　吸血鬼だ！　屍体が虫に食われていない」と言い出した。すると全ての人々が同じことを言い始めた。同時に銃が火を噴き、そこら中にある墓の中で屍体の頭が砕かれた。あるいは短刀でもって、屍体が切り裂かれた。そしてずたずたになった屍体から出た血を布に含ませた。その布で吸血鬼の被害にあって体調が悪くなったものを拭いてやると、彼らはたちまち元気を取り戻した。そうして屍体たちをネームレスマウンテンの果樹園まで引きずっていった。子供らはみな後からそれについてきた。藁の交ざった茨の束が用意され、そこに火がつけられた。そうして屍体は次々と火にくべられていった。それを見ながら人々は先を争って叫びながら焔の周囲で踊り歌った』

その日以来、吸血鬼そのものの目撃談はなくなり、ちょっとした亡霊話くらいしか新聞には登場しなくなり、十年もたつとそうした関係の記事そのものが無くなっていた。

ロベルトは取りあえず、それらの記事全てをコピーした。

それから次に目をつけていた本を探し始めた。

その本のタイトルは、『屍王学』である。

著者は、ケネス・オズボーン。著作年月日は一八六二年六月六日だ。

著者は、一般的には聞いたことのない名前だが、ロベルトがホールデングスの地方紙面から読み取った限りにおいて、新聞社に勤めていた人物で、一八四〇年から一八八二年まで吸血鬼専門の記事を書いている。

著作年月日から見て、時期的に、ブラム・ストーカーがホールデングスに来た時には存在していたし、吸血行為に傾倒していたブラムがこれを読んだ可能性はある。

それに、地元の吸血史を良く知る人物が書いた本であるなら読む価値があるというものだ。

そう思って捜してみたが、いくら捜してもその本が見つからない。

ロベルトは不審に思って、図書室の受付に赴いた。

ぼんやりと頬杖をついている司書に、ロベルトは訊ねた。

「すいません。ケネス・オズボーン著書の『屍王学』という本が見つからないんですけど、誰かに借りられているんですかね？」

司書は瞬きをして、「ああ、ちょっと見てみます」と答えた。緩慢にパソコンを弄り出す。

「ああ、これですね。うわあ。こりゃあ、見逃してたな」

「なんですか？」

「ケリー・ハーパーが八年前の十二月二日に借りていったきりで返してませんね。こいつは注意しないと……」

「誰です？　ケリー・ハーパーって？」

「ええと、二丁目のコーヒースタンドの店員ですよ」

「今、いますかね？」

「多分、働いている時間ですよ」

「コーヒースタンドの名前は？」

「サンバードです」

「有り難う」

ロベルトは早速、コピーした束を持ったまま、ケリーが働くコーヒースタンドに向かった。

八年も借りたまま返さないとなると、返す気がないと見たほうがいいだろう。

時間もないので、それなら直接会って、交渉した方がいいだろうと思ったのだ。

コーヒースタンドは容易に見つかり、ロベルトはそこでテーブルを拭いている三十代前半の男に声をかけた。

「ケリー・ハーパーさんをご存じですか？」

男は不思議そうな顔をしてロベルトを見た。鼻筋が太く、そばかすだらけの顔をした男だ。

「ケリー・ハーパーは俺ですけど？」

「貴方（あなた）ですか。失礼、藪（やぶ）から棒ですが、貴方、『屍王学』という本をお持ちですよね？」

ロベルトが訊ねると、ケリーは首を傾げた。

「なんです、そんな本、持ってませんけど」

「いや、確かに貴方がお持ちのはずなんです。八年前に図書館から借りたっきりだという記録がありました」

ケリーはますます首を捻った。

「八年前に図書館で……？　ええと、ああっ、もしかして……」

「思い出しましたか？」

「それを借りたのは俺じゃないですよ。なんといったっけ、ルーマニアから来た吸血鬼研究家とかいう人です。図書館は地元民でないと本を貸し出さないので、チップを貰って、代わりに借りてやったんです」

「ルーマニアから来た吸血鬼研究家って、もしかしてタリチャアヌ教授と名乗る人じゃありませんでしたか？」

「ああ、なんだかそんな奇妙な名前でしたね」

ロベルトはその本をタリチャアヌ教授が持っている事を確信して、時計を見た。

三時……。

この時間だと、恐らく墓場辺りにいるはずだ。

ロベルトはケリーにチップを渡してタクシーを呼んで貰うと、それに乗り込んで墓場へと向かった。

見れば見るほど、茨の多い墓場である。

人々が吸血鬼を非常に恐れていた証拠だ。

ロベルトが墓の入り口から辺りを見回しながら奥の教会の方へと向かって歩いていくと、途中、ベンジャミン・ハート牧師と、タリチャアヌ教授とカリンが、一つの墓の周りでうろうろとしている姿があった。

「タリチャアヌ教授！　タリチャアヌ教授！　一寸、お話があるんですが、いいですか？」

ロベルトが呼びかけると、タリチャアヌ教授は振り返り、ロベルトに向かって歩いてきた。

「なんだね。今、吸血鬼が潜んでいるかも知れない墓を見つけたので調査していたのに」

「それは失礼を。よければ僕にもその墓を見せてくれませんか？」

タリチャアヌ教授は後ろを振り返ってベンジャミン牧師を見た。

「遠慮してくれたまえ。牧師の機嫌を損ねてしまう」

「なら、仕方ありませんね。ところで教授、『屍王学』という本をお持ちではありませんか？　ほら、貴方が八年前にケリー・ハーパーという男性にチップを渡して、図書館から借りさせた本ですよ」

するとタリチャアヌ教授は、ふっと宙の一点を見詰めた。

「はて、そんな事があっただろうか？」

「覚えていませんか？」

「ううむ。あったかも知れないが、覚えていないな。第一、そういう本は我が輩の荷物には入っていない。それより我が輩の預けた原稿の鑑定は出来たのかね？」

「ええ、まず言えることは九十パーセントの確率で、あの原稿はブラム・ストーカー本人によって書かれたものだということです」

ロベルトが端的に結果だけを伝えると、タリチャアヌ教授は嬉しそうに笑った。

「やはりな。では原稿の方は、今日の夜にでも返してくれ。それでは、すまんが、我が輩は仕事の続きがあるので」

タリチャアヌ教授は、呆気なく言うと、くるりと背を向けて、ベンジャミン牧師とカリンが入っていく墓の方へと歩いていった。

ロベルトはその後ろ姿を見て、直感的に、タリチャアヌ教授が本のことをわざと忘れたふりをしているのだと確信した。

大体において、返すのが惜しくなるような内容のものが書かれてあったから着服したのであろう。それを全く覚えていないはずがない。

貴重なブラム・ストーカーの原稿でさえ、気前よく見せたタリチャアヌ教授が隠しているとなると余程のものに違いない。

きっとタリチャアヌ教授にとって、人には見せたくないほどのお宝本なのだ。

そう思うと、ロベルトは途端にむずむずと自分もその本を読みたい衝動に襲われた。

あの吸血鬼。あの黒衣の怪人のことが何か分かるかも知れないのだ。

人知では窺い知れないあの不思議な力が……。

しかしタリチャアヌ教授の様子から見て、どんなに追及しても白を切り通すに違いない。

こんな時、頼るところと言えば、稀覯本専門家のグラン・ミッチェルしかなかった。

ロベルトのような専門家や特殊なマニアが利用する稀覯本専門家・グラン・ミッチェルとは、一四五〇年頃のヨハネス・グーテンベルクによる金属活字を用いた活版印刷技術の発明で、普及した本を初めとして現在までに出版されたあらゆる希少な本の類を取り扱っている専門家である。もともとはフランス人らしいが、ロベルトが知っている限りにおいては、ニューヨークに住んでいた。

グーテンベルクの発明から一五〇〇年までに印刷された書物はインキュナブラ（揺籃期本、初期刊本）と呼ばれ、どれも貴重書であるため莫大な古書価がつくこともままある。

グラン・ミッチェルはそうした本の多くを所持していたし、他にも奇書と呼ばれる類の本――例えばプリニウスの博物誌であるとか、ディオスコリデスの薬物誌、マンデヴィルの東方旅行記あるいは聖書学に分類される死海文書やダニエル書補遺、ニコデモ福音書、偽書とか暗号書の類――やボイニッチ写本、シェークスピア暗号書などの古い正確な写本を秘蔵し、人類が考え出したあらゆる奇妙な奇想文学とか疑似科学、オカルト、予言学、悪魔学といった本を収集しているのだった。

こうした稀覯本の世界は実に奥が深く、世界中のあらゆるところに専門店は存在している。それは殆どが人目につかない細い裏通りにあって、看板すら出ていないような店だ。

そんな店なのに、売り買いする人々がちょこちょこと出入りしているし、彼らは独自の情報網を世界中に持っている。

ロベルトはすぐに携帯からグラン・ミッチェルにメールを入れた。

「お久しぶりです。グラン・ミッチェル。

捜している本があります。

一八六二年六月六日にジョン&スミスというイギリスの出版社から出た『屍王学』という本です。著者は、ケネス・オズボーンという人物です。

本があれば買い取りたいので、よろしくお願いします。

ロベルト・ニコラス」

あとは返事が来るのを待つだけだ。

ロベルトは墓場からルーク家まで、ゆっくり歩いて帰ることにした。

第六章　異世界の杯　Otherworldly Holy Grail

1

ロベルトがルーク家に戻ると、平賀が書卓に座って考え込んでいる様子であった。

書卓には採取された指紋のサンプルと思われる物が並べられていて、パソコンには平賀が撮影したナトリー家の様子が映っている。

平賀は瞑目した瞳を静かに開くと、純度の高い透明さのある視線でそれらを見詰めた。

平賀の瞳は、絶対的観察者のそれだった。

ロベルトは平賀の思考の邪魔をしないように声をかけず、そっとソファに座って、図書館で得た資料を分析しながらグラン・ミッチェルからの返事を待った。

ほどなくして、グラン・ミッチェルからの返事が来た。

「お求めの書は我が手元にはございません。

しかしながら、英国の出版社の出したオカルト系の稀覯本ということならば、一人持ち主に心当たりがあります。連絡を取って調べてみますので、数日、お待ち下さい。

グラン・ミッチェル」


ロベルトがその返事を打ち終わると同時に、平賀が今、気づいたように、「ロベルト神父いたのですね、お帰りなさい」と言った。

「ただいま。だいぶ前からここにいたけれどね」

ロベルトが言うと、平賀は顔を赤くして、「気づかずにすみません」と言った。そして浴びせかけるように、「吸血鬼のことで、何か分かりましたか？」と訊ねた。

「そうだね。資料を分析する限り、不思議と吸血鬼に嚙まれて、吸血鬼として蘇った者には、十代後半から四十代の男性が多いということが分かったよ。次に多いのが、十代後半から三十代までの女性だ」

ロベルトは答えた。

「そうなんですか？」

「うん、男の方が多いなんて意外だろう？　あと、年寄りや子供は蘇らない場合が多いようだ。年寄りや子供とは、情を通じないと言うことかな……。しかしまあ、目撃されている吸血鬼の記録を見る限り、どの時代を通じても黒髪、燕尾服姿の男の吸血鬼であることは確かだ。最後の吸血鬼目撃記録は、一九二九年二月四日で、それ以前にあの不思議な焰、僕らも見たサンダーマウンテンで燃える巨大な火の玉が三日続けて見えたらしい。それで恐慌が起こって、吸血鬼狩りがあったということだ」

「サンダーマウンテンのあの不可解な焔が本当になんなのか、私にもよく分かりません。この辺りに光蘚などの発光物や冬場に動く発光昆虫などが生息していないかどうか調べてみたのですが、該当するものはないという結論が出ました。あと、吸血鬼の指紋ですが、それらしきものは見つかりませんでした」

「やはりタリチャアヌ教授が言うように、吸血鬼には指紋など存在しないということかな？」

「そうかもしれません。それにイザベル婦人を襲った吸血鬼は、ハート牧師やドリーンを襲ったものとはまた、別のものである可能性が極めて高いですしね」

「厄介だね。僕が調べた限りにおいては、吸血鬼が教会の力によってうまく収まったという記録がないんだ。大体は何をやっても無駄で、最終的には吸血鬼と思われる者の屍体を火葬にしないと駄目らしい」

「魔に対して主の御力が通用しないということなどあるんでしょうか？」

平賀は真剣な顔でロベルトに問いかけた。

「さて、どうなんだろう。タリチャアヌ教授が言うように、吸血鬼がキリスト以前の太古の神の力によって生まれたものだとすれば、キリストを恐れないということもあるのかも知れない。とにかく僕は、この地の吸血鬼の生態を記していそうな本を見つけたんだ」

「本当ですか？」

平賀は瞳をきらきらと輝かせた。

「『屍王学』という本なのだけれど、今、手配中でね」

「私は吸血鬼のことをもっとよく知ろうと思って、最近、他にも吸血鬼が起こした事件がないかどうか調べたりしていました」

「どうだった？」

「それが、あったんです。しかもイザベルを殺した犯人と思われる吸血鬼が起こしたかもしれない事件です」

「なんだって？　それはどんな事件なんだい？」

するとたと平賀はパソコンの『吸血鬼』と名付けられたファイルをクリックした。

最初に映し出されたのは若い白人男性の屍体だった。

屍体は全裸で、色んな角度から撮(うつ)されている。

ロベルトの目を引いたのはやはり首筋に残された歯形であった。

そして腕。男性の二の腕には、『王の中の王』(KING OF KINGS) という入れ墨がある。

意味は、世の終末の時に降臨する救い主である。

随分と傲慢(ごうまん)な男らしい。

「これは去年の三月五日に、ニューヨークで起こった殺人事件です。男性の身元は、少し名の知れたロック・シンガーで、デビッド・セゾンという人物。死因は出血性のショック死。それでですね、この歯形の記録が、イザベルの首の歯形と一致するんです」

「これは警察情報じゃないのか。どこでこんな情報を？」

「ローレンに頼んで、一寸、ハッキングしてもらったんです」

「おいおい、穏やかじゃないな……」

「そうなんです。穏やかじゃないんです。同様の吸血鬼事件が、あと三件も起こっているんですよ。これも見て下さい。同じく去年の五月十六日。ホテルで高級売春婦と思われる女性の屍体が見つかっています」

平賀はロベルトの言葉を別の意味にとったようで、意気込んで答えた。

パソコンに別の写真が映し出された。やはりその女性の屍体の首筋には牙の痕があった。

「見てください。九月四日には、セントラルパークで男性が殺されています。男性は障害者保険の受給者だったらしいんですが、死後、調べると、彼の訴えていた足の麻痺は詐病だと分かったようです。その半年後、今年の三月五日には、四十代の女性が吸血鬼によって殺されています。富豪だったということで、ブティックを一軒ごと買い占めるようなそんな豪快な買い物をする人で有名だったらしいです。これらのいずれも死因は失血死、そして嚙み傷の特徴がイザベルのものと一緒なんです。そして全員がニューヨークで殺されています。しかも事件の目撃者もなく、証拠品も皆無の完全犯罪です。この一連の事件、米国では『ニューヨークの吸血鬼事件』として大変話題になっていて、気になったので、詳しい警察記録をローレンにハックしてもらったんです」

平賀は次々と映像を変えながらロベルトに説明した。

「つまり、君が言いたいのは、ニューヨークにいた吸血鬼がこのホールデングスに来たということなのかい……？」

ロベルトは考えづらい設定に首を傾げた。

「ええ、そういう可能性が考えられます」

平賀は至って真剣な顔で答えた。

ロベルトはもやもやとわけが分からなくなり、頭を振った。

「それと少し妙に思ったことがあるんです」

「なんだい？」

「イザベル婦人の頭に落ちた花瓶なんですけど、そこから何の指紋も検出されなかったんです。それに花瓶が置かれていた棚の高さは二百十三センチで、そこに花瓶を置くと、かなり天井にすれすれになります」

平賀は、イザベル婦人が倒れていた居間に散らばった花瓶のかけらや、水がこぼれた痕、散らばった花の様子をパソコンでロベルトに見せながら言った。

「……確かに違和感があるね」

ロベルトが言うと、「そうでしょう？」と平賀が、ひたむきな瞳でロベルトを見詰めた。

「だけど、これらのことをどう繋げて考えればいいのか、まだよく分からないのです」

「僕にも今一つ、ぴんとこない」

「あと、不思議に思っているのは、吸血することによって、変身とか、空を飛ぶとかの特殊な能力に目覚めることとってあるのかどうかとか……」

「まさか……だろう？」

「ですが、私はこれを読んでそういうこともあるのかなと思ったんです」

平賀はそう言うと、一つのテキストを開いた。

そこには十九世紀後半から二十世紀前半に実在したドイツの連続殺人犯で、デュッセルドルフの吸血鬼という異名を持つペーター・キュルテンや、二十世紀半ばに実在したロンドンの吸血鬼ジョン・ヘイグ等に関する情報が書かれていた。

「これを読むと、吸血犯罪をする人間には、特殊な力が認められる場合が多いんです。ペーター・キュルテンという男は、遠くからでも人の体内に流れている血がどくどくと流れている音が聞こえるという異常な聴覚あるいは特殊能力を持っていたとされますし、ジョン・ヘイグは夢に導かれて吸血殺人を犯し、犯罪史上希に見る完璧な筆跡偽造の能力を持っていたといいます。あと、トレーシー・アブリル・ウィッギントンという女性は、三人の人間の意志を奪って思うままに操ることで共犯にし、吸血行為を続けていたとか……」

「それが吸血行為によって得た超能力だと、君は言うのかい？」

ロベルトが訊ねた時、とんとんとドアをノックする音が聞こえた。

「どなたですか？」

「タリチャアヌだ。今、墓場から帰ってきたんだ。原稿を返して貰おうと思ってな」

「分かりました」

ロベルトはタリチャアヌ教授から借りていた原稿や写真一式を持って、ドアを開け、立っていたタリチャアヌ教授に手渡した。

「貴重なものを見せて貰って、有り難うございます。詳しい分析結果もお渡ししましょうか？」

ロベルトが言うと、タリチャアヌ教授は少し考えた顔をしたが、いいやと首を振った。

「我が輩にはこれがはなから本物だという確信があったから、神父さんの言葉だけで十分だ」

「そうですか。ところで、墓地のほうはどうでした？　吸血鬼らしいものは見つかりましたか？」

「いや、あそこで吸血鬼を見つけるのは望み薄だな。かの吸血鬼の王族が活動していた時代に葬られた屍者の殆どは、頭が無かったり、火葬の憂き目にあったりしておる」

タリチャアヌ教授はそう言いながら、考え事に耽って、部屋中をうろうろと歩き回っている平賀の様子をしげしげと眺めた。

「あの神父さんは何をしておるのかな？」

「ああ、気にしないで下さい。考え事をしだすとあんな風になるんです」

ロベルトは笑って答えた。

「何をそんなに考えているんだね？」

「イザベル婦人を襲った吸血鬼がニューヨークから来たのではないかとか、血を吸うと常人にはない力が目覚めるのかとか、そういうところですね」

するとタリチャアヌ教授は、一瞬、驚いた顔をした。

「イザベル婦人を襲った吸血鬼がニューヨークから来たとはどういうことかな？」

「なんでも彼の調べでは、イザベル婦人を襲った吸血鬼と同じ歯形を持った吸血鬼が、去年から今年にかけてニューヨークで四件の殺人事件を起こしているらしいです。何故、それがまたホールデングスに来たのかは謎なんですがね」

「土ではないかな？」

タリチャアヌ教授が鋭く眼を光らせながら言った。

「土ですって？」

平賀が突然振り返った。

「左様、土だ。吸血鬼が、自らの寝床を作るために、腐った土を持ち運ぶことを知っているだろう？　あれは小説では、腐った土となっているが、実のところは血の契約を交わした場所の土のことなんだ。土の無いところだと、吸血鬼も力が弱まるので、吸血鬼は行く先々に土を持ち歩いている。だが、土なので運んでいく途中で零したり、ばらけたりして少なくなると、補充せねばならん。そのニューヨークの吸血鬼とやらの出自がここホールデングスなら、そういう理由で舞い戻ってくる事もあるやも知れん」

「やはり専門の研究家は違いますね」

平賀は感心した様子で椅子に座った。

「ではもう一つ、疑問に答えて下さい。吸血鬼が特殊な能力を持っていることは思い知りましたが、人が吸血という行動によって、何か特殊な能力が目覚めるということはあるのでしょうか？」

平賀の問いかけにタリチャアヌ教授は、目玉をぎょろぎょろと動かし、唇を嘗めた。

「我が輩のあくまで一見解でしかないが、あり得ると思う。我が輩はこれまで、吸血事件を起こした囚人に何人となくインタビューしてきた。その結果、そう思うのだ」

「詳しく聞かせていただけませんか？」

平賀が真剣な声で言った。

「うむ。まだ食事までは時間がある。では話をさせて頂こうかな……」

タリチャアヌ教授は部屋に入ってくると、ソファにゆっくりと腰を下ろした。

「神父さんは吸血鬼事件のどんなことを知っておるかね？」

タリチャアヌ教授が平賀に訊ねる。

「私が得た情報は大したものではありません。ペーター・キュルテンやジョン・ヘイグといった比較的有名な吸血事件を調べていたんです」

平賀が答える。

「フリッツ・ハールマンや、リチャード・チェイスのことも忘れてはならん」

と、タリチャアヌ教授は言った。

「教えて下さい。それはどんな事件なのですか？」

平賀はパソコンから離れて、タリチャアヌ教授の向かいに腰を下ろした。

「フリッツ・ハールマンは別名『ハノーバーの吸血鬼』と呼ばれていてな、カニバリストの代名詞となっている男だ。ことの始まりはこうだ。一九二四年五月十七日、ライネ川で遊ぶ子供たちが面白い物を発掘したんだ。彼らは人間の頭蓋骨を見つけたんだよ。子供たちはこの発掘物に喜び、競い合って探し始めた。昨日はハンスが一つ見つけた。今日はマレーネが二つ見つけたとな。警察は最初は医学生のイタズラだと思ったらしい。しかし、ロベルトという少年が人骨が一杯に詰まった袋を掘り当てるに及んで、これはただごとではないと重い腰を上げたのだ。そうして、いざ捜索を始めてみると出るわ出るわ、ハノーバー全域から大量の人骨が発掘された。そんな中で逮捕されたのが、フリッツ・ハールマンという男だった。

まずは、ハールマンのおおざっぱな生い立ちだが、ハールマンは、機関士の父親と、病気がちな母親の第六子として生まれておる。母親がハールマンを産んでからは死ぬまで寝たきりとなった故に夫婦仲はすこぶる悪くて、何かにつけて夫婦は喧嘩をしていたようだ。子供の頃のハールマンは気が優しくて、いつも母親の肩を持ち、次第に父親を憎むようになった。なんと彼は粗野な遊びを一切嫌悪していて、人形遊びしかしなかったというのだ。

十六歳になったハールマンは、余りに軟弱な息子を心配した父親の手によって、陸軍の下士官学校に入れられた。しかし、その生活がなじめなかったのか、てんかんの発作を起こして退学だ。この挫折によって、ハールマンは生涯、自分は精神障害者なのだとの自覚に苦しめられることになった。そしてどうしようもなく怠惰な人間に成長していった。

父親に無理矢理入れられた葉巻工場も欠勤しがち、児童公園に出向くと幼児に猥褻行為を強要する。これが発覚して逮捕され、精神科病院に送られる。

医者は、ハールマンを『手の施しようがないほどの意志薄弱』だと診断した。

それからハールマンは全く働くこともせず、二十歳になって、エルナという女性と同棲を始めた。彼女が妊娠するとフリッツは中絶を勧めた。理由は障害者の血を残してはならないとのことだった。そして、現実から逃げ出すように陸軍に入隊する。しかしすぐに神経衰弱に陥り数年後に除隊だ。そんなこんなで、やぶれかぶれになり、強盗や強制猥褻で出入獄を繰り返していたハールマンは、大戦中をほとんど獄中で過ごした。

ところがだ、そんなハールマンがある事件をきっかけに豹変する。

一九一八年に家出少年を犯して殺し、その喉笛をかみちぎってから、天性の商才に目覚めるんだ。ハールマンは食肉店を始め、すぐに自分の屋台を持つようになった。そして彼は巧みに警察の頼もしい『情報屋』となったために、巷の人々はハールマンを尊敬を込めて『ハールマン刑事』とまで呼んだのだ。彼によくすればそれなりの見返りがあったからだ。警察も彼の提供する情報を重宝がった。そんなわけで、ハールマンは闇市の顔役となった。そして真夜中になるとハノーバー駅で家出少年を補導するハールマンの姿がよく見られた。

だが、その裏で、ハールマンのしていたことは外道だった。ハンス・グランスという美少年とともに、駅で家出少年を補導する。少年をアパートに連れ込み、強姦している最中にハールマンが喉笛を喰いちぎって殺害する。それから屍体を捌いて屋台で売る。余れば他のルートで売り捌く。遺留品も屋台で売る。

恐ろしく大胆な犯行であった。ハールマンとグランスは何度か危ない橋を渡っている。例えば、血がいっぱいのバケツをさげてアパートから出てくるところを隣人に見られたこともあった。しかし、ハールマンは肉の密売人なので、これはたいして怪しまれずに済んだ。

ある時は、肉を買った婦人が『人肉じゃないかしら』と警察に届けたこともあった。

しかし、ハールマンは重宝な情報屋だったので、なんと警察は豚肉であることを保証して婦人を帰してしまった。そうやって、一九一八年から一九二四年の六年間に、ハールマンが喰いちぎった喉笛は、明らかなものだけで二十七人。しかし、一般には五十人は下らないと言われておる。ハールマンは二十四件の殺人について有罪となり死刑を宣告されギロチンで処刑されたが、最後までその態度は傍若無人で、少年の頃、軟弱で、どうしようもない意志薄弱と言われた姿からは想像がつかなかったらしい」

「吸血するついでに食べてしまったわけですか？」

「そういうことだ。リチャード・チェイスは『サクラメントの吸血鬼』と呼ばれておる。彼も生い立ちが複雑でな。両親の諍いが絶えずに、若い頃から心を病んでしまっていた。ハイスクールに通う頃には酒とマリファナに溺れ、職についても長続きせずぶらぶらする毎日を送っておる。

ハールマンと同じく、『手の施しようのない意志薄弱』だったわけだ。

そうしているうちに、チェイスは自分の血がどんどん薄まっていくと信じるようになったんだ。そうして、チェイスが暮らす地域では、犬や猫のペットが続々と行方不明になった。


チェイスが、動物を殺してその内臓をミキサーにかけ、コーラで割って飲んでいたからだ。


動物の血を味わい尽くした彼は、ついに人間へと標的を変えた。

始まりは一九七八年、彼は妊娠三カ月だったテリーザ・ウォリンの家に侵入して射殺した後、腹を切り裂き、ヨーグルトの容器で血をすくって飲んだ。そして、腸を引き出し、臓器を切り取った。さらに四日後、チェイスはイヴリン・マイロスの家に侵入する。

そしてイヴリンと、六歳になる息子のジェイソン、友人のダニエル・メレディスの三人を射殺し、イヴリンの甥でまだ二歳にもならないマイケル・フェリエラを連れ去った。

イヴリンもテリーザと同様に腹を切り裂かれ、血を飲まれていて、マイケルは、首を切り取られた屍体となってゴミ捨て場で発見されておる。

翌日に目撃者の通報を受けてチェイスのアパートに踏み込んだ警察は仰天した。

部屋の床から壁から家具からベッドから浴室から台所に至るまで、部屋中すべてが血みどろだったからだ。冷蔵庫には、動物や人間の臓器が山ほど保存されていた。そして、ベッドの上には、子供の脳が置かれていた。

部屋に貼られたカレンダーには、犯行があった日の他に、その年だけで四十四日にマークがしてあった。チェイスはその日に吸血することを企てていたんだ。やる気満々でな。チェイスは逮捕後、殺人を犯したことは認めたが、それは自分の命を守るためだったと主張した。チェイスによると、彼の額にはユダヤ教の象徴のダビデの星がついているために、ずっとナチに迫害されてきたというのだ。ナチは地球の上を絶えず飛んでいるUFOと結びついていて、そのUFOからテレパシーで、血液を補充するために人を殺せという指令がきたらしい。

それを理由にチェイスは自分の犯行を正当防衛だと主張した。

彼を診たFBIのプロファイラーのレスラーは、チェイスを『回復の見込みのない心神喪失者＝責任無能力者』と確信したが、そのことは控訴審で争われることはなかった。

死刑になるより前に、チェイスはこっそりと溜めていた抗鬱剤を一気に飲み干して死んだからだ。自殺だったのかも知れないし、幻聴を抑えるためだったのかも知れない。真相は闇の中だ」

「つまり教授が仰りたいことは、彼らが幼いときからの環境で社会不適応者だったということですか？」

「いいや、そうじゃない。我が輩が言いたいことは、ブラム・ストーカーにしても、ペーター・キュルテンにしても、ジョン・ヘイグ、フリッツ・ハールマン、リチャード・チェイスら、彼らがいずれも吸血行為を行うまでは、並の人間以下——ようするに精神的にも肉体的にも虚弱児だと判断されていたにもかかわらず、吸血してからは異常な能力を開花させたという点だ。それと、ジョン・ヘイグやリチャード・チェイスが明らかにしている点は、夢やUFOなどから、なにがしかのシグナルを受けていたというところだ」

「電波やシグナルを受けたというような発言は、妄想型の精神病患者によく見受けられますよね。事件を起こした犯人達が異様な興奮状態にあったことは確かでしょうし……」

ロベルトが言うと、タリチャアヌ教授は首を振った。

「妄想ではないかもしれんぞ。我が輩は一人、興味深い吸血鬼を知っておる。彼の名は、トム・ホーキングと言って、その世界では知らぬ者はいないニューヨークの前衛芸術家だった」

「トム・ホーキング……。その名前、聞いたことがあります」

ロベルトは、ふと古い記憶を蘇らせた。『聖徒の座』に勤め始めた頃、ローマに来たニューヨークギャラリーの個展を見に行った。その時に、奇妙な金属工芸品があって、その作者がトム・ホーキングという名だったはずだ。

「話を聞きたいかね?」

「ええ、是非に」

ロベルトは興味を惹かれて、平賀の隣に座った。

「トム・ホーキングの生い立ちは貧しくて、アメリカのダウンタウンで私生児として生まれたんだ。本人の弁によると、父親も私生児だったと言うから、吸血鬼となる条件には当てはまっておる。母親はトムには無関心で、一日中、ウエイトレスのアルバイトをしていた。トムはいつも家の中に置き去りで、母親が作っておく僅かなサンドイッチを食べて育った。ネグレクトだな。そんなせいか、トムは体つきも同じ年の子供より二回りも小さくて、虚弱で、学校へ行く年頃になっても文字も読めず、特別支援学級に放り込まれるような児童であった。トムが言うには、ハイスクールに行くようになる少し前に、奇妙な出来事が自分に起こったという」

「奇妙な出来事？」

平賀とロベルトは同時に訊ねた。

「うむ。真夜中、母親が部屋に男を連れ込んで、トムを外へと追い出した。トムは公園でぼんやりとしていた。そこにＵＦＯが現れたというのだ。ぎらぎら輝く光の玉が自分の頭上に出現したという」

ロベルトは、あの嵐の夜に自分たちの車を追いかけてきた不思議な発光球を思い起こした。

「ＵＦＯから光が降り注ぎ、トムはその中へと招かれたらしい。そしてベッドのようなところに寝かせられ、不思議な姿をした人々に取り巻かれたという。彼らはトムの体を調べ、何かを彼に施した。手術されたようだとトムは言っていた。

解放されたトムはその翌日から突然、『血液を飲みたい』という衝動に駆られるようになったらしい。トムによると視力が異常に発達し、人でも動物でも皮膚を透かして血液が流れているさまが見えるようになったというのだ。彼はその思いにさいなまれた挙げ句、近くの飼い犬を殺して、その血を飲んだ。するとだ、今までなかったような力が体中に漲るのが分かった。トムに言わせれば、『突然、覚醒したようだった』らしい。それからトムは突如として、心身が発達し、教師の言葉が全て分かるようになったのだという。

トムは素晴らしい成績を取るようになって、奨学金でカレッジに進むことが出来た。ここまでの彼の捕食対象は、主に動物だった。カレッジに進んだ彼は、芸術学部に籍を置きながら、夜にはバーテンダーのバイトをして生計を立てた。バーテンダーのバイトをしていて彼は自分の特殊な能力に気づく。その能力というのは、彼が興味を持った女性の全てが、彼に接近してくるというものだった。彼はこの能力を使って、イメルダ・マイアンという女性をある夜、自分のアパートに連れ帰った。目的は何か？　勿論、彼女の血を飲むことだ。

トムが言うには、彼は女性を見て、血を飲みたいと思ったことはあるが、抱きたいと思ったことはないのだそうだ。トムはイメルダを殺害し、その血を啜り、体をバラバラにして、毎日少しずつ食べたらしい。食べたのは、あくまでも証拠隠滅のためで、目的は血の方だ。

すると彼は強烈なインスピレーションを得て、金属芸術を一つ生み出した。これはカレッジの教授に大変な好評で、小さなギャラリーを紹介された。それから彼は女性を殺し、血を飲み干す度に、芸術作品を生み出した。そうやって四十人近い女性を殺害したと思われるトムは、七年後には前衛芸術界の若手旗手といわれるまでになった。だが、最後に自分の知人女性を殺害したことから足がついて逮捕されたんだ。

我が輩はトムに八回面接してインタビューしたが、初めて会った時、トムから自信満々に言われた。『自分と会っていれば、その内、自分が本当の吸血鬼だと気づくだろう』とな」

「何か気づいたんですか？」

平賀が訊ねた。タリチャアヌ教授は重々しく頷いた。

「その通り。彼と会う度に、我が輩の体調に異変が生じたんだよ」

「どんな風に？」

平賀は夢中な様子であった。

「最初は彼に会った時、少しばかり手足の冷えを感じるぐらいだった。気のせいだろうと思っていたが、会う度に、ふらふらと、ふらつくことが多くなった。病院に行ってみると、酷い低血圧だと言われた。我が輩はどちらかというと高血圧気味なので、おかしな事もあるものだと思っていたが、最後にトムと会った日に、ついに倒れたんだ。病院に担ぎ込まれ、言われたことは『貧血』だった。血が足りなくなっているというのだ」

「えっ、まさかそれは……」

「ふむ。我が輩が思うに、トムによって、知らぬ間に血を吸い取られていたというところかな……」

「偶然体調が悪かったのでは？」

ロベルトが言うと、タリチャアヌ教授はむっとした。

「偶然と言えば、なんだって偶然と言える。吸血鬼と呼ばれた彼らが、いみじくも全員、虚弱児だったことも、不思議なシグナルを得て、吸血に至ったことも、吸血してから常人以上の能力を発現したこともな。だがこれに興味はないかね？　神父さんがたが入れないホールデングスの教会の教会史には、古くて興味深い物語が書かれていた」

ロベルトは教会史と聞いて、身を乗り出した。

「どんな物語なのです？」

「古いケルト神話だ」

ケルト神話。

それは魔法使いや妖精(ようせい)の物語のもととなった古いヨーロッパの自然崇拝的神話で、現在の英国では「ドルイド教」として知られているものである。

乳のような白い肌を持ち、黄金の髪に黄金の服、そして長い槍(やり)を手にしていたとされるケルト人は、中央アジアの草原から馬と車輪付きの乗り物で以て(もつ)ヨーロッパに渡来した民族であった。ブリテン諸島のアイルランド、スコットランド、ウェールズ、コーンウォル、コーンウォルから移住したブルターニュのブルトン人などにその民族と言語が現存している。

西暦一世紀、ローマの支配を受けたイングランドとウェールズのケルト人はローマ化する。そして五世紀にゲルマン人がガリアに侵入すると、ローマ帝国はブリタニアの支配を放棄し、ローマ軍団を大陸に引き上げた。この間、隙を突いてアングロサクソン人が海を渡ってイングランドに侵入し、アングロサクソンの支配の下でローマ文明は忘れ去られた。しかし、同じブリテン島でも西部のウェールズにはアングロサクソンの征服が及ばず、ケルトの言語が残存した。また、スコットランドやアイルランドはもともとローマの支配すら受けなかった地域である。

そういう場所のあちこちに、古いケルトの影響が根強く残っているのだ。

教会史によれば、五世紀にはブリテン島のケルト人の間にキリスト教が根づいたとされる。それを「ケルト系キリスト教」という。従来のキリスト教にケルトの宗教が混在する、少々変わり種のキリスト教だ。だが、それは十世紀頃には衰退していき、十二世紀までにほとんど姿を消した。しかし近年、現代風のケルト系キリスト教が息を吹き返す動きがある。

ホールデングスの教会は、十七世紀頃の創立であるから、本来ならケルト系キリスト教がすっかり廃れた時代のものである。

しかしロベルトは教会のレリーフなどに、ケルトの影響を感じ取っていた。

例えば、教会の柱の基底には、グリーンマンと思われる森の妖精の顔が見て取れたし、髑髏(どくろ)の模様がやたら描かれているのも特徴だ。梁(はり)には、トウモロコシの模様や渦巻きがあったし、蛇を食べる鹿（蛇は悪魔、鹿は不老不死の象徴である）のフレスコ画もあった。

これらは全て、ケルトのシンボルである。

「あの教会には、伝説のアーサー王と共に王の資格を持つ者として選ばれたアダルバードという騎士の物語の本があった」

「アーサー王と言えば、魔法使いのマーリンに助けられて、聖剣エクスカリバーを手にし、英国の名君となった王様の話でしょう？　小さい頃に本で読んだことがあります」

平賀が、わくわくとした様子で言った。

「アーサー王の話は、一般に良く知られている物語だ。だが、ホールデングスの教会の言い伝えでは少し内容が違う。

ケルト民族の間には四つの聖物が伝わっていた。一つは『ファールの聖石』といって、その石に王となる人物が座ると、叫び声を上げて知らせる石。そして『ルーの盾』という、全ての武器を防ぐことの出来る盾。『ヌアドゥの剣』といって、どんな敵も逃さぬ剣。この剣が聖剣エクスカリバーのもとになったものだ。そして『ダグダの大鍋』、どんなに大勢でも満腹にさせることができる、空にならない鍋だ。

その昔、ブリテン島のケルト民族がこれらを持っていた時、少年だったアーサー王と、その従兄弟であるアダルバードという少年が、将来の王となるに相応しい二人として選ばれ、最終決定はファールの石によるものとなった。アーサーが座るとファールの石は叫び声を上げた。そこでアーサーが将来の王となるものと決まったかと思ったところ、アダルバードが座ったときもファールの石は叫び声を上げた。つまり二人とも王となる資格を持つ人物だということになってしまったのだ。困り果てた賢者達に対して、アーサーが王となる意志を告げたのと違って、アダルバードは、王の地位をアーサーに譲り、彼に従うので、自分を不老不死にして欲しいと願い出る。賢者達は無用な諍いが起こるのを避けるため、アダルバードの願いを聞き届けるんだ。彼をゴヴニュ神の主宰する異世界の宴に送り届け、神から不老不死の杯を頂くようにと教えたという」

「ゴヴニュの神ですか？」

　平賀は聞き慣れぬ異教の神の名に、目を瞬いた。

「ゴヴニュというのは『鍛冶屋』の意味でね、ケルト神話の火の神、鍛冶の神。または、技術、建築の神だ。アイルランドでは円塔や教会を建てたとされている神のことだよ。ゴヴニュは、不死を授ける麦酒の麦芽と水を攪拌し、異世界で行われる『ゴヴニュの宴』でこの酒を飲めば不老不死になるという伝説があったんだ」

　ロベルトが説明すると、タリチャアヌ教授は満足そうに頷いた。

「左様。あの教会のあった場所には、その昔、ゴヴニュによって建てられたケルト教会があったと言われていてな、地下には古の騎士達の墓があるという。そしてその墓はさらに地下にある異世界へと通じていて、そこで『ゴヴニュの宴』が行われていたと言われているんだ。それだけじゃない。教会の記録によると、あそこは薔薇十字団の秘密の集会所だったらしい」

　ロベルトは話を聞いているだけでぞくぞくとした。あの教会がカソリックの教会なら、なにをしても押しかけて、教会史を漁っているところである。

だが、異宗派の教会にちょっかいをかけて問題を引き起こすわけにはいかない。

ロベルトは歯がゆかった。

「実際、あの教会の床には、明らかに空洞があるような反響音を立てる箇所があるのだ。異世界に通じる墓がありそうなのだが、どうしてもその入り口が見つからぬ。

ともあれ、我が輩が言いたいのは、異世界との接触と不老不死との関係だ。教会史によれば、古の騎士たちとはアダルバードが率いた騎士団で、アダルバードの血を飲んで不老不死になったとされている。そしてまた、教会史に初めて記された吸血鬼事件の際には、サンダーマウンテンから不審な青い火の玉がいくつも出現し、雷の音が鳴り響き、吸血鬼の到来を告げたということだ。

そこから鑑みるに、正体不明の青い焔はアダルバードの力の現れであり、同時にゴヴニュの力の象徴――すなわち不老不死の源にも関係しておるのだろう。ただし、その不老不死には吸血という行為が必要条件ではあるがな……」

「何故、吸血が必要条件なのでしょうね？」

平賀が不思議そうに言った。

「何もおかしなことではあるまい？　そういう神父さんがたも、日々、キリストの血と肉を食らっているじゃないか」

2

夜の闇に紛れ、彼はじっと次の獲物を狙っていた。

次の獲物。それはバニー・サクソンであった。

窓越しに眺めていると、今夜も短気なその男は、したたか妻のアリーを殴りつけ、酒を買わせに外へと放り出した。

そして手にしている瓶にある残り酒をぐびぐびと飲みながら、長椅子にふて腐れたように寝そべった。

ただでさえ凶暴そうな顔が赤くなり、いっそう凄味（すごみ）を帯びている。

それでも彼にはバニーに対して警戒や恐れというものは湧かなかった。

むしろ、飢えた血へのざわめきが、羽毛のように体中に舞いたってくるのを感じる。

バニーの首。

乙女のそれのように美しくはないが、また違った誘惑がある。

牛のように太い首である。そこに浮き上がる太い頸動脈（けいどうみゃく）はいかにも生気に満ちあふれ、中に流れているどろりと濃い血をごくごくと飲み干したい衝動が彼の体を貫いた。

アルコールの味も程よく利いて美味（うま）いに違いない。

舌なめずりをした彼であったが、なんとかその欲求を抑え込む。

今はまずい。

続けざまの吸血事件だから、人々も警戒している。

バニーの血が必要となるその時が来るまで暫く辛抱だ……。

彼はそう思い、そろりとバニーの家から離れて、夜の闇の中に忍び込んだ。

＊　＊　＊

おおーん。

おおーん。

狼の群れが、うつらうつらとベッドで眠っているエルトン伯爵を呼んでいた。

どうしてだか分からないが、イーノスが毎夜、彼らを城から外に放つのである。

イーノスとアダルバードの間には、エルトン伯爵の知らない約束事が存在しているようだ。

だが、エルトン伯爵はあえてそれを聞かなかった。

イーノスは代々、ブロア家の総執事長をしている家柄だ。

それはブロア家が形をなして以来のことだというから、イーノスとアダルバードとの間には、エルトン伯爵以上の深い関係があって当然なのである。

狼の群れは、町中を走り抜けると、森を越え、山道を駆け、ホールデングス城へと戻ってきた。

先頭を行く黒い狼がアダルバードだ。

彼らの牙からは血が滴り、瞳はぎらついている。

欲求不満なのだ。

町の主だった家を訪ねていた時、ネームレスマウンテンの家畜小屋で、牛や鶏が最近襲われているという話があがった。恐らく彼らの仕業だろう。あちこちで獲物を捕まえては、むさぼり食っているに違いない。

狼達は広大な庭の中で、血に塗れた毛をそれぞれ芝生にすりつけながら、戯れている。

アダルバードも暫くそうやっていたが、やがてそれにも飽きた様子で、城の方へと走ってきた。

その姿が、黒い狼から人の姿へと変わっていく。

そうして城の壁にぴったりとへばりつくと、そのままするすると上に上ってきて、エルトン伯爵が眠っている部屋の窓を開けて入ってきた。

「貴方は暫く眠ると言っていたのに、どうして？」

エルトン伯爵が掠れて風になりそうな声で問いかけると、アダルバードは、ゆっくりとエルトン伯爵の枕元に腰を下ろした。

「今年はいつになく喉が渇く……。そのせいだろう」

アダルバードは悪びれもせずに言った。

「そのように行動されては、目立ちすぎます」

エルトン伯爵が訴えるように言うと、アダルバードは、ふっと笑った。

「目立ったとて、なんの不都合があろうか。ここはもともと狩り場だ。それに、巷のものどもに我を捕まえることなど出来ぬ。たとえバチカンの神父であったとしてもな」

エルトン伯爵はそれを聞いて、ひやりとした。

「またルーク家に行ったのですか？」

「いいや、我はルーク家にはあれから足を運んではいない。足を運ぶとしたらお前であろう」

「私は夜は行きません。昼だけです」

「今に、夜に出かけたくなろう」

「決して、そんなことはありませんとも」

「お前は頑固者だ。何故、己の血に逆らう。お前のその髪と瞳の色は、我がブロア家の純血の証だというのに……」

「純血であれば、誰もが吸血鬼にならねばいけないというわけではありますまい」

「笑止。なるとか、ならぬとかいう問題ではない。お前は既に吸血鬼なのだ。勘違いをするな」

アダルバードの背後で稲光が瞬き、エルトン伯爵は光の渦の中に巻き込まれた。

気がつくと、彼は、巨大な十字架が無数に乱立する森の中に立っていた。

いつもの森だ。

夢なのか……。

異世界に連れ込まれたのか……。

いつもどちらなのか自信がない。

アダルバードの力で、意識というものに蓋をされたようになってしまうのだ。

十字架がざわざわとよじれていき、生き物のように身をくねらせると、少しずつ樹木になっていく。霧が立ち込めてくる。森は霧にかすみ、十字架が変化した樹木の枝の先から血を垂らしている。

エルトン伯爵の心臓は張り裂けそうに、どくどくと鳴った。

突然、周囲の木々が苦悶するかのようにうねり、うごめき出す。

血が幹に刻まれた渦巻きの溝にじくじくと滲み出し、枝を伝って葉へと行き、その先から次から次へとしたたり落ちてくる。その木々の中に、アダルバードが立っているのが見えた。

彼は杯に血を満たし、エルトン伯爵に歩み寄った。

「飲め」

「厭です！　止めて下さい」

エルトン伯爵は、自分の口元に押しつけられた杯の中から漂ってくる血の匂いに噎せなから、顔をそらした。

そしてシャルロットの面影を求めた。

優しくて清純なシャルロット。

二人でひっそりと真似たウエディング。

花で編んだ指輪を交換し合った。

(私は人間だ……。シャルロットを脅かす吸血鬼などではない……)

固く口を結んだエルトンであったが、アダルバードはそんな彼の口元をこじ開けて、赤い液体を中へと注ぎ込んでくる。

エルトン伯爵は、そのおぞましさに大きな悲鳴を上げた。

悲鳴は空間を引き裂き、ちかちかと目映い光が点滅する。

全身から力が抜けていく……。その抜け殻がゴミのように打ち捨てられる心地がした。

そのときだ。

「エルトン様、大丈夫でございますか？」

イーノスの声が聞こえた。

目の前に、ランプを手にしたイーノスがいる。

ここはどこかとエルトンが周囲を見回すと、城の中の階段の上であった。

「アダルバード殿に連れて行かれていた……」

「そのようでございますな」

イーノスは落ち着いた声で言った。

「アダルバード殿にまた血を飲まされてしまった。私は大丈夫だろうか……」

自分でも声が震えているのが分かった。

「大丈夫でございます。何があっても、このイーノスがついております。さぁ、エルトン様、寝間に……。ご不安ならば、私が側で見張っております」

イーノスはそう言うと、エルトンの手を取って、彼を寝室へと導いた。

＊　＊　＊

ネームレスマウンテンの夜の酒場では、血気盛んな若者達の一団が気勢を上げていた。

毎日単純労働をしている若い農夫たちの粗暴なグループのリーダーに、体格がよく、ブルドッグのような顔をしたブレッドという男がいる。

彼はビールをぐびぐびと飲み、酔いどれたユージン少年を抱きかかえながら言った。

「牧師様じゃ、吸血鬼に歯が立たないってのは本当か？」

ユージンはとろんとした瞳でブレッドを見た。

「本当さ。親父は十四歳の時から祖父さんの目を盗んで煙草を吸うような悪童だったたって、隣のじじいが言ってたよ。今は牧師づらしてるけど、本当は神様から見放されている偽善者なんだ。吸血鬼に殺された祖父さんだって、そうだったに違いない。でなけりゃ、ああはならなかったろう？　僕がこんな風なのも血筋だよ。親父に吸血鬼を退治する力なんぞないさ」

「おい、今の聞いただろ、みんな！」

ブレッドの声に、周囲の若者達は、「おうっ」と拳を上げて答えた。

デービッド・オリバーもその輪の中で酒を飲んでいた。

イーディの屍体を焼いたと牧師から連絡があってから、彼女の亡霊には悩まされなくなったものの、それがデービッドの心に、ぽっかりと空白を開けていた。

吸血鬼であろうと、亡霊であろうと、自分の愛するものは永遠にこの世に存在しなくなってしまったのだ。もう二度とイーディと何かの繋がりを持つことが出来ない。

そう思うと、デービッドの中に、めらめらと悲しみとも憎しみともつかぬ感情がわき上がり、突然、吸血鬼が激しく憎むべき存在へと転化していた。

「俺たちは日頃、町の人間から馬鹿にされているが、腕っ節なら誰にもまけねぇ。そうだろう？」

ブレッドが言うと、若者達はまた「おうっ」と腕を上げた。

「ここらへんで、俺たちが名を上げるとしたらどうすりゃいい？」

ブレッドの挑発的な質問に答えたのは、デービッドだった。

「吸血鬼をやっつけるんだ。奴をやったとなったら、英雄だ」

ブレッドは不敵に笑うと、デービッドの胸を拳で叩いた。乱暴な彼らなりの親しみの表現だ。

「そうともデービッド。吸血鬼をやるんだ！」

「どうやって、やっつけるのさ？」

ユージンが気怠そうに言った。

「大蒜、唐辛子、銀の斧、吸血鬼が苦手なものを揃えて、奴を狩ってやるんだ。胸に十字架を描いていたら、吸血鬼は襲ってこないとも言う。牧師は信仰心が薄かったからやられちまったんだろうが、俺は毎日聖書を読んでいるから大丈夫だ。現にこのデービッドだって、吸血鬼と出くわしたけど襲われちゃあいない。他にもやり方はいろいろあるさ。勇気のない奴は止めとけばいい」

ブレッドはそう言うと、若者達を見回した。

「おいらはやるぜ」

デービッドは挙手した。そうすると無謀な若者達は次々と手を上げた。

若者というのは、どこの国に限らず、危険とスリルに目が無いものである。

「僕は乗らないけど、吸血鬼の退治の仕方なら、教会に本があるよ。親父の目を盗んで、そいつを持ってきて見せてもいいよ」

無責任な口調で、ユージンが言った。

「頼もしいなユージン。そうしてくれよ」

ブレッドが言うと、ユージンは「もっと酒をくれたらね」と、答えた。

ブレッドは飲みかけの自分のビールをユージンの口にあてがった。

ユージンがごくごくと喉を鳴らしてビールを飲み干していく。

「よし、じゃあ、今日から吸血鬼退治の準備と行くぜ。俺たちのグループ名を何にしたらいいと思う？」

ブレッドの問いに、若者達は口々に思いつきを答えた。

「命知らず Reckless」

「吸血鬼殺し Vampire killers」

「新十字軍 The new Crusaders」

「銀の使い手 Silver masters」

「茨の騎士 Thorny knights」

ブレッドがパンと両手を打った。

「『茨の騎士』がいいな。伝統がありそうな名前だ。そいつに決まりだ！」

若者達は、さっそくに「茨の騎士！」「茨の騎士！」と口々に叫びながら、酒を呷った。

デービッドも飲んだ。

第七章　パーティの夜の惨事　Disaster of the party

1

翌日、平賀とロベルトを喜ばせる知らせがあった。

ホールデングスから町への道が開通したのである。

とはいえ、ここまで吸血鬼事件に関わってしまった二人は、ことの真相を明らかにするまで町を出るわけにはいかなかった。

平賀はその日、町の郵便局から、バチカン情報局のローレンに、この数日に亘って手に入れた物証を送った。

ドリーンやハート牧師の血、そしてイーディの家の窓辺についていた煤(すす)、ベンの家の庭で見つけた黒髪などである。

それから再びサンダーマウンテンに登った。

あの青白い不可解な焔(ほのお)と、崖(がけ)を登っていった怪人の謎をどうしても確かめたかった。

それでやはり、あちこちと調べてみたのだが、二つの謎を解き明かすような何かを発見することが出来ない。

どこにも光蘚などはない。土壌に燐も発見されない。グローワームも存在しない。

あの怪人の跳躍力は二メートル以上だ。銃で撃たれても死ぬことはない。

そしてイザベルを襲った吸血鬼は、三人の人間の見ている目の前で蝙蝠に変身して飛び去ったというのだ。

彼らだけではない。

平賀もロベルトも見ていた。

麓の墓地で吸血鬼に襲われて、数分後に山上に移動したハート牧師の屍体を見つけた夜。吸血鬼がひらりと崖によじのぼり、たちまち消えたかと思うと、蝙蝠たちが飛び去っていくのを……。

ただ、一つだけめぼしい発見があった。

それは渦巻き模様が刻まれた大きな岩を二つ、見つけ出したことである。

発見場所の一つは、あの夜見た吸血鬼が消えたとおぼしき場所であり、どちらの岩も、崖になった部分の樹木の中に隠れるように潜んでいた。

こうしたものをビデオカメラに撮り、夢中であれこれ調査している内に、昼はとっくに過ぎ、日が沈もうとしていた。

平賀はどんよりと暮れていく空を見上げた。

山の頂に今にも沈もうとする落日が、麓からわき上がってくる物の怪めいた夕雲の群れを、血の色に染めていた。

頭上に垂れ下がってくる木々の枝は、迫ってくる逢魔（おうま）が時に向かって、「早く、早く」と手招きしているかのようだ。

その時である、頭上から、がらがらという轟音（ごうおん）が響き、山全体が揺れたように感じた。

落雷だろうか。

そして暫（しばら）くすると、平賀の目の前に、あの不思議な青い焔が、ゆらゆらと立ち上った。

平賀はここぞとばかりに、しっかりと目で確かめた。

グローワームなどではない。ましてや光蘚がついた動物が歩いているわけでもない。

向こうの景色が透けて見える妖（あや）しい焔があって、それが生き物のように移動しているのである。

途端に、方々で山犬だか狼だかが、遠吠（とおぼ）えを上げた。

まるでそれは魔物に怯（おび）えているような、いかにも痛ましげな長い絶叫だった。

するとその声が別の狼に伝わり、それがまた別の狼に伝わり、それからそれへと順々に伝わり、この辺りを吹きすさぶ冷たい風に遠吠えが乗って、まるで狼の大群が恐怖の協奏曲（コンチェルト）を奏でている様となった。

平賀は、ごくりと息を呑（の）み、青白い焔に向かってビデオカメラを構えた。

焔を捉（とら）えた映像の映りは酷（ひど）く悪く、時々、ざりざりという雑音とともに、カメラから覗（のぞ）いている画面が砂嵐になる。

それでも夢中になって、焔を撮（うつ）していると、焔はだんだんに平賀の方へ近づいてきた。

平賀は気づかぬうちに、焔に呑まれてしまった。

全身にショックとしびれが走り、視界が白黒に明滅したかと思うと、ふわりと体が浮き上がる感触があった。

気が付くと、平賀は巨大な十字架が無数に立っている森の中にいた。

立っているのは、中心に四つの渦巻き模様が交錯するケルト系キリスト教の十字架だ。

だが、その渦巻きの溝には幾筋もの赤い血の筋が滴っている。

その下に長いカールした黒髪の怪人が、燕尾服（えんびふく）を着て立っていた。

「何故、我を追って、その平和を妨げる？」

黒髪の怪人が言った。

「それは貴方（あなた）が、人を襲って血を吸い、あまつさえその命まで奪うからです」

平賀が、きゅっと十字架を握りしめながら言うと、男はからからと笑った。

「毎日、キリストの血と肉を食らっているのはお前たちであろう？

もともとお前たちの考えでは、人間は神の言いつけにそむいて知恵の実を食らうという罪を犯した為に楽園を追放された。そして本来なら不死であったはずが限りある命となってしまった。つまり原罪というものを背負って、呪われた身となったわけだ。

それであるから、一人の人間が救われ、神から受け入れられるためには、その罪を何らかの方法で清算しなければならないとしている。

そうして、お前たちが信じている聖書とやらでは、『生け贄（にえ）は身代わりである』と教えている。

そのために、古代の祭司は神に生け贄を捧げ続けてきた。

アブラハムなどにおいては、神から命じられて自分の息子を生け贄にしようとしたぐらいだ。

あの物語は、生け贄と言えば人間だったことの名残であろう。

本来なら原罪を許されて不死となる為に、人の血を流してきたというわけだ。

だが、モーセが十戒を受けて殺人を罪としたところから、人間の生け贄は無くなり、主に家畜の生け贄の時代へと移行した。

そして人々は何かにつけて、神の許しを乞うために、生け贄を捧げ続けた。

所謂、『焼き尽くす捧げ物』というやつだ。

だが、いくら生け贄を捧げてもきりがなかった。

何故なら、家畜という大切な財産を犠牲にするとはいえ、しょせん動物一匹の命だ。

万物の霊長たる人間一人の重みと、釣り合いが取れるはずがない。

根本的に、そうした考えを推し進めていけば、原罪の消去には、人間と等価かそれ以上の価値を持つものと交換しなければならないということになる。

つまり、まことに人間の罪を贖うには、人間以上の存在で、原罪を持たない清らかなものを生け贄にする必要があるのだ。

そこでお前たちキリスト教徒は、それらの条件を満たす、唯一の方法を考え出した。

それは、まったく罪のない存在、そして人以上の存在。

そう……、恐るべき事に、神自身を生け贄にするという方法だ。

そのために肉の身をもって地上に現れたのが、キリストであるイエスというわけだ。

イエスを神の子、そして神自身と同体と定義して、それを信じれば、イエスには一切の罪がないことになる。

だから本来なら死ぬ必要がない。それどころか不死身の存在だ。

そのイエスが人々の為に犠牲となって苦しみ、そして死んでみせることで、人類が神に捧げた生け贄の役割を果たし、人の原罪とあらゆる罪が消滅するという仕組みだ。

しかも、イエスは、全ての人類の創造主なのだから、人間一人分どころか全人類の罪を肩代わりできるし、その存在は、『ありてあるもの』と言われるがごとく、時間を超越して存在する神だからこそ、イエスが人類の為の生け贄となった以前に死んだ者の罪も、それ以後に生まれた者の罪も、イエス一人の犠牲で補われるということになる。

全く良く方便を考えたものだ。

よって、キリスト教徒は、罪を免除されて、永遠の命を得るために、イエスを神の子として信じ、その死を悼み、復活を祝えというわけだ。

そういう理屈でお前たちは日々、イエスを受け入れる儀式として、イエスの血であるワインと肉である種なしパンとを食している。

つまるところ、イエスという神の血と肉を食らうことで、永遠の生命を得ると信じているわけだ。

しかし、考えてみよ、神を殺したのみならず、神の血肉を食すとは、はなはだ恐ろしい思想ではないか。

なのに我が、一介の人間の血を呑んで不死でいることを望むのを何故、そうも責めるのだ？」

「それは違います。人がイエスを故意に生け贄としたのではありません。全ては神のご計画です。慈悲深き神が、自らが犠牲となることを望まれたのです。イエス・キリストの死によって、人々が罪を許され、生け贄を捧げる必要はなくなったのは喜ぶべき事です。人を殺すことも、吸血することも罪です」

「それはお前たちキリスト教徒の勝手な言い分だ。それに間違っている。それが証拠に、未だに人間の原罪は許されず、不死ではない。復活の日が来るなどという幻想こそ片腹痛いわ。それほど不死にこだわるならば、我に祈った方が良いであろうに」

そう言うと、黒髪の怪人は、平賀に杯を差し出した。

「飲まぬか？　飲んでみれば本当の奇跡を目の当たりに出来るぞ……」

「誘惑は無駄です。悪しき者よ、退け！」

平賀は叫んだ。

それから何が起こったのだろう。

ふと気がつくと、平賀は道に倒れていて、全身にびっしょりと汗をかいていた。

辺りはすっかり夜更けになっている。

気絶している間、奇妙な夢を見たのは、タリチャアヌ教授のせいだろうか？

昨日、タリチャアヌ教授が夢の怪人と同じようなことを言っていた。

それとも、吸血鬼を調査しようとしている自分たちへの吸血鬼からの戒めだろうか？

平賀は溜息を吐いて周囲を見回した。

時計を見るとあれから一時間半は経過していたのだが、自分が倒れている位置が少しも移動していないところを見ると、誰もここを通りかかった者はいなかったのだろう。

平賀は懐中電灯の明かりを点けて、ゆっくりと山道を下った。

ルーク家に戻った頃には夕食が終わってしまっていた。

泥だらけで部屋に入ってきた平賀を、ロベルトが心配そうな顔で出迎えた。

「どうしたんだい、随分と遅かったじゃないか」

「ええ、すいません。あの青白い焰のことがどうしても気がかりで、もう一度、山に行ってたんです」

「何か分かったかい？」

「焰に呑み込まれて、気絶してしまいました」

「なんだって！　大丈夫か？」

「ええ、どうやら大丈夫みたいです。実に不思議な現象でした。焰が現れる前に、雷の音が鳴り響いていました。そして私の前に焰が現れたのをビデオカメラで撮っていたのですが、酷いノイズが入りました。そして私が焔に呑み込まれた時には、体が痺れて、頭のヒューズが飛んだみたいな感覚でした」

「つまりどういうことなんだい？」

「あの焔は、確かにタリチャアヌ教授が言うように、雷の残り火なのかも知れません。カメラのノイズの具合といい、私が気絶した時の体感や、方位磁石が狂ったことといい、確かに電気的な何かです。でも、自然現象として起こったものとしては考えにくいのです。近くに電気的なものを発生させるような施設も存在しませんし、雷を呼び込むような不可解な力が働いているとしかいいようがありません」

そう言うと、平賀は自分の持っていた方位磁石をロベルトに見せた。

磁石の針は、無軌道に、ぐるぐると回っている。電気的磁気を帯びた証拠だ。

「つまり、吸血鬼が雷を操っていると言いたいのかい？」

ロベルトが難しい顔で言った。

「そう考えてもおかしくはないですが、とにかく言えることは、不可解な力があの山に存在しているということです」

平賀は答えた。

「ふむ。なる程ね」

「それから、ケルトの遺跡のようなものを発見しました」

平賀が言うと、ロベルトの瞳が、きらりと光った。

そこで、平賀は自分が撮影したビデオをパソコンにダウンロードしてロベルトに見せた。

ロベルトは画面に映し出された渦巻き模様が刻まれた岩を見ると、非常に興味をそそられた様子だった。

「これは面白い。大小六つの渦巻きが、トランペット・パターンと呼ばれる媒介的模様で繋(つな)がっていて、あたかも自己増殖する有機体のように描き出されている。これと同じものを映像で見たことがあるよ。他でもないアイルランドのトリニティ・カレッジのオールド・ライブラリーにある『ダロウの書』といって、六八〇年頃の修道士によって手写された福音書だと言われている。その表紙がこのような模様だった。

こういうものがあることや、ゴヴニュの異世界へ通じる教会が建てられていたとされる伝説からして、この辺りは、ケルト神話の聖地のようなところだったのかもしれないね。とくにサンダーマウンテンに関しては、そうした要素が強そうだ。ケルト神話では、異世界がサンダーマウンテンのような高地や丘の下にあるとされる場合が多かったんだ。もしかすると、昔はこの辺りにドルメン(巨石墳墓)などもあったのかも知れないね」

「けれど、それと吸血鬼がどうして結びつくのか、私にはよく分からないのです」

「古代ケルトの信仰は口伝で語り伝えられたものだから、確たる形では残っていないんだが、どうやら古代ケルト人は永遠の命を信じていた為に、死を恐れることが無く、非常に勇敢な戦士だったらしい。

十二世紀頃になってまとめられた『アーサー王伝説』には、ケルトの影響が色濃く残るといわれているが、ここに登場するのがいわゆる『聖杯伝説』だね。その基本ストーリーは、まず王が病気になり、主人公の騎士が聖杯に問いかけをするが、失敗し、聖杯探求の使命を与えられる。そして数々の試練を乗り越えた後、無事に聖杯を発見し、王は癒(いや)され国土は再び祝福される——というものだ。

聖杯といえば、もちろんキリストが最後の晩餐(ばんさん)でワインを血に見立てて注いだ杯や、十字架のイエスの血を受けた杯といったものがあり、最重要の聖遺物なわけだが、実のところ、ヨーロッパ各国の古書の中に聖杯の文字が現れるのは、意外に後年になってからのことで、七世紀、『ガリアの僧がエルサレム近くの教会で聖杯を見て、触れた』と証言したものが最初とされている。僧侶(そうりょ)の証言によれば、その聖杯は銀製で、両側に把(と)っ手が付いていたそうだ。

他にも、一一〇一年にカエサレアで発見されたジェノヴァの大聖堂にある聖杯や、スペインで発見されたバレンシア大聖堂の聖杯、アンティオキアで発見されメトロポリタン美術館に収蔵された聖杯などが聖遺物となっているが、こうした聖杯信仰自体、実はケルトからの濃い影響を受けているといわれているんだ。

元々ケルトの聖物であった『ダグダの大鍋(おおなべ)』の持つ力が聖杯へと収束されたのだとね。

ゴヴニュの杯に不死を約束する力があることも聖杯伝説を彷彿(ほうふつ)とさせる話だ。

肝心なのは、その杯の中身が何かということさ。

ケルト神話の一節には酒とあり、一節には蜜(みつ)ともある。だが、十字架上のキリストの血を受けた杯ということを含めて考えると、『特別な尊い血』であったかもしれないじゃないか。

つまり、古代ケルト民族は、聖別された特別な血を飲むことによって、不老不死になるというような儀式だとか、迷信のようなものを信じていた可能性は、大いにあると思うね。古代ギリシャのヘカテに仕えた巫女達の話をしただろう？　それ以外にも古今東西、血と信仰には深い関係性があった。アステカにおいては太陽の運行と血には密接な関連があると信じられていて、太陽の正常な運行を守るために人間の心臓と血を生け贄として捧げたりしていたしね」

「なる程、そしてこのホールデングスはそうした儀式を行う特別な場所で、血を飲んで不老不死となるという神話や伝説……あるいは本当にそうした行為が、吸血鬼伝説を盛んにしたということですか？」

「そういうことさ」

「それがただの伝説であるなら問題はないんです。問題なのは、現実に、私達が見た数々の不思議な出来事や、吸血鬼が一体なんだろうということです。古代ケルト人が本当に不死となる秘術を知っていて、その彼らがまだ生きて吸血行為を行っているということなのでしょうか？　だとしたら、私は是非その秘密を知りたいと思います」

「……実のところ僕も、郷土資料である発見をしたんだ」

ロベルトが少々、言いづらそうに言った。

「どんな発見です？」

「いや、実にベタな思いつきなのだけれど、ブラム・ストーカーの『ドラキュラ』から察するに、吸血鬼の正体は、この地に住む貴族じゃないかと考えたんだ。タリチャアヌ教授が言っていた『伝説のアダルバード』も、ブリテンの王・アーサーの従兄弟（いとこ）という貴筋だろう？　それでブロア家と吸血鬼事件との関係を調べてみたんだ……。そうすると、ホールデングス城にブロア家の人達の在住が認められる時に限って、吸血鬼事件がやたらと多いんだ」

「本当ですか？」

「僕が調べた限りではね。まあ、これを見てくれ給（たま）えよ」

　ロベルトはそう言うと、パソコンを立ち上げて平賀に示した。そこにはグラフが描かれていた。

「この町が開かれたのは、ホールデングス城の築城と同時期の一六九七年なのだけれど、その当初から吸血鬼事件の記録が残っている。時のファイロン公爵はホールデングス城に住んでいたが、五十四歳で死亡した。丁度その辺りから吸血鬼事件のサイクルに変化が起こっているようでね、発生件数は減少し、冬の時期だけに事件が集中するようになる。その状態が二十七年間続くんだが……その間、偶然なのかどうなのか、ファイロン公爵の三男――つまりはこのルーク家のご先祖が、冬の時期だけホールデングス城に滞在している様子なんだ。

そこからまたパッタリと吸血鬼事件の噂は消え、次に事件が盛んになったのは一八七九年頃からだ。この年、時のエルトン伯爵が十五歳でホールデングス城にやってきて、一九三〇年に六十六歳で死去したんだけれど、吸血鬼事件はその前年から急速に減っていく。それから現在に至るまで、事件らしい事件はなく、また今回、エルトン伯爵がホールデングス城入りした辺りから、事件が始まった……」

そう言いながら、ロベルトは頭を掻いた。

「偶然の一致なのかもしれないね。我ながら発想が安直すぎて信憑性がない……。第一、イザベル婦人が吸血鬼の被害に遭った時には、エルトン伯爵は僕たちと一緒にいたしね」

「……ああ……そうでした。それに吸血鬼は黒髪で、もっと体格のいい男です」

平賀とロベルトはそれから眠るのを忘れて夜通し話し合っていた。

2

翌日の昼すぎから、いよいよホールデングス城でのパーティが始まるということであった。

ルーク家では朝食が終わったあと、家人たちがパーティに向かっての着付けに入っている。

ロベルトと平賀は神父の正装を着て、時を待った。

サンダーマウンテンへの一本道を行くのに、混乱が起こらないよう、パーティに招かれた人々には細かい時間指定がされているらしく、主のチャールズはずっと時計を気にしている。

玄関には古式ゆかしい二頭立ての馬車が二台用意されていた。

さて、いよいよ時間になるとルーク家の人々は一台の馬車に乗り込んだ。

平賀とロベルト、そして燕尾服を着たタリチャアヌ教授はもう一台の馬車に乗った。

「教授、助手のカリンさんはどうしたんです？」

平賀が訊ねる。

「まだまだ吸血鬼の活動があるやも知れないから、カリンは見回りにやっておる。だいたい不調法な男なので、パーティなどに出すとへまをするやも知れぬからな」

タリチャアヌ教授は、分厚い眼鏡の下で、ぎょろぎょろと目玉を動かしながら言った。

馬車はゆっくりと走り出した。

その日は珍しく晴天であった。道の角のあちらこちらから馬車が走り出てきては、後ろへ、前へと連なっていく。

そうして馬車達は行儀良く並んで、サンダーマウンテンの山道を登っていった。

山の頂上付近にある警察署を過ぎると、ホールデングス城の鉄柵と門が現れる。

正門の前には誇り高きブロア家の家紋が掲げられていた。

金色のバイザーのついた銀色のヘルメット。そのヘルメットには鹿の飾りが添えられている。金と赤のマント。そしてヘルメットの下には公爵冠。盾は岩の上にあって、両側から獅子に支えられていた。盾は金色に赤い薔薇が描かれ、モットーとして『血は薔薇よりも尊し』と書かれている。

うがった見方をすれば、薔薇はイギリス王室を表すシンボルであるから、ブロア家の血筋はイギリス王室より尊い、ということを謳っているようでもある。

馬車が門に近づいていくと、ゆっくりと門が開いた。

よく手入れされたイギリス式庭園は、ビロードのような若草の芝生を敷いた上に、四角い垣根で幾十にも区切られていて、まるで迷路のようである。そこかしこに冬の花が咲いていて、白樺の木立が、心優しい乙女達のように並んでいた。

中でも圧巻なのは、ファイロン・レッドを幾重にも絡ませた、荘厳な薔薇のアーチである。薔薇たちは瞑目した赤いドレス姿の美女のようなあでやかさで、神々しく咲き誇っている。芳しいその香りは、馬車の中にまで漂ってきた。

広い庭園にはブロンズの彫像や小さな噴水、ベンチのある休憩所、意匠を凝らした花壇などがそこかしこにあり、そのつくりの豪華さで平賀とロベルトを驚嘆させた。

馬車は停車場にそれぞれ行儀良く並んで停められていった。

すでに多くの人々が、ずらりと並んで城の玄関から列を成していた。

ルーク家の人々と、平賀とロベルト、そしてタリチャアヌ教授はその列に並んだ。

やがて時間が来たらしく、玄関が開いた。

玄関口にはイーノスが立っていて、名簿を手にしている。

イーノスは静かに列に向かって会釈をすると、招待客の名前を次々に読み上げていった。読み上げられた者から順に城の中へと入っていく。

「ルーク家ご一同様」

と呼ばれたのは、五番目であった。

ロベルトは城の中に入って、その壮麗さにまた驚嘆した。

玄関ホールにはコリント式の円柱が並び、上下にアーチが重なっている。梁（はり）や壁の緻密（ちみつ）なレリーフ、古代の戦いをモチーフにしたと思われる力強い天井画も見事なものだ。

ホールにはいくつかのテーブルが並び、手軽な飲み物が置かれていた。銀で出来たワインクーラーも多数、置かれていて、要所要所に背筋を伸ばした給仕たちが立っている。

玄関ホールを過ぎて奥に入ると、今度は広間が現れた。

四方の壁、そして天井に至るまで、フレスコ画で天国の様子が描かれていて、圧巻である。

窓がないため、空間は暗く、装飾灯の明かりが点（とも）っていた。

長いテーブルが用意されていて、平賀とロベルトは、ルーク家の人々とともに給仕に案内された席に座った。

席に座っている人々は、身なり恰好（かっこう）から見て、それなりの地位を持った裕福な人々であることは容易に想像出来た。その数は、およそ四十人ほどで、誰もが互いに知り合いらしく、親しみと淡い緊張の雰囲気が漂っている。

そうやって席に着くこと一時間、ようやくパーティが始まった。

広間にエルトン伯爵とイーノスが入ってくる。

その途端、人々の緊張と興奮はピークに達した。

エルトン伯爵は上座の席の前に立つと、非常に短い挨拶をした。

「皆さん、今宵はパーティに来て下さって有り難うございます。私はこれから暫くこの土地で過ごしますので、よろしくお願いします」

すると大喝采が起こり、人々は小鳥のようにさざめき合って、口々にエルトン伯爵の美貌と、その気高い血筋を賛辞した。

それから茶会が始まった。

給仕たちの手によって、涼やかな芳香のする茶が配られる。

ボーンチャイナの茶器から出る煙は、装飾灯の投げかける光の斑点を縫って、ゆらりゆらりと立ち上っていく。

「閣下はどのくらいこの町に滞在なさるのですか？」

「まだハッキリとは決めていません」

「近々、私の家にご招待してもよろしいでしょうか？」

「その件は、イーノスに相談して下さい」

「ファイロン公爵様はお元気で？」

「はい、父は極めて元気にしております」

人々の矢継ぎ早の質問に、エルトン伯爵は優しげな声で答えている。

シャルロット嬢は、そんなエルトン伯爵を見詰めながら、そわそわしている様子だ。

その日のシャルロット嬢は、白いレース仕立てのドレスを着ていて、まるでスズランの花のように可憐だった。

「あの……閣下……」

シャルロットは小さな声で言った。周りの声にかき消されそうな小ささであったが、エルトン伯爵は素早くシャルロットを振り向いた。

「なんですか？　シャルロット」

「もうすぐ閣下のお誕生日ですわよね。お誕生日のプレゼントをお贈りしてもいいでしょうか？」

「勿論。覚えていてくれてありがとう。シャルロット」

シャルロットは真っ赤な顔をした。

周りの人々はこれに反応して、口々にエルトン伯爵の誕生日を訊ね、自分達もプレゼントをすると言い出した。

エルトン伯爵は困り顔でそれに応じている。

人々との雑談を二時間ばかりした後、エルトン伯爵は休憩にと席を立った。

その頃になると人々の飲み物はシャンパンに変わっていて、夕餉までの自由時間となった。

平賀とロベルトは、珍しい城の中を見て回りながら、ロング・ギャラリーに入った。

びっしりと金箔の貼られた天井の下には、数々の絵画や彫刻が並んでいる。

ロング・ギャラリーとは、長い裾の服を着ていた婦人たちが天候の悪い冬期に、戸外の散歩がわりに行き来した空間として作られたものに始まり、徐々に世界旅行で貴族達が買い集めた美術品の展示場となった空間である。

ロベルトの狙い通り、ホールデングス城のロング・ギャラリーには素晴らしいものが詰まっていた。まだ外に出たことのないヨーロッパ中の名匠たちによる絵画と彫刻の数々である。

ロベルトは一つ一つに感動しながら見入ったが、その中のものにどきりとした。

(これは……)

ロベルトは思わず声に出しそうになった。

そこにあったものは、二枚の肖像画である。

その絵に描かれている貴公子の顔立ちが、エルトン伯爵とそっくりなのだ。そっくりというより、肖像画の青年とエルトン伯爵は同じ原版から焼き増しした写真のように寸分違わず見える。

その一つは、一七二九年にウイリアム・ホガースの描いた肖像画だ。

ウイリアム・ホガースは、イギリス絵画の近代化を進めた創始的存在の画家兼版画家だ。

写実的描写を用い、現実感を顕著に感じさせる場面表現が特徴である。

その絵画の肖像画は、ロード・セバスチャンとマーガレットであった。

ルーク家にあるものよりもずっと精密で、写真ではないかと思うほどだ。

ロード・セバスチャンの瞳（ひとみ）には、やはりウルトラマリンブルーが使われている。

もう一つは、一八八一年にジョン・ウイリアム・ウォーターハウスによって描かれた、時のエルトン伯爵、十七歳の肖像画である。

ジョン・ウイリアム・ウォーターハウスは、英国王立美術院の最高芸術院会員に選ばれた画家で、神話や文学作品に登場する女性を題材にしたことで知られている。造形性、素描力が優れ、詩情にあふれた傑作を沢山描いている。

その肖像画の瞳はやはりウルトラマリンブルーで、髪は銀色に近いプラチナブロンドだ。

両方の画家にとって、この明るい青い目と髪の色が余程、印象的だったに違いない。

百六十年の時を隔てたその二枚の絵の肖像画は異様なほどそっくりであり、そして現在のエルトン伯爵ともうり二つであった。

「これは……こういうものを貴族の血筋というのでしょうか？　本当によく似ていますよね……」

平賀が、瞳を瞬（まばた）きながら肖像画を見ている。

「ああ、怖いぐらいにそっくりだ……」

そこに、こつこつと高い足音が響いてきた。

「同一人物やも知れぬぞ」

二人の後ろでそう言ったのはタリチャアヌ教授であった。

タリチャアヌ教授は、非常に鋭い眼で、しげしげと二つの肖像画を見た。

「我が輩は、エルトン卿を見た時に、閃いたのだ。丘の上に建つドラキュラ伯爵の城とは、このホールデングス城のことで、他ならぬエルトン卿こそは吸血鬼ではないかとな。そしてこの肖像画だ。エルトン卿は吸血鬼か、あるいは吸血鬼にゆかりがあるに違いない」

タリチャアヌ教授は、周りの人々に聞こえないように小さく声を潜めて言った。

「ですが、イザベル婦人が襲われた時には、エルトン伯爵は私達と一緒にいましたよ」

平賀が言った。

「だが、イザベル婦人を襲った吸血鬼は、他の事件の吸血鬼とは違うと言ったのは神父さんじゃないか。吸血鬼は複数いるのだよ」

確かに自分も、ブロア一族と吸血鬼の関係を疑っている。

ぐっと考えたロベルトに、タリチャアヌ教授が言った。

「実は、我が輩は一昨夜、よそ者が町の酒場で飲んでいたのを見つけて、話をしたのだ。そやつはどうやら人足らしくて、エルトン伯爵の城への荷物の運び込みを、良い値段を貰って請け負ったらしい。仔細は絶対に人に漏らすなと多額の口止め料を貰ったと言うから、我が輩が金に糸目をつけずに内容を聞き出した。するとだ。そやつが言うには、まるで気味が悪いことに、ずっしりと重たい黒い棺桶が荷物の中にあったというんだ。その棺桶は大の大人が六人がかりで運んでも重たかったらしい。中に何が入っているのか、随分と不気味だったと言っておった」

「棺桶ですか？　それはいかにも吸血鬼っぽいですね」

平賀が瞳を見張った。

「そうであろう？　ただし、エルトン伯爵の姿は他にあったというから、棺桶に何者が入っていたかは確かではない。ただし、その棺桶は秘密の地下に運ばされたというんだ」

「秘密の地下……」

平賀とロベルトは顔を見合わせた。

「左様、その地下はある部屋の暖炉から降りる通路から入るらしい。取りあえず、我が輩は、人足に出来るだけ詳しい部屋の地図を書かせておる。あとは秘密裏に、この城に忍び込んで探る準備をするだけだ」

「どうするんです？」

「ここまで来たら、どうとでもする。その為にここに来たのだからな」

タリチャアヌ教授はそう言うと、また、こつこつと高い足音を響かせて歩いていった。

「棺桶の中に、私達が見た、あの吸血鬼が眠っていたんでしょうか？」

平賀がロベルトの耳元で囁いた。

「そうだね。大の男が六人がかりで運んだとなれば、空ではなかったはずだ。それに確かにブロア家の在住と吸血鬼事件の時期とは重なっている。秘密の地下のことといい、この城は怪しいね。だが、一つ分からないことは、ニューヨークの吸血鬼事件の犯人が何故、ここにいるかということだよね」

「吸血鬼の集いでもあるとか？」

平賀が首を傾げながら言った。

二人がひそやかに会話しながらロング・ギャラリーから出て行くと、オーク材で出来た、どっしりとした階段の上からエルトン伯爵が現れた。

エルトン伯爵は下に降りてくることはなく、憂うような瞳で、階段の手すりによりかかり、隠者のような静けさで、パーティではしゃぐ人々を眺めていた。

却って(かえって)その目立たぬ姿が、エルトン伯爵の存在そのものを広間一杯に広げているように感じられた。

強い薔薇(ばら)の匂いのような、あるいはきらめく月光のような存在感と、ぞくりと震えがくるような貴族の気高さ。

広間の人々は知らぬふりをしながらも、誰もがエルトン伯爵に意識を向かわせていた。

その姿からは、とても人の血を啜(すす)るような浅ましい怪物の影は感じられない。

こんな高貴な吸血鬼がいるのだろうか？

そう思うのはロベルトだけではなかったようだ。

「まさか……と疑いますよね」

平賀が言った。

やがて晩餐が始まった。エルトン伯爵が席に着く。出てきたのはフランス料理のフルコースである。ロベルトは久しぶりの美食を堪能した。

晩餐が終わると、生オーケストラが現れた。オーケストラがロマンチックな愛の歌を奏でだす。

そうすると人々は隣の別ホールの方へ流れていって、社交ダンスが始まった。

エルトン伯爵は、順番に招いた家庭の子女と踊っていた。

中世の舞踏会のような様子を見ながら、平賀とロベルトは壁際に立っていた。

そうした時間がたっぷり二時間は過ぎただろう。

生オーケストラの演奏が終わったあとも、空気のなかに音楽の余韻が瀰漫していて、人々は現実ばなれした幻想の世界を漂っているかのようだった。

女も男も、瞳を潤ませ、そわそわしたようすで色めき立っているのが分かった。

平賀やロベルトが普段見ることのない男女の目配せや、やりとりが、そこかしこに見られるのだった。

エルトン伯爵の様子を追っていると、人々に囲まれていたが、バルコニーに一人ぽつりと立っているシャルロット嬢に気づくと、周囲に会釈して輪を抜け出し、シャルロットの方へ歩いていく。

そしてシャルロットに声をかけると、二人は隣同士並んで、話をしている風情であった。

＊　＊　＊

「シャルロット」

エルトン伯爵がバルコニーに佇むシャルロットを呼ぶと、シャルロットは振り返り、ドレスの裾をつまんでお辞儀した。

「閣下、お呼びですか？」

「他人行儀はよしましょう。シャルロット、久しぶりに会えたのに、人前なのでろくに話もできなかったけれど、元気でしたか？」

「ええ、ええ、私は元気ですわ。閣下こそどうなさっていたんですの？」

「相変わらずです。体が弱いので、進学もせず、ほとんど城の中で過ごしていました。本当に私は一族の出来損ないなのです」

エルトン伯爵が瞳を伏せると、シャルロットは祈禱するかのような瞳で彼を見た。

「決してそんなことはありませんわ。閣下がとても聡明で、お優しい方であることを、私は知っていますもの」

「優しい？　私が？」

「ええ、誰よりも……。閣下はとても思いやりのある紳士ですわ」

「シャルロット、もし私が優しくもなく、思いやりもない人間なのだとしたら？」

「何故、そんなことを仰る(おっしゃ)の？　閣下はそんな方ではありませんわ」

「でも、もしそうだとしたら、貴方(あなた)は私をどう思うでしょう？」

「そうだとしても閣下は、私にとって大切な方です。この命ほどに」

「もしも……私が、救われないような病にかかっていたとしても？」

「病気？　閣下はご病気でいらっしゃるの？」

シャルロットの瞳(ひとみ)がみるみる潤んだ。

「大変なご病気なら、私が神様に祈ります。出来るなら、私が閣下の病気を代わりますと、それが叶(かな)わないなら、閣下と同じ病気にして下さいと」

「シャルロット、そんなことを言ってはいけない」

「私の本当の心です」

二人は見つめ合った。寄せては返すような感情の波が二人の間に流れる。

まだアダルバードや、ブロア家に引き継がれている棺桶の存在も知らず、無邪気に二人で遊んでいた頃に帰れるものなら帰りたい。

エルトン伯爵は、ひたむきに彼を見詰めるシャルロットの髪を、そっと撫(な)でた。

それが彼に出来る最大限の愛情表現だった。

自分の呪われた運命からも立場からも、シャルロットを遠ざけなければならない。

エルトン伯爵はそう思っていた。

その時だ。夜風に紛れてアダルバードの声が聞こえてきた。

エルトン。エルトン。

それは真の愛情か？　それともその娘の血が欲しいのか？

試してみないか？

どくん、どくん、と心臓が肋骨を突き破りそうに脈打った。

エルトン伯爵の眼は、たちまちシャルロットの白い首筋に浮き上がる血管へと惹きつけられた。

血の匂いがそこから漂ってくる。

甘く清らかな血の香りだ。

ぞくり。エルトン伯爵の背筋が震えた。

夜風に運ばれてきたファイロン・レッドの花弁が、はらり、はらりとシャルロットの髪に、肩に、首筋にかかる。

鮮烈なその赤色に心が惹きつけられる。

シャルロットの首筋から血が脈打つ音が聞こえてくる。

喉が渇く。

気が遠くなりそうだ。

「閣下、どうなさったの？　顔色がお悪いですわ」

シャルロットの声に、エルトン伯爵は失せそうになった意識を取り戻した。

「大丈夫、シャルロット。少し眩暈がしただけです。具合が悪いので、私はこれで……」

エルトン伯爵は足早にシャルロットの元を去ると、階段を駆け上がり、自室に入った。

しばらくすると、ドアをノックする音が聞こえた。

「エルトン様。イーノスです。どういたしました？」

「少し気分が悪くなっただけだ。暫くすれば治ると思う」

「左様ですか。もうすぐパーティが終わります。終わりの挨拶まで二十分ほどです」

「分かった。行くから大丈夫だ」

エルトン伯爵はシーツを抱きしめ、息を整えながら答えた。

3

お伽噺の世界のようなパーティが終わって、平賀とロベルトがルーク家に戻ったのは十時を過ぎた頃だった。

平賀とロベルトとタリチャアヌ教授が馬車を降りて玄関に行くと、執事のトーマスが、酔ってご機嫌になっているチャールズに険しい顔で報告した。

「チャールズ様、また町で吸血鬼騒ぎがあったようです」

「まただと？　今度は誰がやられたんだ？」

チャールズは嫌気顔で訊ねた。

「バニーです。バニー・サクソンです」

「バニー・サクソンというと……ああ……あのアリーと一緒になったよそ者か……」

「事件が続いておりますので、さすがに町の者も不安がっているようです。町長として何かなさいませんと……」

「何かか……何をすればいいと思う？」

「そうですね、例えば町を挙げての清めの儀式ですとか……」

「うむ。それはいい案だ。早速、明日にでも町会の顔役達と一緒に教会に出向いて、ベンジャミン牧師に相談してみよう」

チャールズは軽く言った。

「あの、タクシーを手配してもらえませんか？」

そう言ったのは平賀だった。

「こんな遅くから何処にいかれるのです？」

トーマスが訊ねた。

「バニー・サクソンの家です。事件現場を見たいのです」

トーマスはやや呆れ顔で、「やれやれまたですか。ではタクシーを手配しますが、十二時を過ぎると皆、寝てしまいますから、その前に帰ってきて下さい」と、言った。

トーマスがタクシーを呼び、平賀とロベルトが乗り込むと、タリチャアヌ教授も中に入ってきた。

「我が輩も同乗してよいかな？」

「ええ、どうぞ」

ロベルトは答えた。

タクシーは二十分ほどでバニー・サクソンの家の前についた。

数人の人々が恐々とした顔つきで、家の中を覗き込んでいる。

家の中からは、微かにラテン語で聖書の朗読が聞こえてきた。

タリチャアヌ教授は家の前にたむろしていた人々をかきわけ、ずかずかと中へと入っていく。

平賀とロベルトは顔を見合わせ、その後に続いた。

小さなリビングの椅子に座って、顔に痣のある女性が、体を硬くして震えていた。

恐らくはそれがアリーだった。

見ると、リビングの床は惨たらしいほど血塗れである。

余程の流血があった様子だ。

聖書を朗読する声の方へと歩いていくと、ベッドに寝かされたバニーと、その傍らで聖書を朗読するベンジャミン牧師、そして警官らしい男が一人立っていた。

バニーの屍体の様子は酷かった。顔といわず、首といわず、体中に無数の噛み傷がある。

ところどころ、肉が食いちぎられてもいる。

それはまるで大勢の獣に襲われた痕のようだった。

部屋に入ってきた平賀たちを見ると、ベンジャミン牧師は聖書の朗読を止めた。

「また貴方達ですか、こそこそと探るのは勝手ですが、祈禱の邪魔をしないでいただきたい」

「すみません。そんなつもりはないんです。ご祈禱が終わるまで別室で待っていますから、気分を害さないで下さい」

ロベルトは柔らかく言うと、リビングへと向かった。

平賀はそれに続き、タリチャアヌ教授はその場に立ったままだ。

ロベルトは震えているアリーの側へ行くと、そうっとその肩を抱いた。

アリーはびくりとしたが、ロベルトを見上げると、その瞳から涙をぽろぽろと流した。

「大丈夫ですか？」

「ええ」

アリーはしゃくり上げながら頷いた。

「何があったんです？」

「分かりません。私は彼のお酒を買いにいってたから……お酒を買って帰ってきたら、彼が血まみれで倒れていて……床も血だらけで……」

「誰かの姿は見ましたか？」

「いいえ、誰の姿も見ませんでした。私もうなんだか訳が分からなくって、警察に連絡したんです」

「それは怖い思いをなさいましたね。けど、もう安心ですよ」

ふと見ると、平賀が床にある流血を綿棒で採取している。

そして床に広がる流血のあとを、じっと見詰めていた。

現場の様子を、その脳内に記録しているようすだ。

ロベルトは平賀の側に行って、小声で訊ねた。

「何か分かるかい？」

すると平賀は、床の血だまりの酷い一ヵ所を指さした。

「犯人は、バニーをあそこで襲い、激しく抵抗するバニーの動脈に何度も嚙みつきました。そして出血によって意識の朦朧としている彼を部屋中引きずり回して、尚も嚙みついているみたいです。血飛沫の形から、最初は右回りに部屋を半周する形で引きずっていき、そこで多数箇所、嚙みつき、次に逆回りに引きずり、また嚙みつき、出血量からすると、その辺りでバニーは息絶えたはずです。ですが……こんな殺し方は、前の四件の吸血鬼事件とかなり違いますね。肉を食いちぎっているのも今までとは違うし、獰猛でスマートさがありません」

平賀は鋭い眼で言った。彼の中で、理論的な鋭い神経が針のように光って尖っているのが分かる。

「また新たな吸血鬼の登場やも知れぬな」

そこに入ってきたタリチャアヌ教授が言った。

「新たな吸血鬼ですか……」

ロベルトが言うと、タリチャアヌ教授は、うむと頷いた。

「今度の犯人はかなり動物的で下等なものと見える。上等な吸血鬼はこのようなぶざまな殺し方はしないだろう」

タリチャアヌ教授はそう断じて、血塗れの床を見回した。

そこに、「教授、教授」と、呼ぶ声が聞こえた。

外から中を覗き込んでいる人々の間に、カリンがいる。

「おお、カリン。入って来なさい」

タリチャアヌ教授がカリンを呼んだ。カリンはのっそりと近づいてくると、部屋の中を見回した。

「吸血鬼が出たとか？」

「そうだこの通りだ。見回りをしていたお前は何か見たか？」

カリンはしばしばと目を瞬いた。

「見たと言えば、狼の群れぐらいです」

タリチャアヌ教授の目が光った。

「ほうっ。狼の群れ？　何処で、何匹ぐらいだった？」

「見たのは町中ですよ。町中の裏通りを十匹くらいの狼が走っていきました。先頭を走っていた狼が一際体が大きくて真っ黒だったのを覚えています」

カリンの声が聞こえたのか、外にいた男が声を上げた。

「その狼の群れなら俺も見たことがある。以前はそんな狼の群れなんて見たことがなかったんだ。考えてみれば吸血鬼が出始めてからじゃないかな」

「そういやあ、山の麓(ふもと)の畜産場で、最近、狼の被害が多いってきいたぞ」

違う誰かが言った。

ロベルトは、ドリーンの父親のベンが、吸血鬼が狼に変じたと証言していたことを思い出した。

「もしその狼どもが、吸血鬼が変身したものだとしたら、やはり複数いるということになるな」

タリチャアヌ教授は腕組みをしながら言った。

暫(しばら)くするとベンジャミン牧師が、警官を伴って現れた。

「屍体の清めはすみました。明日、墓地の方へ移動させます」

ベンジャミン牧師はアリーに言った。アリーは黙って頷いた。それからベンジャミン牧師と警官は呆気(あっけ)なく帰ってしまった。

アリーは、デスマスクのように魂を持たない虚脱した顔をしている。

「ご主人の屍体を見ても良いですか？」

ロベルトがアリーに訊(たず)ねると、彼女は力なく頷いた。

四人はバニーが横たえられている寝室へと移動した。

バニーの枕元には十字架と大蒜（にんにく）と茨（いばら）が置かれている。シーツをめくると、清めの香油を塗られた全裸の体は、まだてらてらと光っていた。

まず平賀がしたことは、バニーの口元に鼻を近づけ、匂いを嗅（か）ぐことだった。

「吸血鬼の匂いはしませんね……」

平賀は一言言った。

ロベルトはデジカメでバニーの屍体をつぶさに撮影した。

噛み傷は少なくとも四十二カ所あった。その内、十カ所は肉が食いちぎられている。

平賀はメジャーで傷口を測っていた。

「やっぱり違いますね。少なくともドリーンを襲った吸血鬼と、イザベルを襲った吸血鬼とバニーを襲った吸血鬼は別物です。歯形の角度も犬歯の幅も、大きさも違います。この吸血鬼は、サイズがかなり大きいです」

「ほらな、やっぱりだ」

タリチャアヌ教授が胸を張っていった。

「しかし、バニーはかなり大柄で、強靭（きょうじん）そうな男なのに、こうも呆気なくやられてしまうとは、吸血鬼は余程、強いということなんだろうね」

ロベルトが呟（つぶや）くと、「怪力無双だ」と、タリチャアヌ教授が言った。

「そもそも吸血鬼は人間を餌としているのだから、どんな人間より強くなければ話にならんだろう。吸血鬼と人間は、いわばライオンとシマウマの関係だ。それに吸血鬼は怪力無双なだけではない。何百年もの間につちかった老練な知恵を持っている。人間が対抗するには、相当の準備と覚悟が必要だ」

「なる程……」

ロベルトは改めてボロボロになったバニーの屍体を見詰めた。

不思議なことに体中が噛み傷だらけなのに、顔だけは綺麗で傷がなかった。

その顔を眺めるうちに、もやもやと何かが頭に浮かんできそうになる。

何だろう……。

ロベルトは、ぐっとバニーの顔に意識を集中してみたが、何がひっかかったのか分からなかった。

第八章　蘇った乙女　Reborn virgin

1

平賀がビデオテープで再び吸血鬼の現れた現場を確認していると、誰かがドアをノックした。

「入ってもよろしいでしょうか？　神父様に速達の小包が届きました」

「どうぞ、入って下さい」

平賀は答えて、立ち上がった。

ドアを開き、召使いが入ってきた。両手に小包を持っている。

平賀は小包を受け取ると、召使いに礼を言った。召使いは頭を下げ、すっと去っていった。

小包の発送者はローレンだった。

分析を依頼していた結果が出たのだろう。

これで何か吸血鬼のことが分かるかも知れない。

平賀は、わくわくしながら小包を開いた。

ロベルトも側に来た。

まずは一通の手紙があった。

「平賀へ

端的に結論から言おう。

君が送ってくれた煤と、サンプルにあったA、Bの血液から同じ成分が検出された。成分表も同封するが、私の見解としては以下の成分だと思う。

アヘン・マンダラケ・ヒヨス・ドクニンジンの混合物。

また、君から受け取った黒い髪の毛からのDNA採取は出来なかったので、年代測定の結果だけを言う。

髪の毛は少なくとも二百年以上前のものである。

これらの結果から、吸血鬼の被害に君たちが遭った時のことを考えて、アドレナリンと注射器、そしてコンパクトタイプの心臓マッサージ器を同封する」

手紙に書いてあるとおり、小包の中にはアドレナリンの小瓶と、注射器、そしてローレンが作ったであろう小型心臓マッサージ器が入っていた。

「アヘン・マンダラケ・ヒヨス・ドクニンジン……」

平賀とロベルトは顔を見合わせた。

「古い時代の麻酔薬だ」

「中世の麻酔薬ですね」

二人は同時に言った。

そう、これらの成分は、中世ヨーロッパで広く用いられていた麻酔薬の成分であった。九世紀から十五世紀までは、医学テキストにも出てくる。

多くの使い方としては、これらの成分を混ぜ合わせてスポンジに浸し、乾かしておく、そして麻酔が必要な時にしめらせて患者の口にあてがうのである。

これをされると患者は感覚や意識を失い、手術が容易になったのだ。

「これで一つ、吸血鬼の力の謎が判明しましたね。吸血鬼が人を金縛りにするのは、魔力ではなく、麻酔薬の力だったんです。吸血鬼の残していく匂いとは、この麻酔薬の匂いだったんですよ」

「なる程、マンダラケやヒヨスやドクニンジンは、アルカロイド系の幻覚剤でもあるから、調合の調子や、それを摂取する人間の体質や年齢、体力などによっては、幻覚を見たり、仮死状態になったり、時には本当に心肺停止になることだってある。どうりで郷土史の中で吸血鬼に噛まれて墓場から蘇ったとされるものが体力のある男に多いはずだ」

「吸血鬼に噛まれると、非常な快感を得られるという言い伝えも、幻覚剤がもたらす浮遊感や多幸感の為ではないでしょうか？」

「窓辺についていた煤の意味は？」

平賀は暫く考えた。

「吸血鬼の映画やなんかで、吸血鬼が霧になって、窓の隙間や鍵穴から忍び込むという場面があるでしょう？　もしかすると、これらの麻酔薬の成分を固形化させて、燃やしたんじゃないでしょうか？　煙として吸いこんでも、十分、効果があると思います。そうすると、怪しい煙が部屋に入り込んできて、体の自由を奪われ、気づくと吸血鬼が立っている。そういう体験になると思います」

「では、イーディ・ムーアは？」

「仮死状態だったのです。彼女は若くて体力があったから、蘇ったんでしょう」

「医師のアーロンがいたのに、仮死と死の見分けがつかなかったというわけかい？」

「どれぐらいの状況の仮死状態だったかによりますが、血圧が五十以下で、脈拍が十回／分以下になったのでしょう。そうすると、頸動脈に触れても、脈が取れず、『死んだ』と判断されてもおかしくはありません」

「なんてことだ。じゃあ、やはりイーディ・ムーアは仮死からやっと意識を取り戻したところを、父親たちの手によって殺されてしまったというわけなのか……」

「残念ですが、そう考えた方が妥当でしょう」

「彼女が蘇った間際に、奇怪な言葉を発したのは？」

「長い仮死状態が続くと、酸素が脳に行き渡らず、脳が深刻なダメージを受けることがあります。記憶喪失が起こったり、脳の一部が破損したりして、異常行動をとることも考えられるんです。イーディ・ムーアの場合、言語野に支障をきたしたのではないでしょうか？　目覚めて、父親たちの顔を見て、何かを喋ろうとしたけれど、無意味な音にしかならなかったのでは？」

「では、蘇った時の彼女の目が、赤く光っていたのは？」

「強い幻覚剤の影響で、瞳孔が開いていて、それが松明の光を反射して赤く光ったのだと思います」

「なんてことだ……。とても真実を告げることができない話だね。でも、それで郷土史にある墓場から蘇った屍者が取る不可思議な行動の訳も説明できるよ。きっと彼らは、朦朧とした頭で、自分の記憶を辿って知っている場所に行き、頭に浮かぶ名前を呼んだのだろうけど、自分の状況を説明もできず、獣のように行動するのがせいぜいで、人々に恐れられ、吸血鬼として退治されてしまったんだ」

「はい。ドリーンやハート牧師の場合は、体が小さすぎたり、老齢すぎたりして、麻酔薬が過剰に効き本当の心肺停止になってしまったんでしょう。でもそれだと、イーディ・ムーアが夜な夜なデービッドの枕元に立って彼の生気を吸ったという話はなんなんでしょう？」

平賀は首を傾げた。

「それは特に不思議なことではないよ。迷信深い者は、よく亡霊を見るんだ。昔の記録を読んでいると、そういうことが顕著に分かる。科学万能と言われる以前の人々は、現代人に比べて頻繁に亡霊を見ている。知り合いが死ぬと、亡霊が出るのではないかと不安になり、眠りの中で彼らの声を聞いたり姿を見たりするんだ。特にデービッドは、イーディの首を切り落とした本人だ。心の中にトラウマを抱えている。それに、察するにデービッドはイーディに恋心を抱いていた様子だ。彼女の夢を続けてみたとしても不思議ではないし、彼の中でイーディが吸血鬼になったと理解されているなら、首筋から生気を吸われていると感じて、無意識にかきむしったり、あるいは暗示でかぶれたりしたのかもだ」

「そうか、そうですね。極度のストレスから入眠幻覚症状を引き起こしていたのかもしれません。入眠幻覚は、ナルコレプシーの人によく見られる症状ですが、一般の人でもストレスや不規則な睡眠が続くことによって誘発されます。症状としては、眠りに落ちる時、まるで現実に体験しているかのような、非常に鮮明で生々しい夢を見ます。例えば、『玄関や窓から何者かが忍び込んできて、自分に襲いかかってくる』とか、『魔物など気味の悪いものが体にのしかかってくる』といったものが多いんです。夜中、幽霊に襲われたというような体験の多くは、これらの症状からくるものだと考えられます。入眠幻覚の夢は、現実の区別がつきにくく、それを現実だと感じる人が多いのです。それにこうした幻覚は、あまりにもリアルで目が覚めた後もはっきりと覚えているのが特徴です。ですから、夢とレム睡眠時に起こります。レム睡眠では、脳は動いて夢は見るのですが、脳からの指令が筋肉に伝わらないため、体を動かすことができず、結果的に『金縛り』体験をするのです。デービッドの話はこの症状だとすると納得できます。私ですら、ここに来て、よく吸血鬼の夢を見て、金縛りになるぐらいだから、不思議ではありませんね」

「そのことは少し心配だよ」

ロベルトは深刻な顔で溜息を吐いた。

「しかし、吸血鬼の金縛りが、麻酔薬の力だったとしても、獣に変身したり、壁をヤモリのように上ったり、雷を呼び寄せたりする力については、まだ説明不可能だね」

「そうですね。それに髪の毛が二百年以上前のものだという結果も不気味です」

「ああ、確かに……。郷土史を見ても、黒髪と黒服の吸血鬼が、この町が出来た十七世紀から出現していたことは事実だしね。それらは全て、迷信から出たような曖昧な記述じゃあなかった。確かな事実なんだ」

「古文書を読み込んできた貴方がそういうなら、私も事実だと思います。少なくとも、同じ手口で吸血行為を続けている何者かが、三百年以上前から、この町には存在しているわけですね」

平賀がそう言った時、ロベルトのパソコンがメールの受信音を発した。

ロベルトがパソコンを開き、中を読んでいる。

「良かった。目当てのものが見つかったようだ」

ロベルトが嬉しそうに言った。

「目当てのもの？」

「ああ、『屍王学』という本さ。稀覯本屋のグラン・ミッチェルのつてで、ロンドンにある稀覯本専門店が持っていることが分かったんだ。先方は売ってもいいと言ってくれているらしい」

「『屍王学』ですか？」

「ああ、僕の直感があたっていれば、その本の中に、この地の吸血鬼伝説に関する秘密が隠されているはずだ」

「ロンドンに行くんですか？」

「そういうことになるね。連絡を取って予定を合わせるよ」

そういうとロベルトは、キーボードを叩き始めた。

そうして暫くすると、返事があったようだ。

「明日の午後八時に会うことになったよ」

ロベルトは酷く嬉しそうに言った。

＊　＊　＊

その夜、デービッドを含む荒くれ者の青年達は、バーでしたたか飲んだ後、ユージンから得た教会の情報をもとに、吸血鬼に挑む用意をしていた。

その数は十四人だ。

彼らはまず、互いの胸に十字架の入れ墨を刻み込んだ。そして小さな袋に、大蒜、唐辛子、茨を入れて、腰に下げた。そして十字架を首から下げ、吸血鬼に対抗する武器として斧を持った。

その斧の柄に、吸血鬼が忌むとされるラテン語を刻み込んだ彼らだが、誰もその意味を知るものはなかった。

だが、酒の勢いもあって、それで無敵になった気分の彼らは気勢を上げて、夜の町へと繰り出した。

「どうする？」

と青年の誰かが言うと、リーダーのブレッドが言った。

「二人一組みになって、見回りをする。くじで、担当の場所を決めようぜ」

皆はそれに同意した。誰と組みになるかはブレッドが決め、それから彼らはくじを引いた。

デービッドが組む相手はアンガスという青年だった。筋肉質で、体が大きく、力持ちで知られている恐れ知らずな性格の青年で、組む相手としては頼もしい。

くじの結果は、サンダーマウンテンの邸宅付近となった。

彼らはそれぞれ松明を手にして、夜の闇の中、担当の場所へと散っていった。

その日は霧が濃く、松明の明かりで出来た自分の影が、もののけのように、長く巨大に霧の中に映り込んでいる。

首にまといついてくる夜風が冷たくて、デービッドは、ぶるりと震えた。

目的地に着く道々、アンガスがデービッドに問いかけた。

「噂じゃあ、お前、イーディの吸血鬼を見たそうじゃないか」

デービッドは驚いた。誰にもそのことは秘密にしていたはずだったからだ。

「何で、そんなこと知ってるんだ？」

「なんでって、お前が酒場で酔って喋ってたって言ってたぞ」

「そうか……」

デービッドはうつむいた。確かにあの時期は酷く荒れていたから、毎夜、意識がなくなるほど酔っぱらっていた。その時に誰かに喋ったとしてもおかしくはない。

「で、どうだった、イーディは吸血鬼になっても、いい女だったか？」

アンガスがにやにやしながら言った。

「ああ、ぞっとするぐらいな」

デービッドは答えた。

「町のいい女を吸血鬼に寝取られるなんて腹の立つ話だぜ。吸血鬼の奴を見つけたら、この斧で、頭をかち割ってやる」

アンガスは、ぺっと地面に唾を吐き捨てると、手にした斧を構えて振った。

「吸血鬼に出くわしたらどうする？　作戦をたてとかないと……」

デービッドが言うと、アンガスは鼻息を荒くしながら言った。

「作戦もなにも、二人で同時に斧で斬りかかるのが一番だろう」

「そっ……そうだな」

デービッドはごくりと唾を呑んだ。

ちらりとあの夜、イーディの窓辺から現れた吸血鬼の姿が脳裏を過ぎる。

奴がイーディを、決して手の届かぬところへと奪い去ったのだ。

デービッドの胸中に、憎しみの焔がめらめらと燃え上がった。

そうこうしながら、二人はサンダーマウンテンの麓にある豪奢な住宅街へと着いた。

「へへっ。この辺りで吸血鬼をやっつけたとなったら、金持ち連中から金一封くらい出るかも知れないぞ」

「おいらの手で、吸血鬼をしとめたい。他の連中にやられたら残念だ」

デービッドは斧を持つ手に、きゅっと力を入れた。

およそ時間は、真夜中の二時を回っていて、辺りは気味が悪いほどの静寂に包まれていたが、そんな折り、ごろごろごろごろ、と不気味な雷の音のようなものが遠くで聞こえた。

「今の音、聞いたか？」

「ああ、聞いた」

二人の青年は耳を欹てた。デービッドは辺りを見回したが、怪しい影は無かった。

それから暫く、二人は歩き回った。

「今日はでないのかな……」

アンガスが不服そうに言う。

「まだ分からないぞ」

デービッドは四方八方を警戒しながら言った。

それから暫くしてだった。突然、遠吠えが聞こえた。

程遠くない場所だ。

一声、悲壮な遠吠えがしたかと思うと、次の瞬間には何重にもなって、遠吠えが聞こえていた。デービッドには、吸血鬼がその辺りで息づいている予感があった。

「奴が近くにいるような気がする」

「本当か？」

「ああ」

そうして、少し歩を遅くした二人の前から、人影が現れた。

黒い髪、そして黒いマスク。黒ずくめの服にマント。

見間違いようもない。吸血鬼だ。

「あいつだ！」

デービッドは叫んだ。

「いくぞ！」

アンガスが言った。

二人の青年は斧を振り上げて、大声を上げながら、吸血鬼に斬りかかった。

これで、ざっくりと吸血鬼の頭に斧が突き刺さる。

そうデービッドが思った瞬間だった。吸血鬼の腕が自分の手を受け止めた。

なんという握力。なんという怪力だろう。

腕がぴくりとも動かない。それどころか握りつぶされそうな痛みで、斧を落としそうだ。

アンガスはと見ると、彼も全く同じ状態で、真っ赤な顔をして呻いている。

腕に激痛が走った次の瞬間、デービッドは弾き飛ばされた。

地面に転がり、這いずったデービッドの目に映ったのは、同じく地面にうずくまっているアンガスに、数匹の狼が勢いよく襲いかかる光景であった。

狼たちはうなり声を上げ、アンガスの喉笛や腕に容赦なく噛みつき、アンガスは悶絶の悲鳴を上げている。

デービッドは何とか反撃しようと、目の前に落とした斧に右手を伸ばしたが、その途端、右腕が肘からぶらぶらとして力が入らないことに気がついた。

恐らく骨が折れたかどうかしたのだろう。

だが、何か頭の心が麻痺したみたいで、痛みは感じなかった。

デービッドは左手で斧を持ち、悠然と立っている吸血鬼に向かって突進した。

だが、それはまるで虚しい反撃だった。

吸血鬼はデービッドが振り回す斧を、するりと躱したかと思うと、再びデービッドを突き飛ばした。

胸を突かれた時、ぐりっという厭な音がして、デービッドは血反吐を吐いた。

そして地面にぐったりと倒れ込んだ。

体が動かない。

虚ろな目の中に映ったアンガスは、血塗れでもはや悲鳴すら上げていなかった。

吸血鬼の足音が、静かに自分の方へと近づいてくる。

吸血鬼は地面にうずくまっているデービッドに、かがみ込んで顔を近づけた。

そしてデービッドの吐いた血の匂いを嗅いでいるようだ。

噛まれるのか？

と、思ったが、吸血鬼はまるで価値の無いもののように血から顔を背け、再び立ち上がった。

そしてデービッドの脇を呆気なく通り過ぎていく。


あっはっはっはっはっはっ！


彼を嘲笑う声が聞こえたような気がした。それはイーディの声だった。

「イーディ、なんでおいらを笑うんだ？」

デービッドは掠れた声を上げた。

私は彼の女よ。彼にかなうとでも思ったの？　馬鹿な男ね。

ふいっと暗闇の中に、赤いドレスを着たイーディの姿が浮かんだ気がした。

「イーディ。そんなこと言わないでくれよ」

涙ぐんだデービッドの側には、アンガスの肉を味わい尽くした狼たちが、迫っていた。

一匹がデービッドの喉笛に噛みついたかと思うと、その喉笛を食いちぎり、真っ赤な血飛沫を迸らせた。そして、狼たちは二匹、三匹と既に物言わぬデービッドに襲いかかっていったのだった。

2

朝、突然、大きな悲鳴が響き渡った。

平賀とロベルトは何事かと立ち上がり、ドアを開けた。

召使いや執事のトーマスが、ばたばたと駆け回り、主のチャールズとフランチェスカ婦人が顔色を変えて二人の前を通り過ぎた。

何か大変なことが起こったようだ。

タリチャアヌ教授とカリンも訝しそうに顔を覗かせている。

平賀とロベルトは顔を見合わせ、人々の後を追った。

一つの部屋の前に皆は集まっていた。

皆、首を縮めて怯えているように見える。

「何があったんです？」

ロベルトの問いに、一人の召使いが震える声で、「吸血鬼が……」と答えて、部屋の中を指さした。

開いている窓が見えた。強い風が部屋の中に吹き荒れ、部屋中のものが、風にたなびいているかのように見えた。まるで小さな嵐がこの部屋の中にだけ巻き起こったかのようだ。チャールズとフランチェスカ婦人が、ベッドの両脇に立ち、蒼白の面持ちでむせび泣いていた。

ベッドに横たわっているのは、シャルロット嬢であった。

蒼い、蒼い顔で、長い首筋を傾げ、屍体のように動かない。

その首筋には、はっきりと牙の痕があり、血の滴りが首からシーツの上へと続いていた。

「うむ、吸血鬼が忍び込んだか……」

ゆっくりと後ろからやって来たタリチャアヌ教授が言った。

「何故だ！　大蒜も十字架も鏡も、窓にかけていたのに！　それに昨日は、ベンジャミン牧師に屋敷の清めもしてもらったというのに！」

チャールズが振り絞るような声で叫んだ。

「おお、シャルロット！　目を開けて頂戴！」

　フランチェスカ婦人が、シャルロット嬢の肩を揺さぶった。

「平賀、シャルロット嬢は死んでいると思うかい？」

　ロベルトはイタリア語で平賀に言った。

「分かりませんが、シャルロット嬢が十分に健康体ならば、生きている可能性があります」

　平賀もイタリア語で答えた。

「かけてみるしかないな」

「どうするんです？」

「蘇生術を施すのさ。ただ、もう事を最初から説明しても、彼らには理解できないだろうから、二人で悪魔祓いをすることにするよ。第一、イーディ・ムーアの事件の真相が分かったら、悪意のない人々が罪に問われてしまうしね」

「ええ、分かりました。私は、蘇生に必要な道具を持ってきます」

　平賀は素早く動いた。

　ロベルトはチャールズの元に歩み寄った。

「余計なお世話かも知れませんが、シャルロット嬢を救う方法があります」

　ロベルトの言葉にチャールズが振り返った。

「どっ、どんな方法です？」

「我々バチカンには、悪魔祓いの特殊な方法がありまして、その中に吸血鬼に襲われた者の魂を清めて、この世に呼び戻す方法もあるのです」

「本当ですか？」

「ええ、それを行いたいのですが、異宗派ですので、許可していただきたいのです」

　チャールズは少し戸惑った様子であったが、フランチェスカ婦人が言った。

「シャルロットを助けて下さい。どんな方法でも構いませんわ」

「お前……」

「貴方、だってそうでしょう？　牧師様には吸血鬼に対抗するような力がないことは明らかですわ。こうなったら、神父様におすがりするしかありません。もしシャルロットが助かったら、カソリックになることも辞しません」

　フランチェスカ婦人は必死の眼で言った。

「そっ、そうだな。お願いします、ロベルト神父」

「分かりました。しかし別にカソリックになることを強要はしませんから」

　そう言っている間に、平賀が戻ってきた。

　片手に鞄を持っている。首には紫色のストラをかけていた。

　平賀はロベルトに歩み寄って、彼の首にもストラをかけた。

「準備は出来ています」

　平賀の言葉にロベルトは頷き、チャールズやフランチェスカ婦人、そして部屋の中を覗いている召使いたちに告げた。

「今から、魂の救済の祈りを捧げます。吸血鬼からもたらされた汚れを取り除き、魂をこの世に呼び戻す祈りです。大変、神経を集中させねばならない祈りなので、密室で行わなければなりません。みなさんは出て行って下さい。ご主人も、ご婦人も同様です」

「分かりました」

チャールズはそう言うと、婦人の肩を抱き、部屋から出た。召使いたちも、トーマスも後ずさった。

「タリチャアヌ教授、貴方も出て行って下さい」

部屋の中でまだじっとしているタリチャアヌ教授とカリンをロベルトはドアの向こうへと押しやった。

そしてまず開いている窓を閉めた。

平賀が鞄の中から聖水を取り出し、辺りに振りまく。

ロベルトは振り香炉を取り出すと、本当は何が始まるか知りたくて堪らないという顔をしたタリチャアヌ教授の鼻先でドアを閉めた。

それから二人は、大声でラテン語の祈りを唱えて、シャルロット嬢の様子を見た。

平賀が、彼女の唇の匂いを嗅ぐ。甘く、油っぽい匂いがした。

「やっぱり麻酔薬です」

「仮死ならいいが……」

平賀が神妙な顔で脈を取り、心臓の場所に耳を当てる。

ロベルトは息を殺した。

かなりして平賀の表情がぴくりと動いた。

「微かですが、心音のようなものが聞こえました」

「では、蘇生術を施そう。僕は医学のことはよく分からない。君に任せてもいいかい？」

「ええ、大丈夫です」

そう言うと、平賀は鞄の中から、アドレナリンの小瓶と注射器、そして心臓マッサージ器を取りだした。

「僕はその間、祈っている振りを取り繕って、時間を稼いでおくよ」

ロベルトはそう言って、まず香炉に火をつけ、それを振った。

乳香の甘い香りが漂った。

平賀は注射器でアドレナリンを吸い取ると、シャルロット嬢の寝間着の胸をはだけた。

そして、心臓の位置を確認し、注射針を刺し込んで心注を行った。

そしていよいよ心臓マッサージ器をシャルロット嬢の胸に押し当てる。

ロベルトは部屋の外にいる人々に良く聞こえるように、英語で即興の吸血鬼祓いの言葉を考えた。

いかにもそれらしく、シャルロットが吸血鬼の汚れから清められたと感じられる呪文でなくてはならない。長年、様々な祈禱の言葉を古文書で読んできたロベルトにとって、それはさして難しいことではなかった。

ロベルトは朗々とした声で祈りの言葉を唱えた。

いと高きお方がお前に命ずる
汚れた霊を清める力を持つお方がお前に言う
吸血鬼よお前は、
死んで生まれた息子よ
飢えた雄狼よ蝙蝠よ
魔女と血を交えたものよ
吸血女よお前は、
死んで生まれた娘よ
飢えた雌狼よ蝙蝠よ
悪魔と血を交えたものよ
さあ、去れ
この場から引き下がれ
キリストたるお方に負けた山羊（やぎ）のひづめの後を追って彼方（かなた）へと
深き海の底、地の底にある悪（あ）しきものが閉じこめられし場所へと
清らかな乙女が髪を編まない場所へと
銀の斧（おの）が音も立てずに落ち、

司祭が聖書を読まないところへと去れ

むこうへ行け
遥かかなたへと行って眠れ、
シャルロット・ルークの魂から手を引け
この魂は神のものである
神が地上に残してくれた
空からの授かり物のごとく
シャルロット・ルークよ、混じりけのない純銀のように、
魔をはじき、
清らかに
光り輝け
主、イエス・キリストの御名のもとにおいて
アーメン

それから同じ言葉をラテン語でも唱えた。

三度同じ呪文を唱えた時、シャルロットの体が大きく痙攣し、ひーっと息を吸いこむ音が聞こえた。そして彼女は軋んだ手押しポンプのような音を立てて呼吸し始めた。

シャルロット嬢の瞳が大きく見開かれる。

まだその瞳は朦朧としていた。

「大丈夫ですか？」

平賀の問いに、シャルロット嬢は微かに頷いた。

ロベルトは素早く、アドレナリンや心臓マッサージ器を鞄にしまうと、シャルロット嬢のはだけた寝間着のボタンを留めた。

それからロベルトは歩いていってドアを開いた。

人々が緊張した顔で立っている。

「大丈夫です。シャルロット嬢は吸血鬼の呪縛から解き放たれました」

チャールズとフランチェスカ婦人はそれを聞くなり、部屋の中へ駆け込んだ。

そしてシャルロット嬢が平賀に支えられてベッドに座っているのを見ると、二人は歓喜の声を上げた。

「おおっ、シャルロット、目覚めたのね」

フランチェスカ婦人はシャルロットに抱きついた。

「神父さま、有り難うございます。本当に有り難うございます」

チャールズは涙を浮かべて、ロベルトの手を固く握りしめた。

「感謝は必要ありません。神父としての務めですから。それより……」

と、ロベルトは平賀を見た。

「ワインを、清めのワインをシャルロット嬢に飲ませて下さい」

平賀が言った。勿論それは気付けの為だった。

「私がとってきます」

トーマスが手を上げ、ワインを取りに行った。

「これは驚いた。吸血鬼を祓うことができる技をバチカンが有していたなんて……。この我が輩が知らなかったとは不覚なことだ……」

タリチャアヌ教授が、溜息まじりに言うと、ロベルトを振り返った。

「やり方を教えてはもらえんかな？」

「それは無理です。教授が吸血鬼退治の秘法を僕たちに教えられないように、僕たちもバチカンの秘術を関係者ではない方に教えることは出来ませんので」

ロベルトが断ると、タリチャアヌ教授はむっつりとしたが、仕方なく納得したようすで、それ以上の追及はなかった。

暫くしてトーマスが持ってきたワインを口に運んだシャルロット嬢は、だんだんと意識がハッキリとしてきた様子だ。

目をぱちぱちとして辺りを見回し、両親の顔を見上げ、そしてロベルトと平賀を見た。

「私……夢を見ていたのかしら……」

「いいえ、シャルロット、貴方は吸血鬼に噛まれたのよ。それを神父様方が助けて下さったの」

フランチェスカ婦人が言うと、小さく眉を顰めた。

「そうだわ……。夜に……夜に、私の名を呼ぶ声を聞いて、目が覚めたのだわ……。そしたら窓が自然に開いて、誰かが立っていた……あれは……あれは……ああっ……」

そう言うと、シャルロットは息を止め、はらはらと大粒の涙を流した。

「どうしたのシャルロット、何が悲しいの？」

フランチェスカ婦人が驚いた様子で訊ねた。

「何でもない。何でもないの」

「恐ろしい思いをして、気が動転しているのね」

フランチェスカ婦人がシャルロット嬢の髪を優しく撫でる。

チャールズもシャルロット嬢の肩を抱いた。

「ええ、そうよ。私、気が動転しているんだわ……」

シャルロット嬢はまるで自分に言い聞かせるように言った。

ロベルトは、シャルロット嬢の憂いを含んだ瞳から、彼女が何かに気づいて隠していることを感じ取った。

「もう血が固まっているから、心配はないですが、菌が入らないように、傷口を消毒して、取りあえず包帯を巻きませんと」

平賀が言った。

「アーロン医師に連絡いたしますか？」

トーマスが言うと、チャールズが首を振った。

「いやいや、そんなことをすればすぐに噂が広がるだろう。吸血鬼に噛まれたことだけでも良からぬ噂を立てる者もいるし、それがカソリックの神父様方によって救われたとなると、また混乱が起こる」

「私がしましょうか？　多少、医学の心得があります。難しい処理ではありませんし。消毒液と包帯さえあればいいので」

平賀が言った。

「お願いできますか、神父様」

チャールズが頭を下げた。

平賀によるシャルロット嬢の手当が終わった後、自分たちの部屋に戻ってきた二人であったが、騒ぎはそれで収まった訳ではなかった。

暫くすると、屋敷の外でパトカーのサイレンの音が響き渡った。

「何があったんだろう？」

ロベルトは窓から外の様子を眺めた。

町の一角に、人々が集まっているのが見えたが、どんな事態が起こったのかは分からなかった。

「見に行きましょうか？」

平賀が言った。

二人が部屋を出ていくと、召使い達がひそひそと囁いている。

「また吸血鬼が……?」

「お嬢様だけでなく、一晩に三人も?」

「随分と惨い屍体のようだよ」

平賀とロベルトは屋敷の外に駆け出し、人々が行く先を追った。

パトカーが止まっていた。人垣があって、よく見ると、医師のアーロンと牧師のベンジャミンが立っている。

二人は現場に近づいて、人々の間から何があったのかを観察した。

二人の青年が地面に横たわっていた。

その中の一人は、間違いなくデービッド・オリバーである。もう一人の青年には見覚えがない。

二つの斧が転がっていた。

夥しい血が飛び散った痕があり、青年たちの屍体の服はぼろぼろで、体のあちこちに噛み傷が見えた。肉も食いちぎられている。

その様子は、バニーの屍体の様子とよく似ているように見えた。

アーロン医師は二人を診ながら、警官に喋っている。

「死因はおそらく失血死ですが、二人とも腕を骨折しているようです。デービッドにおいては、胸部に陥没があり、肋骨が折れていますね」

「吸血鬼の仕業でしょうか？」

警官が訊ねる。

「分かりかねます」

アーロンがあやふやな表情で言った。

その背後ではベンジャミン牧師が清めの祈禱を行っている。

その脇にユージンがいた。

「吸血鬼にやられたに決まっている。だって、そいつらは昨夜、吸血鬼を退治するっていって、斧を持って町を回ってたんだ」

ユージンが言った。

「それは本当か？」

警官がユージンに訊ねる。

「本当さ。ブレッドに聞いたら分かるよ。ブレッドが吸血鬼退治を言い出したんだから」

「ブレッドはどこだ？」

「知らないよ。この時間なら仕事場じゃない？」

ユージンはけろりと言った。

平賀とロベルトは人々をかき分けて、屍体の近くに寄った。

「どう思う？　この様子から見て、バニーを襲った犯人と同一人物かな？」

平賀は真剣な表情で屍体や、その周囲を見回している。

「狼ですね」

平賀が言った。

「狼？」

「二人の衣服に、動物の毛らしきものが付着しています」

平賀が指さした場所を見ると、確かに黒や茶色の短い毛が付着している。

「ですが、腕や肋骨の骨折は、狼の仕業ではないでしょう」

それを聞いていたアーロン医師が言った。

平賀は、ある地面の一角に目を留めたかと思うと、そちらに歩いていき、かがみ込んでいる。

ロベルトが近くに行くと、平賀はポケットから取りだしたピンセットで地面から一本の長い黒髪をつまみ上げた。

「その髪の毛は？」

警官が訊ねた。

「恐らく吸血鬼のものです。ドリーンが吸血鬼に襲われた現場にも落ちていましたから」

平賀が答えると、警官達は顔を見合わせ、諦めたような表情で肩を竦めた。

平賀は次にデービッドの屍体の観察を始めた。

そして見るからに陥没したデービッドの胸部を眺めて首を傾げた。

「どんな怪力をもってすれば、こんな骨の折り方が出来るんでしょう？」

「そんなに異常な骨折の仕方なのかい？」

「ええ、肋骨の一番太い部分の骨が、拳大分陥没しています。考えられることは、殴って肋骨をへし折ったという状態です」

「なんてことだ……」

ロベルトは顔を顰めた。

相変わらず警察はやる気がなかった。デービッド達の屍体はベンジャミン牧師によって清められた後、葬式まで自宅に安置されるということであった。

ロベルトは時間がないからと、ロンドンへと向かった。

平賀は、ルーク家に戻り、部屋に籠もってパソコンでローレンと会話していた。

『被害者の骨折の具合をシミュレーションして、どれだけの力が必要だったか、計算してみたんだが、少なく見積もって、二百キロ以上の力が肋骨にかかっているね』

『二百キロですか。通常の成人男性でどのくらいの力が出せるのでしょう？』

『平均値を見る限り、片手で六十七キロといったところだね』

『やはり犯人はとんでもない怪力だということですね』

『それはそうと、およそ二百メートルだよ』

『何がですか？』

『例のハート牧師の一件さ。山道を徒歩で登ったら一時間半近くかかると言っていただろう？　その辺りの地形を衛星地図で調べてみたんだけれど、サンダーマウンテンの高さは、その麓の平地から直線だと二百メートルほどなんだ。直線距離で二百メートルなら、飛べたとしたら三十秒ほどで到達するね』

『なる程。それはそうですね。けど、どうやって飛んだと思います？』

『小型のグライダーは平地からの滑走は無理だろうね。ヘリコプターかな？』

『ヘリコプターなら音で気づきますし、目立ちます。それにヘリコプターが着陸できそうなところはありませんでした』

『ではやはり蝙蝠に変身したのかな？』

『ちゃかさないで下さい。真剣なんですから』

『ちゃかしていないよ。実に興味深く思っているんだ。それと、ＵＦＯの話をしていただろう？』

『ええ、タリチャアヌ教授が吸血鬼との関係を熱く語っていましたね。それに私達が遭難した時、光の球体に車が襲われたのは事実です。ＵＦＯというほどの大きさではなく、大きな火の玉という感じでしたけど』

『参考になるかどうかは分からないけど、ＵＦＯのよく見られる地域とその情報を送るよ。画像もあったほうがいいかい？』

『それにしてもUFOが吸血鬼の仕業だとしたら、キャトルミューティレーションにも面白い解釈が出来そうだね』

『大丈夫です』

『百三十七件分あるけどいいかい？』

『ええ、お願いします』

ローレンの言った「キャトルミューティレーション」とは、牛などの家畜が、その乳房や生殖器や目玉を鋭い刃物のようなもので切り取られ、血液がすっかり抜かれた屍体になって次々に発見されるという、異常な事件のことだ。

一九六〇年代前半から、おもにアメリカで起き、その事件の直後にUFOを見たという証言がまことしやかに囁かれた為に、「宇宙人の仕業だ」、「宇宙人が動物の血を抜いて、自分達の栄養源にしている」、「宇宙人の胎児を血で育てている」などと騒ぎになった。

『家畜の血を抜いたのは宇宙人ではなくて、吸血鬼だということですか？

しかし、キャトルミューティレーションは不思議でもなんでもない自然現象です。

牛の屍体を牧場に放置し、一ヵ月余り観察した実験によると、屍体についていたメスの様に鋭い切り口は、なんのことはない野犬やコヨーテや鷲等の動物が食べた痕で、乳房や生殖器が切り取られていたのも、その部位が柔らかくて食べやすいからだったのです。さらに全身の血が失われる原因は、重力で血が屍体の下部に下りてたまり、最終的に地面に吸収されてしまうからだと判明しています』

『分かっているよ。ただ面白いのは、異世界からやってきたものが、宇宙人であれ、なんであれ、自分たちの血を狙っていると考える人間の心理さ。宇宙人というのは、鏡に映った自分の姿で、人間には意識しない吸血願望がもともと存在するのかも知れないね』

『吸血願望ですか……。私には微塵もないので理解できませんが』

平賀がそう打ったあと、ローレンからデータが送られてきた。

大量のデータだ。すべてダウンロードするまで時間がかかりそうだった。

エピローグ　薔薇の血脈　Lineage of rose

1

ロベルトは車を走らせて、夕方ロンドンに着いた。

ロンドンは、しとしとと雨が降っていた。

ロベルトは手荷物を入れた鞄の中から折りたたみの傘を取りだしてさした。

グラン・ミッチェルに教えてもらった住所を訪ねると、下水の匂いの酷い裏通りに、そのオカルト関係専門の稀覯本店はあった。

こういう類の書店はだいたい、こうした日の当たらない裏通りに、看板も掲げずひっそりと存在しているのが常である。

ロベルトが緑に塗られた木製のドアを開けると、異様な密度でぎっしりと本棚が並ぶ店内で、数人の怪しげな男たちが本を物色していた。

店主はと見ると、奥の方でパソコンを弄っている。

太って、髪の長い、分厚い眼鏡をかけた男であった。

ロベルトは店の奥へ行き、男に声をかけた。

「失礼、ジョン・マーレイさんですか？　グラン・ミッチェルから紹介されたロベルト・ニコラスというものです」

ジョンはキーボードを打っていた手を止めて、ロベルトを見た。

「やあ、貴方(あなた)ですか、『屍王学(しおう)』を買いたいという方は」

「ええ、そうです」

「用意してありますよ」

ジョンはそう言うと、自分の後ろに積み上げられた小包の中から、丁寧に梱包(こんぽう)された一つを取りだした。

「中身を確かめて下さい」

ロベルトは包みをそっと開いていった。

凝った美しい銅版画が印刷された表紙が現れ、『屍王学』と表題がある。

ぱらぱらとめくる限り、破損や汚れはなく、非常に良い状態のものであった。最後のページに、作者と出版された日付が記されている。

「この本は二千部しか印刷されていない稀覯本です。うちはその中の五冊を保有していました。この手のものって、意外と需要があって、高値で買う人が出てくるんですよ。これは最後の一冊です。けど、まさか神父さんが買いに来るとは思いませんでした」

「世の中、意外なものです」

ロベルトはにこやかに答えて、提示された金額を支払い、本を受け取った。

それから少しばかり本棚に並んでいる蔵書を眺めた。

さすがに魔女や亡霊が好きなお国柄だけあって、その手の興味深い本が並んでいる。

それらに一通り目を通したロベルトは、再びジョンに訊ねた。

「この辺りに安いモーテルはないかな？」

今からホールデングスに取って返しても、着くのは深夜である。泊まって、朝一番に出たほうがいいだろうとロベルトは判断した。

「泊まりですか？　それなら大通りに出て左に曲がったら、パークサイド25っていうモーテルがありますよ」

「有り難う」

木戸を開け、ジョンに言われた通りに歩いていくと、確かに安っぽいネオン看板が立っていて、パークサイド25とある。

見るからにおんぼろなモーテルだ。

中に入ると小さな受付があり、厚化粧をした年配の女性が、煙草を吹かしていた。

「部屋は空いていますか？」

女性は頭の先から足の先までロベルトを見て、「空いているよ」と、言った。

「泊まりたいのですが」

「十八ポンドだよ」

ロベルトは財布の中から金を取り出して、女性に手渡した。

女性は受付の壁にかかっている鍵の中から一つを取って、ロベルトに渡した。

「四〇二号」

愛想無くそれだけを言う。ロベルトは頷き、階段を上がった。

四階まで一気に上がり、四〇二号室のドアを鍵で開ける。

中は狭く、ベッドとサイドテーブルと、その上に乗っているスタンドぐらいしか家具はなかった。クローゼットもなく、壁紙はところどころ剝がれている。

ロベルトは荷物を部屋の隅に置き、スタンドの明かりをつけ、ベッドに座ると、『屍王学』を開いた。

表紙をめくると一枚目にケルトの増幅する渦巻き模様が現れた。

そして一行書かれている。

『このページを捲るとき、君は異世界に旅立つことになるだろう』

ロベルトはなおもページを繰った。

最初の章は、『屍王誕生の背景』である。

「私は、この地に住む古老の賢者に古の話を聞き、ここに記すものである。

『屍王』の誕生は、遥か古へと遡る。

このホールデングスに住む我らが先祖のケルト人達は、大自然を崇拝し、森や山や湖に宿る精霊たちと交流して、神秘の力を得ることが出来た。

古代ケルト社会には、部族(トゥアハ)を構成する小王国の王があり、さらにその上に君臨する上王があり、すべての王たちは国の祭典を司る祭司であった。王は、神秘の力を強く持つ魔術師でもあったのだ。

そうした王たちの治世はキリスト教伝来の五世紀まで続いていたが、小王国の王でことに有名なのは、コーマック・マクアートや、クー・フー・リン、アーサー王。そして、忘れてはならぬお方が、アダルバード王である。

かの王はアーサー王とともに、上王になる運命を告げられたが、これを辞退し、代わりに不死の力を得ることになった。以来、全ての不死者の源流は、このアダルバード王へと辿(たど)り着く。

さて。アダルバード王は、当然ながらドルイド教徒であった。

ドルイドには、そもそも寄生木(やどりぎ)とその元木という意味がある。ドルイド教の祭司である王は、自ら神聖な森の木を選び、その木のもとで様々な儀式を行うのが常である。そこから転じて、祭司を指してドルイドとも呼ぶ。

ことに神聖な木は樫(かし)であった。樫の木に生える物は全て、天から贈られた宝物であると信じられた。

だがしかし、寄生木が樫の木に生えることは希(まれ)で、もし見つかれば、月の六日、および一世代の三十年が過ぎた後に盛大な儀式を行い、それを刈り集めるのだった。

寄生木が尊重されたのには、そこに「全てを癒(いや)す物」という意味があるためである。

アダルバード王は、その山奥に冥界があるとされていたサンダーマウンテンの近くの森に、ことのほか大きく立派な寄生木と樫の木を見つけ出した。

その聖なる場所では、しばしば人身御供が行われた。

人身御供はケルトの部族の間では珍しい風習ではなかった。

戦争に赴く兵士や命の危険のある重病人をはじめ、危険に身をさらす者は、生け贄として何者かを犠牲にするか、あるいは犠牲にすることを誓うのが習わしであった。

何故なら、一つの人の生命を救うためにはほかの一つの人の生命を捧げなければならず、またそうでなければ、不滅の神々を宥めることは出来ないからだ。

大きな神像を造って中に人を入れ、焼き殺す場合もあった。罪を犯した者は残酷な刑で人身御供とされた。そうすれば神々は喜ぶのである。

サンダーマウンテンの麓の聖なる森で人身御供が行われるとき、人々は殺された者の血で森の木々を塗ったという。

聖域の池には木製の神像が置かれ、森の地面には冥界に繋がる音を立てる穴があった。また木々が火によらず輝いて燃えるように見え、木々の根元には蛇が絡みついていたと語り伝えられている。

アダルバード王がその領地で『全てを癒す寄生木、聖なる樫の寄生木』を発見したことは、王国に栄光をもたらす吉兆であった。

そこで古より伝わる祭りが執り行われた。

白い服を着た聖者が木に登り、黄金の鎌で寄生木を切り落とし、それを白い外套（がいとう）で受け止める。それからアダルバード王は、森の王の精霊へと扮（ふん）した。

森の王とは、狼の頭に、鹿の角を持ち、蝙蝠（こうもり）の体と蛇の尾を持つボゾイと呼ばれる神で、偉大な魔力を持っていて、雷土（いかずち）を操り、神々の中でも特に強靭（きょうじん）で、森の生き物全てに変身できるとされる神であった。

ケルトの神々には、それぞれ聖なる数字が割り振られるが、このボゾイの聖数は三十である。

アダルバード王の先祖は、ボゾイと契った人間の女・メイブから生まれたとされており半神半人の家系であると信じられていた。そのため、時には聖なる王に対する生け贄が行われることもあった。

生け贄の血を捧げられた王は無敵の勇者になるとされるが、ことにアダルバード王は初代から数えて三十代目の聖数の代の王であることもあって、多くの部族を打ち負かし、王国は非常に栄えていた。

祭りの日のアダルバード王は、狼の毛皮を被（かぶ）り、鹿の角がついた冠をかぶり、体を麻痺（まひ）させた蛇を首に巻いて、獣を真似た牙（きば）をつけ、森の主（あるじ）とされる獣の精霊になりきって、儀式に臨んだ。

神をたたえる詩や歌があり、踊りがあった。

アダルバード王が恍惚（こうこつ）状態に至ると、この時のために育てられた見目麗しい童貞の青年が、生け贄の台に上げられ、王の牙によって喉（のど）を突き破られた。

そこから滴り落ちる血は器に入れられ、そこには細かく砕いた寄生木が混ぜられた。それは神からの吉祥となる贈り物とみなされた。

祭りに参加した者達は、器に入った血と寄生木の混ぜものを飲み干した。

この飲み物は、不妊の動物を多産にし、あらゆる毒への解毒剤ともなった。

この時の寄生木は、素晴らしいもので、これを飲んだものは皆、百歳まで生きたとされる。

ことに司祭であったアダルバード王は、これによって黄金の肉体を持つに至った。

どんな矢も、どんな剣も、彼を傷つけることは出来なかった。

王はそのことで、アーサー王とともに全ての部族を統治する上王としての素質があると言い渡されたが、地位より不死の権利を手に入れることを願った。

上王に仕える賢者達はアダルバード王の願いを認め、王に冥界へ旅立つようにと告げた。

アダルバード王はサンダーマウンテンを登り、不死の印である渦巻き文様が刻まれた冥界への入り口を見つけた。

中に入ると、地上と同じだけ大きな大地が広がっていた。海もあった。

アダルバード王は大地を旅して回った。

そこには、様々な奇妙な国が存在していた。

子馬ほどもある白いアリがいて、知恵の魚とされる鮭が住んでいる家のある国。

黄金の豚がリンゴをむさぼり食う国。

白羊の群れに黒羊が紛れ込むと白くなり、反対に黒羊の群れに白羊が紛れ込むと黒くなる国。

嘆き悲しむ屍者達の国。

ガラスの橋が沢山ある国。

英雄マルドゥーンに木の実を投げつける大女のいる国。

そして最後に、海中から突き出ている金の柱と銀の柱の間にある渦の中に船で出向くと、船はたちまち渦に巻き込まれ、冥界のもっとも奥にあるゴヴニュの館（やかた）へと到達した。

そこでアダルバード王は、ゴヴニュの宴（うたげ）に紛れ込み、不死の杯を飲み干した。

こうして彼は黄金の体に不死の命を得て、現世に戻ってきた。

ただ、現世にとどまっておくには、定期的に人間の血が必要だったので、人々はアダルバード王を崇（あが）め、喜んで、人身御供を捧げた。

王国は繁栄を極め、庶民の暮らしは豊かだったが、キリスト教徒が大陸からやってくると事態は一変した。

ドルイドたちは追われ、信者達は魔女裁判にかけられ、アダルバード王は、ひっそりと姿を闇に消した。

――かくのごとくが、私が古老の賢者から聞いた話である。

ホールデングスの吸血鬼の伝説は、この不死の王・アダルバードから派生したものなのである」

（なかなか面白いな……）

ロベルトは夢中で読み進んだ。

章立ては、『屍王の系譜』、『地域別の伝承』、『屍王の力の解説』、『屍王の因子』、そして最後が、『不死者となる術』であった。

『屍王の因子』の中で、作者はキリスト教を憎んだアダルバード王が、積極的に、キリスト教に反した存在に対して血を分配したと論じていた。

そういった者の子孫には嗜血性が生まれつき強く現れ、ひとたび、それらの者が血を口にすると、常人ならざる力を発揮する場合があるとした。

作者によると、それは薄まってはいるが、アダルバード王から受け継いだ半神の血が目覚めるからだという。そしてまた自分も嗜血病であることを打ち明けている。

その語り口は、タリチャアヌ教授が話をしていた嗜血病の犯罪者に対する見解と非常によく似ていて、教授がこの本から大きな影響を受けたことは確かだった。

ロベルトは最後の章、『不死者となる術』を読みにかかった。

不死者になるには、まず普通の人間では無理である。不死者の因子を持っている者でなければならないとあった。

その理由をこまごまと論じた後、作者は断言する。

「不死者の因子を持つ者が、完全体となるためには、屍王と血の交わりをもたなければならない。

それにはまず、屍王の側に近づくことだ。

これは非常に困難なことであるが、探し求めれば奇跡に遭遇することもあるだろう。

ことにここホールデングスは屍王の縁(ゆかり)の地であり、吸血鬼伝説が盛んな地域である。

屍王の存在に近い場所と言える。奇跡は起こらないとは限らない。

屍王を見つけたならば、屍王が眠っている時を絶好の機会と見なす。

何故なら、一定の手続きを踏まなければ、屍王が確実に血を交えてくれるとは限らない。

それどころか、屍王の贄(にえ)になる場合もあるのである。

その為には七人の血がまず必要である。

血の選択は慎重にしなければならない。

屍王が好むのは、キリスト教に反する者の血である。できればキリスト教の言う七つの大罪。

すなわち、暴食、色欲、怠惰、貪欲(どんよく)、傲慢(ごうまん)、嫉妬(しっと)、憤怒(ふんぬ)を体現するような者達の血を手に入れるのだ。

しかるのち、それらを混ぜ合わせ、その混合血液によって、『血の交わりの魔法陣』を描く。

これらは、屍王の近くで描かなければならない。

『血の交わりの魔法陣』については、私はまだ正確な情報を掴(つか)めていないので、次巻において詳しい説明が出来ればと思う。

魔法陣を描いた後、生け贄(にえ)を用意する。

生け贄は、童貞か処女の、若くて容姿の美しい聖職者が適している。

生け贄を用意したあとは魔法陣の中心に跪(ひざまず)き、以下のように屍王に呼びかけるがよい。

おお、貴方(あなた)の呼ぶ声に応(こた)え、私は来ました。
闇の帝王。
偉大なる屍王。
嵐を呼び、狼を従わせるお方。
私は貴方と同じ血を好む者。
貴方の遠き眷属(けんぞく)。
今ここに参上し、
不死の力をこいねがいます。
さすれば永遠の時を貴方の僕(しもべ)として尽くし、
その御身に添って眠ります。
屍王よ、
私の呼びかけに応え、

慈悲を垂れたまえ——」

ここまで読んで、ロベルトは不意に厭な予感に襲われた。

『血の交わりの魔法陣』を教えた時に、タリチャアヌ教授が酷く興奮して喜んでいたこと。

平賀が言っていた、ニューヨークに出没した吸血鬼の被害者達。

一人は高級売春婦。すなわち色欲だ。そして公園で殺されていたという不正な障害者保険受給者、これは怠惰だろう。買い物に目の無いセレブの妻。貪欲か？

そして、自らを『王の中の王』と語るロック歌手は、おそらく傲慢の罪に違いない。

イザベル婦人は、間違いなく嫉妬だ。

そうなれば、あの摩訶不思議な証言——吸血鬼が婦人を襲い、蝙蝠となって逃げたという話は、タリチャアヌ教授らによる狂言に違いない。夫のフレディは何か弱みを握られて、教授達に協力したのだろう。

そして、バニーは……。

ロベルトの脳裏に、バニーの顔がフラッシュバックのように何度も過ぎった。

(そうだ、見覚えがあるような気がしたが、あの事件か！)

ロベルトは荷物の中からパソコンを取りだして携帯をセットした。

ネットに繋ぎ、古い事件の記録を捜す。

それは、ローマで起こった殺人事件だった。犯人の名は、カルロ・ファニュ。

ＤＶの常習犯で、妻を殴り殺して逃亡し、指名手配をかけられる。
だが何年も見つからず、ニューヨークにマイク・ワトソンという偽名で潜伏している時に再び、同棲中の女性を殴り殺し、指名手配をかけられた男だ。その後、男は再び姿をくらましたが、パソコン上に大きくあがっている指名手配の写真は、間違いなくバニー・サクソンだった。

怒りのままに女を殴り殺す男。まさに憤怒の罪に相応しい。

だが、バニーの事件が大きく報じられたのは、ニューヨークとイタリアだけだ。

そのバニーの顔に見覚えがあると言ったタリチャアヌ教授は、そのどちらかにいたことがあるのだ。そう、恐らくニューヨークだ。そしてこれらの事件の主犯はタリチャアヌ教授に違いない。

タリチャアヌ教授の真の狙いは、屍王と血の交わりを成して、不死者になることなのだ。

そうなるとバニーの血を採ったことで、六つの罪の血が集まっている。

残すは、暴食だけだ。

誰だ？　誰を狙う？

今までのホールデングスでの記憶がロベルトの頭の中を過ぎっていく。

その中に、異常なまでの食欲で肉を食べているカリンの姿が現れた。

（まさか……あの助手か？　だとすると、まずいぞ……）

ロベルトは時計を見た。十時を回っている。

（今から間に合うか!?）

ロベルトは本を閉じると、ベッドから飛び起きた。

＊　＊　＊

ロベルトはロンドンにいて、今頃、『屍王学』なる本を手に入れていることだろう。

何か手がかりはあっただろうか？

平賀はローレンからのデータに一通り目を通し、自分なりの解釈をレポートにまとめたあと、ベッドに入った。

深夜二時を回ってしまっていたが、平賀はもやもやと眠りきれないままベッドの中で過ごしていた。

すると、部屋のドアを軽くノックする音が聞こえた。

こんな時間に誰だろう？

ロベルトが帰ってきたのだろうか？

それにしては早すぎるが……。

平賀はドアの方に立っていって、「誰ですか？」と訊ねた。

「我が輩だ。タリチャアヌだよ」

平賀がドアを開けると、タリチャアヌ教授とカリンが立っていた。

「こんなに遅く、何かあったのですか？」

「今から冒険に行くのに、神父さんを誘いにきたんだ」

タリチャアヌ教授は声を忍ばせて言うと、カリンとともに部屋の中に入ってきた。

「冒険……ですか？」

「左様。ホールデングス城に忍び込み、吸血鬼の謎を解くんだ」

タリチャアヌ教授は当然のごとくそう言って、一枚の大きな紙を広げた。

そこには建物の間取り図のようなものが描かれていた。

「これはあの城の召使いを懐柔して描かせた城の見取り図だ。それと棺桶(かんおけ)を運んだという人足の話とを照らし合わせれば、怪しい棺桶はここにある」

タリチャアヌ教授は図面につけた印を指さした。

「あのパーティの夜、根回しをして、召使いの一人に相当の金品を摑ませてやった。今宵(こよい)、三時丁度に城の裏門にいけば、開けて貰(もら)える手だてだ。そこで是非、神父さんにご同行願いたい」

「私に？　なぜです？」

「我が輩とて吸血鬼に対抗する手だては持っておるが、やはり万が一の時は、神にすがるしかない。それに神父さんも吸血鬼のことを知りたいだろう？　随分、ご執心ではないか」

「ええ、それはそうなのですが、人の家に勝手に忍び込むというのも……」

「人の家ではない。吸血鬼の家だ。神父さんも吸血鬼の被害をくいとどめたいと思わぬかね？　それにもし人の家だとしても、別に何かを盗みに入るわけでもない。様子をうかがうだけだ。どうだね？」

平賀は考えた。確かに聖職者として吸血鬼の被害を見て見ぬふりをするわけにはいかない。

教授が吸血鬼のこと以外は無関心だということも分かっている。

「分かりました。用意をします」

平賀はパジャマから服に着替え、聖水やストラの入った儀式用の鞄を手に持った。

これらがホールデングスの吸血鬼に対して有効かどうかは分からないが、少なくとも自分が信じているものである。

そうして平賀はタリチャアヌ教授たちとともにひっそりとルーク家を抜け出した。

暫く歩くと、暗闇の中、車が止まっているのが見えた。

「手配しておいたのだ。警察署の手前までは車で行き、あとは目立たぬように城まで歩いていく」

タリチャアヌ教授はそう言うと、車の運転席に座った。カリンが助手席に座る。

平賀は教授の用意周到さに驚きながら、後部座席に座った。

車はゆっくりと走り出し、山道へと向かう。

とにかく真っ暗闇で、風に吹かれて木のこすれ合う音だけが、がさがさと聞こえている。

道行く者もなく、車は順当に山頂手前まで来た。

タリチャアヌ教授は車を止め、時計を見た。

「ふむ。あと十分で三時だ。丁度良い時間となった」

三人は車を降り、仄かに明るい警察署前を、警官達に見つからぬように通り過ぎた。

やがてホールデングス城の鉄柵が現れる。

三人はその長い鉄柵をぐるりと回り込んだ。

小さな裏門が現れる。使用人やご用聞きが使う通用門だ。

その陰に身を潜めるようにして、召使いの男が座っていた。

召使いの男は、三人の姿を見ると、慌てたような動作で、門を開け、手招きをした。

そして三人が中に入ると、「見つからないようにしてくだせえ。こっちです」と、言って、馬小屋や使用人小屋の間の道を縫うようにして行き、城の勝手口の鍵を開けた。

「ここから先のことは、あっしは知らねえんで」

召使いの男はそう言うと、ささっと姿を消した。

タリチャアヌ教授は、小型の懐中電灯を点けて、図面を見ている。

そして、「こっちだ」と、真っ暗な廊下の向こうを指さした。

平賀は頷き、教授達の後に従った。

一直線の広い廊下を抜け、広間を抜けると、複雑に交差した狭い廊下が現れた。

タリチャアヌ教授の持っている頼りない小さな明かりを頼りに、三人は廊下を幾度となく曲がり、一つの部屋に辿り着いた。

タリチャアヌ教授が、そっとノブを回してみる。

「鍵がかかっておるな……」

小さな声でタリチャアヌ教授が言った。そしてポケットから針金を取りだした。

それを器用に曲げ、何回か鍵穴に入れると、ノブがカチャリと音をたててドアが開いた。

まるでそれは窃盗の常習犯のような手際の良さだ。

部屋に入ると、まずは豪華な応接間があった、そして奥に天蓋付きのベッドがあった。

ただ、そのベッドには誰も寝ていない。

タリチャアヌ教授は鋭い目つきで、部屋を見回すと、暖炉の中へと半身を埋めた。

カタンと音がして、暖炉の下の床が開く。

そこには下へと通じる階段があった。

「秘密の地下室への階段だ」

タリチャアヌ教授が嬉しそうに言った。

三人は足下に気をつけながら階段を下へとおりた。

最後の段を下りた先には、大理石の壁で出来た四角い空間が広がっていた。

部屋の中央に、堂々と真っ黒な棺桶が置かれているのが、しごく不気味だ。

まさしくドラキュラが眠る棺桶そのものである。

平賀の心臓は大きく鳴った。

「棺桶だ……」

タリチャアヌ教授は興奮して震える声で呟いた。

平賀は用心深く、部屋の様子を観察した。

古い豪奢な装飾灯が部屋の四隅にあり、そこからわき出るような蠟燭のオレンジ色の光が、部屋を照らしていた。

奥の壁に異様なレリーフがあった。

頭に鹿の角のある狼の顔、蝙蝠のような体、そして尻尾が蛇という不気味な獣——というより化け物のレリーフである。

そのレリーフの前には祭壇のようなものが築かれ、蠟燭、香炉、鈴、何かの獣の頭蓋の骨がついた杖、といった呪具の一式が見て取れた。

一番目を引いたのは、祭壇に供えられた薔薇だった。

あの薔薇……。このホールデングスにだけ生息する香りのきつい冬咲きの薔薇である。

薔薇は毒々しいほどの赤さでもって咲き誇り、壁に描かれた獣の血の息のように見えた。

原初的でエキゾチックな異教の祭壇の様子に、平賀は眩暈を覚えた。

壁の右の隅には、教会の告解室を思わせるような小部屋が見える。

まさか告解室ではないのだろうが、それが何なのかは分からなかった。

一方、タリチャアヌ教授はそっと棺桶に近づいていった。

「小さなのぞき穴があるぞ……」

確かに棺桶のサイドには小さな穴があった。タリチャアヌ教授はそれを覗き込んだ。

「間違いない。吸血鬼が眠っておる……」

教授は、平賀を振り返って、にやりと笑った。

「本当ですか？」

「自分の目で確かめてみるといい」

そう言われ、平賀ものぞき穴から中を見る。

人が眠っていた。黒くカールした長い髪。黒いマスクをしている。その顔色は屍人のように蒼い。そして黒い燕尾服を着ているのが分かった。

間違いなく、あの吸血鬼だ。

棺桶は手触りから木製でないことは確かだった。冷たく硬い感触からして、金属だろう。蓋だけでも相当の重さがあろうかと思われたが、吸血鬼の怪力を考えれば、持ち上げることは可能そうだ。

平賀が、ごくりと唾を呑んだその途端だった。いきなり羽交い締めにされ、口を塞がれた。

何が起こったのかよく分からず、なんとか首をひねって背後を見ると、恐ろしい形相のカリンが視界に飛び込んできた。

（カリンが!?　では、教授は？）

平賀が視線を動かすと、薄笑いを浮かべたタリチャアヌ教授が、持っていた鞄をゆっくりと開いていた。

中には真っ赤な液体が入った一リットル瓶が二本。そして縄、犬歯の尖った義歯、注射器などが入っている。教授は縄を取りだした。

「カリン。神父を動けないように、この縄で縛り上げろ」

カリンはゆっくりと頷き、教授に投げられた縄で、平賀をぐるぐると縛り上げた。

平賀も抗ったが、体格が違いすぎて、子供のようになされるがままだ。

すっかり身動きが出来ないようにされて、床に転がされた。

「一体、どういうことですか？　タリチャアヌ教授」

平賀が言うと、タリチャアヌ教授は犬歯の尖った義歯をつけた。カリンも同じような義歯をポケットから取りだしてつけている。

牙の生えた二人は平賀を見下ろした。

＊　＊　＊

「お客さん。着きましたぜ。どの辺です？」

ロンドンからタクシーを飛ばし続けてきた運転手が、ロベルトを振り返った。

平賀へ何度も電話をしたロベルトであったが、平賀の携帯はずっと話し中になっていた。

おそらく携帯でネットに繋いでいたのだろう。

それが今では、コール音が鳴るようになったのに、いっこうに応答がない。

平賀の身になにか起こったことをロベルトは感じ取っていた。

（一体、どこに向かえばいいのか？）

ロベルトはめまぐるしく考えた。

教授は、ホールデングス城にある棺桶のことを気にしていたが、彼らがそこにいるかは未知数である。それに今から自分が城を訪ねたところで、正攻法で内部に入れるわけもなかった。

それなら棺桶を追うより屍王を追ったほうがいい。

教授は屍王のいる場所へ行き着くまで儀式を始めることはないのだから。

なんとか屍王のところへ辿り着かねばならない。

屍王のいる場所に辿り着く方法は……。

そう、屍王のいる場所はサンダーマウンテンの近くの森、しばしば人身御供が行われた聖なる場所だ。ホールデングスにある森といえば、墓地のある森だろう。それに、吸血鬼が眠るのは墓地と相場は決まっている。

ロベルトはタクシーを墓地に向かわせ、その入り口で飛び降りた。

（どこかに冥府への入り口があるはずだ……。どこだ……。どこだ……）

頭を掻きむしる。

（屍王ゆかりの場所を探さなければ……）

色んな言葉がロベルトの頭を過ぎった。

「ドルイド教の祭司である王は、自ら神聖な森の木を選び、その木のもとで様々な儀式を行うのが常である」

「ことに神聖な木は樫(かし)であった。樫の木に生える物は全て、天から贈られた宝物であると信じられた」

「アダルバード王は、その山奥に冥界があるとされていたサンダーマウンテンの近くの森に、ことのほか大きく立派な寄生木(やどりぎ)と樫の木を見つけ出した」

ロベルトは樫の木らしきものを探したが、どうしても見つからない。やはり伝説はただのおとぎ話に過ぎないのだろうか。

もしそうならば、平賀にたどり着く手がかりは絶たれてしまう。

冷や汗がロベルトの背筋を流れた。

「聖域の池には木製の神像が置かれ、森の地面には冥界に繋がる音を立てる穴があった。また木々が火によらず輝いて燃えるように見え、木々の根元には蛇が絡みついていたと語り伝えられている」

「森の王とは、狼の頭に、鹿の角を持ち、蝙蝠の体に蛇の尾を持つボヅィと呼ばれる神で、偉大な魔力を持っていて、雷土(いかずち)を操り、神々の中でも特に強靭(きょうじん)で、森の生き物全てに変身できるとされる神であった」

「ケルトの神々には、それぞれ聖なる数字が割り振られるが、このボゾイの聖数は三十である」

「アダルバード王の先祖は、ボゾイと契った人間の女・メイブから生まれたとされており半神半人の家系であると信じられていた」

（森、冥界に繋がる音を立てる穴、木の根もとに絡みつく蛇、ボゾイ、三十、メイブ……）

そのときロベルトは、この墓地の墓に番地があり、「最古の墓である三十番の墓を中心に、番号が刻まれている」と言ったユージンの言葉を思い出した。

三十番といえば、ボゾイの聖数だ。

（もしかすると……）

懐中電灯を照らし、墓に刻まれている番号を確認しながら歩いていく。

そして、古くて大きな蔦の絡まる墓廟に辿り着いた。

墓廟には三十という数字だけが刻まれていて、家族名が無かった。

一番怪しい墓所だ。

勿論、タリチャアヌ教授がここを調べていない訳はないが、彼が見落とした何かがあるかも知れないし、あるいは彼が何かをここで見つけていたとしたら、それを見つければ、次に進むヒントになる。

ロベルトは、中へと駆け込んだ。

墓の中には古い石棺が、いくつか並んでいた。

ロベルトはその一つ一つをチェックしたが怪しい点はなかった。

次に壁を見る。

一面の壁に、埋葬されている人物の名が羅列されていた。

一つ一つのアルファベットが四角い石に刻まれて、壁に埋め込まれているように見える。

ロベルトは思わず吸い寄せられるように、歩いていった。

じっとその名前の羅列を見詰める。

数多くの暗号に挑んできた暗号解読者としてのロベルトの頭の中で、名前がただのランダムなアルファベットとなる。

ロベルトはそこに、彼の知りうる限りの様々な規則性を見出し、屍王の符号と一致する言葉を捜した。

(ドルイド、ボゾイ、メイブ……いや、そんな単純なものじゃない……)

少し首を傾げたロベルトだったが、答えはほどなく得られた。

壁に並んだ無数のアルファベット文字。その三番目、七番目、十五番目、三十一番目の文字を並べると、「DEER(鹿)」となり、さらに六十三番目、一二七番目、二五五番目、五一一番目を並べると、「WOLF(狼)」の文字列ができる。そこには2x+1＝yの規則性が見てとれた。この公式に当てはめていくと、「BAT(蝙蝠)」、「SNAKE(蛇)」の単語が続いて浮かびあがる。間違いない。鹿の角を持ち頭が狼、体が蝙蝠、尻尾(しっぽ)が蛇。ボゾイの姿を表す記述だ。

ロベルトは確信を持って、その文字の部分を押した。

すると、押した文字の部分がへこみ、重たい石を引きずるような音とともに、足下付近に穴が開いた。

地下へ続く階段が見える。それを下へ進むと、狭い空間があった。

その空間の壁には金属製のドアがあって、そのドアには無限に増幅する渦巻きの模様が描かれていた。

異世界への入り口のしるしだ。

（意外と工夫の無い仕掛けだったな）

そう思いながらロベルトはドアを開いた。そして薄暗い通路を突き当たりまで歩いていって驚愕(きょうがく)した。

信じられない光景がそこに出現したのである。

（こっ……これは……！）

＊　＊　＊

「神父さんには悪いが、これから我らがマスターの生け贄(にえ)になってもらう」

「マスターですって？」

「そうとも。屍王。永遠の命を持つお方。我らが盟主。これから儀式を執り行って、マスターと血の交わりをなし、我らは本当の吸血鬼となって永遠の命を手に入れるのだ」

タリチャアヌ教授は昂揚して赤くなった顔で、高らかに宣言した。

平賀は義歯をつけた二人の様子を見て、たちまち閃いた。

「イザベル婦人と、バニーを襲ったのは、貴方達だったんですか？ だからいつもの吸血鬼の手口と違ったんですね」

「そうとも。イザベルをやったのは我が輩だ。あの女の血がどうしても必要だったのでな。隙がないか見張っておったら、亭主と喧嘩して、怒りに我を忘れた亭主が、花瓶でイザベルの頭を殴打しよった。そうしたらイザベルが倒れてしまったんだ。亭主め、イザベルが死んだと思って恐れ戦いているところへ、我が輩らが行って、持ちかけたわけだ。『今の所行を見なかったことにしてやるから、吸血鬼の目撃者になれ』とな。亭主は二つ返事で、承知しよった。

我が輩は、この義歯でイザベルの首をかみ切って、血を味わい、それから採取した。バニーをやったのは、カリンだ。こいつは大食らいで、あんな無惨なことになったがな、いつも、もっとスマートにやれと言って聞かせておるのに、いっこうに直らぬのだ」

タリチャアヌ教授がカリンをじろりと睨むと、カリンは、ひひっと卑しく笑った。

「なんてことだ。貴方たちが嗜血病患者だったなんて……」

「勘違いせんでくれ。我が輩たちは病などではない。吸血鬼の予備軍なのだ。生まれつき、吸血鬼の因子を持って生まれた人間なのだ。もっとも我らが完全体になるには、屍王との血の交わりが必要なのだがな」

「そんなものは、妄想です。目を醒ましなさい」

「妄想？　何を言う。現に目の前に、我らがマスターが眠っておられる」

タリチャアヌ教授は、にたりと笑うと、胸を張ってカリンに命じた。

「カリン、我が輩に背を向けて、少ししゃがむのだ」

カリンはその通りにした。

カリンの背後からゆっくりとタリチャアヌ教授が近づいてきた。

てっきり自分が何かをされると思って、覚悟をした平賀であったが、タリチャアヌ教授は、かっと義歯をむいて口を開くと、いきなりカリンの首筋に噛みついたのである。

瞬間、その眼が、キラリと不気味に赤く光った。

平賀は、ぶるりと首を振った。

吸血鬼か？

いや、恐らく激しい興奮状態のせいだ。

噴出されたアドレナリンによって、瞳孔が広がったのだろう。

だが確かに、その様子は吸血鬼めいていた。

カリンの太い頸動脈から、噴水のように鮮血がほとばしり出た。

それが空中で弧を描いて、床に落ち、ぬるぬると広がっていく。

カリンは、「うお」と歎めいた声を上げて、背後からカリンに抱きついているタリチャアヌ教授をふるい落とそうと藻掻いた。

ところが、小柄な体のどこに、大男のカリンを凌ぐ力を秘めていたのか、タリチャアヌ教授はいっこうに平然とした様子でカリンを締め上げ、その首筋に幾度となく牙を立てた。

その度に血飛沫が飛び散り、まるで地獄絵図のようである。

床には、大きな血だまりが出来、大量の出血から、カリンはぐったりと動かなくなった。

平賀は茫然としてしまった。

「ふっはっはっ、所詮、我が輩とは格が違うのだ」

タリチャアヌ教授は不敵に笑って、カリンから離れると、鞄に入っている注射器を取りだした。

それをカリンの首筋にぶつりと突き立てると、血を吸っていく。

そしてさらにその血を、鞄の中に入っていた二つの一リットル瓶に同量ずつ混ぜ合わせて、ふったのだった。

平賀にはタリチャアヌ教授の狂気めいたその行動が、全く理解できなかった。

教授は、瓶の血を小さな刷毛につけると、棺桶と平賀の間にかがみこみ、床に大きな円と妖しい文様を黙々と描き始めた。

できあがったのは、魔法陣らしかった。

見覚えがある。そう、確かロベルトが教授に教えた、血の交わりの魔法陣だ。

タリチャアヌ教授は、満足げに床を眺めると、魔法陣の中央に跪(ひざまず)いて、棺桶の方へ顔を向けた。そしてゆっくりと手を合わせた。

「おお、偉大なる屍王。我がマスター。今ここに忠誠を誓い、貴方の望む清らかな生け贄を捧(ささ)げます。私を貴方の仲間として下さい」

そう言うと、タリチャアヌ教授は、独特の調子で呪文を唱え始めた。

おお、貴方の呼ぶ声に応(こた)え、私は来ました。
闇の帝王。
偉大なる屍王。
嵐を呼び、狼を従わせるお方。
私は貴方と同じ血を好む者。
貴方の遠き眷属(けんぞく)。
今ここに参上し、
不死の力をこいねがいます。
さすれば永遠の時を貴方の僕(しもべ)として尽くし、
その御身に添って眠ります。
屍王よ、

私の呼びかけに応え、
慈悲を垂れたまえ。

その時だった。

ドーンと音がして棺桶の蓋が開いた。

吸血鬼が上半身を起こし、赤く輝く眼で、こちらを見ている。

タリチャアヌ教授は伏し拝むように、床に這い蹲った。

吸血鬼が立ち上がり、こつこつと足音を立てて、タリチャアヌ教授に近づいていく。

そして教授の胸ぐらを摑んで、片手で体を持ち上げると、つくづくとその顔を見たようだった。

「マスター。我がマスター」

タリチャアヌ教授は、ぶつぶつと呟いている。

吸血鬼が大きく口を開いた。鋭い犬歯が光り、それがタリチャアヌ教授の首筋に突き刺さる。血飛沫が飛び散った。

「おおっ。これで私は不死になる。屍王の仲間になるのだ……」

タリチャアヌ教授は歓喜に満ちた声を上げた。

血は流れ続け、タリチャアヌ教授の顔は土気色になっていく。

それでも教授は、にやにやと笑いながら、やがて静かに眼を閉じた。

吸血鬼はそんな教授の体を床に放り投げると、ちらりと平賀を一瞥した。次は自分かと身構えた平賀だったが、吸血鬼はいっこうに動かない。立ち尽くしたままだ。

緊張した時間が流れる。

その時、

ごろごろごろごろと、部屋中を揺るがす大音響が聞こえた。

雷が部屋中で響き渡ったような音。

いや、地鳴りの音のようなもの。

振動が床を揺らしている。

一体、何の音で、今度は何が始まるのだろう？

平賀は身を固くした。

2

「平賀、大丈夫か！」

突然、ロベルトの声が響いた。

声のする方向に振り返ると、ロベルトが祭壇の横、告解室のような小部屋の前に立っている。

「ロベルト、気をつけて！　吸血鬼がいます」

平賀が叫ぶと、ロベルトはさっと吸血鬼に眼をやり、十字架を構えた。

だが、吸血鬼に動きはない。木偶(でく)のようにじっと立ち尽くしている。

どうやら襲ってくる気はないようだ。

平賀とロベルトは互いに眼を合わせた。

ロベルトが静かに一歩、また一歩と吸血鬼に近づいていく。

それでも吸血鬼に動く気配はない。

吸血鬼のすぐ前まで迫ったロベルトは、そっと吸血鬼の顔を覗(のぞ)き込み、その眼の前で手を振った。

だが、吸血鬼の瞳(ひとみ)は見開かれたまま、反応していない。

（こいつ、意識がないのか？）

ロベルトがいぶかしく思ったとき、いきなり吸血鬼は動いた。

くるりと二人に背を向けて歩き出し、棺桶の中に入ってしまったのである。

ロベルトは平賀のもとに駆け寄り、ロープを解(ほど)いた。

「大丈夫だったかい？」

「ええ、なんとか。でもどうして貴方(あなた)がここに？　それに一体、何処から来たんです？」

「話せば長いんだが、『屍王(しおう)学』を手に入れて読み込んでいたら、タリチャアヌ教授たちの目論見(もくろみ)と君が危ないということが分かって、すぐにこっちに取って返したんだ」

「そうだったんですか。助かりました」

「それにしても、あの吸血鬼は……」

二人はそっと棺桶の方に近づいていった。

口元を真っ赤な血で染めたまま吸血鬼は眠っていた。

平賀はそのマスクを細心の注意を払って取ろうとした。

すると、黒髪が頭から剝がれ落ちた。

プラチナブロンドの髪の毛が現れる。

マスクはただのマスクなのではなく、頭部をすっぽりと覆う帽子のような形になっていて、その上に鬘を被っていたのである。

現れたのは紛れもないエルトン伯爵の顔であった。

平賀はマスクの独特の感触を確かめた。そして燕尾服の胸元のボタンを開いた。

真っ黒で筋肉質な胸が現れる。

「これは……?」

ロベルトが不思議そうな顔をした。

平賀はその胸を触って確信した。

「これは『竜のウロコ』と呼ばれる軍用ボディアーマーですよ。最新のリキッド式で、力が加わることで液状の粒子が硬化し、刃物も弾丸も防御可能となる……。なる程、これなら銃で撃たれても平気だったわけですね。体型の不自然さも納得です。マスクの方も同じ素材で出来ているようです。急所になる体の場所を全てカバーしているわけですね」

「軍用の特殊アーマーか……。そう言えば公爵家と縁の深いナショナル・ダイナミック社は、エネルギー産業や軍需産業にも関わっている巨大企業だ。確か、英国軍のものも開発していたはずだから、手に入れるのも容易だったろう」

平賀は尚も眠っている吸血鬼の様子を観察した。そして吸血鬼のマントの裏側が特殊加工されたものだということに気づいた。マントの裏側が鏡面のように平賀とロベルトの顔を映しているのである。

平賀は、そっとマントの内側を触った。つるりとして冷たい感触がする。

「このマントの裏側。おそらくポリエステルにアルミを蒸着させているんです。それで、シート状の鏡になっています。これが吸血鬼が姿を消す為の道具ですよ。

最初にデービッドが吸血鬼を見失ったイーディ家の裏手は、同じような石塀が道の両側に続いている場所でした。だからこのマントを裏返しにして道の片側に姿を隠せば、マントに向かいの石塀が映って、周りと同化したのに違いありません。ドリーンの時もそうです。薄暗い林の中で、マントが木立や闇を映して吸血鬼の姿を隠したのです。暗闇なら尚更、人の眼を欺きやすかったに違いありません。万能の迷彩服ですね」

「それも軍用のものかな？」

「恐らくそうでしょう」

「狼に変身したというのは？」

「それはですね……」

平賀は吸血鬼の胸から下がっているネックレスの鎖に気づいて、そっと持ち上げた。ネックレスの先には笛がついていた。

「犬笛です。恐らく吸血鬼はつねに数匹の訓練された犬に自分を護衛させているんです。英国貴族の庭に猟犬がいるのはとても自然です。そして、吸血鬼となって身を隠した瞬間に、犬笛で護衛犬を呼ぶのではないでしょうか？　犬笛の無かった時代は、犬の遠吠えなどを真似て、犬たちを呼んだのかも知れません。犬笛は超音波を発しますから、蝙蝠もそれに反応したのでしょう」

「なる程ね……。そういうからくりか……」

ロベルトは脱力したように頷いて、吸血鬼が腰から下げている小さな香炉のようなものを触った。蓋を開くと、中に黒い固形物が入っている。ロベルトはその匂いを嗅いだ。

「間違いない。これは吸血鬼の匂いだ」

「スポンジもあります」

平賀は吸血鬼の手元に置かれたスポンジを指さした。おそらくそこに麻酔剤がしみこまされているはずである。

「ヒヨスやドクニンジンは比較的無味無臭ですが、阿片は、甘酸っぱい果実の腐った匂いがします。そして、マンダラケは、胡麻油のような香りがします。二つの匂いが混じり合って、この独特の香りになったんですね。牙は義歯です」

「だんだん吸血鬼の謎が解けてきたね」

「いえ、まだまだです。問題は彼の持っている異常な運動能力と怪力、そして謎の青い焔です。それにハート牧師をどうやって墓場から山の頂まで運んだか。謎は沢山残っています。第一、吸血鬼の伝説はずっと以前から存在するものです。何百年も前からね……。それらの吸血鬼も、このエルトン伯爵なのでしょうか？　それとも違う人物なのか」

「そのことなんだが、一つ答えが分かったんだ……」

ロベルトが言いかけた時、こつこつと足音がして、階段から何者かが下りてくるのが分かった。

姿を現した人物はイーノスだ。片手に猟銃を持っている。

イーノスは部屋の様子を見回すと、ぴくりと片眉を動かしたが、部屋中が血に塗れて、二人の男の屍体が転がっているというのに、しごく冷静な顔になった。

「一体何事が起こったのか、事態を説明していただけますかな？」

イーノスは平賀とロベルトに猟銃を向けながら、丁寧な口調で言った。

「エルトン伯爵が吸血鬼の正体だということを、貴方は知っていたのですね」

平賀が言うと、イーノスは呆れたような息を吐いた。

「吸血鬼などという言いぐさは、巷の無知な庶民どもの言うこと。このファイロン公爵家は、古より『森の王の祭り』を司り、アーサー王に王位を譲ったアダルバード様にいたっては、不死の力を得たお方。神の血を引くご一族であられます」

『森の王の祭り』？」

聞き慣れぬ言葉に平賀は首を傾げた。

「この地で行われた古代ケルトの祭りだよ。聖なる王が狼の皮を被り、鹿の角を頭に付け、首に蛇を巻き、牙をつけ、森の獣の精霊となって、生け贄の血を飲むんだ。そうすることで、王は万能の戦士となり、戦で負けることはないと信じられていた」

ロベルトが言った。

「ほう。よくご存じで……。ですが、戯れ言はこのぐらいにして、この状況の説明をお願いいたします。さあ、お二人ともエルトン様からお離れ下さい」

イーノスの指示に従い、平賀とロベルトは棺桶から遠ざかった。

平賀は床に倒れている教授とカリンに目をやりながら言った。

「この二人は嗜血病患者だったんです」

「ほう。それが何故、ここへ忍び込んだわけで？」

「それが……彼らは自分達のことを吸血鬼の予備軍だと信じていて、エルトン伯爵と血の交わりをすれば、不老不死の吸血鬼になれると考えていたのです。私はエルトン伯爵に捧げる儀式用の生け贄として、連れてこられたようなのです」

ふん、とイーノスは鼻で笑った。

「なんと愚かな。下賤の輩が、エルトン様と血の交わりを望むなど……。最近は身分というものをわきまえぬものが多くて困りますな。それで、生け贄として連れてこられた貴方が無事で、何故、その二人が死んでいるのですか？　そしてもう一人の神父どの、貴方は何故ここに？」

「それが、私にもよく分からないのですが、このタリチャアヌ教授が、突然、助手のカリンさんに嚙みついて、殺してしまったのです。何故なのか、私にも本当によく分からないのです……」

「暴食だからだよ」

ロベルトが言った。

「どういうことですか？」

「タリチャアヌ教授が読んだ『屍王学』には、七つの大罪――すなわち暴食、色欲、怠惰、貪欲、傲慢、嫉妬、憤怒に値する人間の血液を混ぜ、『血の交わりの魔法陣』を描き、聖職者の生け贄を捧げて祈れば、『屍王』は不死の血を、それを乞う者に与えるだろうと書かれていたんだ。教授はそれを実行したのさ」

「馬鹿馬鹿しい限りの呪いですな……。しかし、その教授も死んでいるようですが？」

イーノスは眉をひそめた。

「それは、教授の祈りによって、本当にエルトン伯爵が目覚めたのです。そのエルトン伯爵がタリチャアヌ教授に嚙みついて……」

平賀が答えた。

「ああ、そういうことですか。発作の時期には血の匂いに敏感になられる。それで目を醒まされて、血の匂いのするその男の方を襲われたのでしょうね。ところで、そちらの神父さんはどうしてここに？」

イーノスは冷徹な眼でロベルトを見た。

「僕は教授達の企み(たくら)を知り、平賀神父が危ないという予感がして、三十番の墓場からここに辿(たど)り着いたんですよ」

イーノスの表情がピクリと動いた。

「なんと、貴方(あなた)達はこの城とエルトン様の秘密を知ってしまったわけですな。そういうことであれば、申し訳ありませんが、生かしておくわけには参りません」

イーノスが猟銃の安全装置を外した。

「待って下さい！」

平賀が叫んだ。

「命乞いなら無駄でございますよ」

「いえ、命乞いではないんです。どうせ死ぬ身ならば、せめて私の疑問に答えてもらえませんか？」

「なんでございましょう？」

「伝説に残っている吸血鬼とは、このエルトン伯爵なのでしょうか？　パーティの時、私はロード・セバスチャンや十九世紀末の城主の肖像画を見ましたが、まるでエルトン伯爵そっくりでした。皆、同一人物なのですか？　つまり、彼は不死なのでしょうか？」

「不死といいますのは、巷のものがいいますような肉体の不死ではございません。魂の不死なのです。ブロア家に生まれるプラチナブロンドと、特有の明るい青の瞳を持った男子は、アダルバード様の魂を宿していらっしゃいます。そのことはブロア家の総執事長を代々務めます私の家にも伝えられ、アダルバード様の魂を宿していらっしゃる方をどうお世話するかも決まっております」

イーノスは胸を張って答えた。

「ええと……意味がよく分からないのですが、つまりエルトン伯爵の体には二つの魂が宿っているということなのですか？」

「そういうことでございます。二つの魂を持つお方は、物心つくときから、行動が変わって参ります。最初は夢遊病のような症状が出てきて、次第にその間に、血を求める行動をなさるようになります。それがアダルバード様です。そうしてお体がお小さいうちは、小動物などで血への飢えを満たしていただくのです。

しかし成長なさるにつれて、動物ではなく、人間の血を必要とされるようになります。それも誰でもいいというわけではございません。アダルバード様のお眼鏡にかなった人間の血しかお飲みにはなりません。そうなると生活自体も一変いたします。いわゆる一つの魂が二週間ほど眠りつづけている間に、もう一つの魂が肉体を動かすというふうな具合です。

本来なら、今はエルトン様が起きていらっしゃる時期であるというのに、巷での思いも掛けぬ流血騒ぎを聞いて、エルトン様が精神的に不安定になられ、眠りについてしまわれました。ですから今は、アダルバード様です。

　アダルバード様に完全に魂が移行された時には、通常では持ち上げられない鉛で出来た重い棺桶の蓋（ふた）を、片手でいとも簡単にお開けになることができるので、すぐにそれと分かります。この棺桶は、ブロア一族に代々伝わったもので、魂の移行の時期にここで眠り、開けて外に出ることができれば狩りに出る用意が万全になったという印とするための棺桶なのです。そして私ども執事家はアダルバード様の狩りがうまくいくように準備を整え、古来の伝統のやり方をお教えしてまいりました。このように体を保護する服をお着せし、狩りの為の道具を棺桶の中に一緒にお入れしておくのです。新しい道具が良い場合は新しいものを準備し、古い物が良い場合は、古いもののまま使います。あとは、アダルバード様にお任せいたします。ここホールデングスは昔からの、ブロア家の狩り場なのです」

「狩り場……ですって。そんな野蛮な吸血行為を容認していたなんて、公爵家ともあろうお方が、問題でしょう」

　ロベルトが言うと、イーノスはじろりと鋭い眼で、二人を見た。

「野蛮？　馬鹿なことをおっしゃいますな。人間の血を求めるのは、それだけ尊い血筋をお持ちだからです。

　人間がなぜ、自然界の動植物を食べることを許されたかと言えば、神が人間を万物の霊長として置いたからでございます。優れた者は、それより劣った者の命を摂取する権利があるのです。ならば、神の血を引く尊き半神半人のアダルバード様が、劣った普通の人間を食するのは当然でございましょう。

ブロア家は代々、そのようにして参りました。これが少し前であれば、庶民の命などいくらでも金子で手に入ったのです。ところが民主主義だの法治国家だのと面倒なことになり、狩りにもいくらかの工夫が必要となりました。全く、面倒なことでございますね。うわついた詭弁ばかりがまかり通る世の中で、なによりも確実で、尊いのは血筋でございます。ブロア家の血こそは、尽きせぬ泉、枯れえぬ薔薇。そして私は、その尊き血筋の守り手なのです」

「まっ、待って下さい。その話が本当なら、エルトン伯爵は、遺伝性の脳機能障害とか、精神障害だという可能性が強いのです。それを治せばいいではありませんか」

平賀が言うと、イーノスは不愉快きわまりない顔をした。

「エルトン様はご病気などではございません。ブロア公爵家の純血を示すお方でございます。申し訳ございませんが、話はこれで終わりでございます。貴方がたには逝っていただきます」

イーノスの引き金にかかった指が、ぴくりと動いた。

平賀とロベルトは死を覚悟して十字を切った。

その時だ。

激しく切ない、慟哭の叫びがこだました。

声のする方を見ると、エルトン伯爵が棺桶から体を起こしている。

「なんてことを、私はなんてことをしてしまったんだ！」

エルトン伯爵は悲愴な声を上げた。

その美しい顔は、紙のように蒼白である。

赤かった瞳は、凍てつく星のような青に戻っていた。

エルトン伯爵は指で唇を拭い、その手についた血を見ると、頭を掻きむしり、全身をがたがたと震わせた。

「シャルロット！　シャルロット！　私が、私がシャルロットを……。首に噛みついて、血を啜ってしまった！　アダルバード殿ではなかった！　あれは私だ！　私がシャルロットを殺してしまった！　私は人殺しの化け物だ！」

「エルトン様！　落ち着いて下さいませ！」

イーノスが叫んだ。

だが、エルトン伯爵の耳にその声は届いていないようだ。エルトンは錯乱し、野獣のような叫び声をあげた。

「大丈夫です。シャルロット嬢は生きていますよ」

思わず声をかけた平賀を、エルトン伯爵は振り返った。

「生きている？　シャルロットが……？」

エルトンは蹌踉けながら、平賀に歩み寄ってきた。

だがその顔に浮かんだ表情は、喜びではなく深い翳りであった。

一筋の涙が、エルトン伯爵の青白い頬に伝った。

「それでも私が人殺しであることに変わりはないのだ。この身がシャルロットの血を欲してしまったことも な……。それに気づいた以上、もう人には戻れぬ……。シャルロットに会わせる顔もない……」

エルトン伯爵はそう力なく呟くと、いきなり腰から短剣を引き抜き、自分の首筋をかき切った。

細い首筋から鮮やかな血が迸り、嵐に舞う薔薇の花弁のように飛び散った。

エルトン伯爵は平賀とロベルトに縋り付きながら、ずるずると床に倒れた。

「どうか最後に神のお慈悲を……」

エルトン伯爵が、苦しげな息をしながら瞳だけを二人に向けた。

平賀とロベルトは、この美しい哀れな吸血鬼に対して十字を切った。

「貴方に神のお許しがあるように」

あまりの驚きに立ち尽くしていたイーノスは、そこでようやく我に返った様子で、エルトン伯爵に駆け寄ると、二人を押しのけ、伯爵の首をハンカチで押さえた。

「エルトン様！ 早まったことを！ エルトン様、エルトン様！ しっかりなさいませ！」

イーノスは懸命に呼びかけている。

「今しかない。逃げるぞ」

平賀の耳元にロベルトの声が聞こえた。平賀はロベルトに引きずられるようにして走った。

ロベルトは祭壇の隣の小部屋のようなところへと向かっていく。

「待て!!」

背後でイーノスの声が聞こえ、銃声が何度も鳴った。

撃たれたのか、撃たれていないのか、よく分からなかった。

二人は夢中で小部屋の中に飛び込んだ。

その中には太い鉄柱と鶏小屋のような鉄製の籠(かご)がある。

ロベルトは蛇腹になった鉄の扉を開けると、平賀を引きずって籠の中に乗り込んだ。

鉄製の床に、車の変速レバーを巨大にしたような機械がついている。

ロベルトはそのレバーを力いっぱい手前に倒した。

すると次の瞬間、平賀の体に急激な重力が加わり、二人の乗った籠が勢いよく、下へと落ち始めた。

ごろごろごろと、もの凄(すご)い音と振動がする。

「これは……エレベーターなのですか?」

驚愕(きょうがく)する平賀に、ロベルトは頷(うなず)いた。

「かなり旧式だがね。こいつが墓地の地下通路と、ホールデングス城の地下室を結んでいたんだ。サンダーマウンテンを上下に貫いて通っているようだ」

　薄暗い穴の中を、蝙蝠達がばさばさと飛び回っている。

　足の下は奈落のように深い闇になっていた。

「驚きました。ロベルトはこんなものを、どうやって見つけたのですか？」

「ああ、そのことは後で説明するよ」

　平賀は驚嘆の溜息をついて、あらためてエレベーターの仕様を観察した。

　エレベーターは鉄製の四つの支柱に支えられた枠の中を移動していた。鉄の支柱と岩盤は無数の鉄筋でつながれ、エレベーターを固定しているようだ。

　右手の空間には太い鎖が垂れ下がり、その先に大きな錘がついている。エレベーターが下がるにつれて、錘が上がる仕組みだろう。頑丈そうな鎖ではあるが、それにしてももの凄い振動と摩擦が起こっている。

「十七世紀には、カウンターウエイト式のエレベーターが発明されていたという説がありましたが、これはまさにそれですね。近年になって、動力を電力に作り変えたのでしょう。ですが、鎖が巻き上げられる度に器具に負荷がかかり、エレベーター全体を震わせているんです。それが、山の岩盤をも激しく振動させているのですね」

　平賀は感心したように言った。

「それにしてもロベルト、さっきは撃たれなかったですか？」

　ロベルトはいつの間にか、平賀の持っていた鞄を手にしていた。

「確かに撃たれたよ。咄嗟(とっさ)にこれでかばったんだ……」

そう言って、ロベルトが見せた鞄の面には深い弾痕(だんこん)があった。それが突き抜けていないのが不思議である。

ロベルトは鞄を開いて、ほうっと大きな溜息を吐(つ)き、中から儀式用の大きな十字架を取りだした。その十字架の真ん中に弾が突き刺さっていた。

二人は主に感謝し、十字を切った。

その時だった。

エレベーターがいきなり、がくんと止まった。

「なんだろう？」

ロベルトが緊張した声で上を見上げた。勿論(もちろん)、見上げたからといって、何も見えるわけではなかった。二人が息を詰めていると、今度はエレベーターが上へと上がり始めた。

その動きにあわせて、床のレバーも手前から奥へと自動的に動き出す。

ロベルトはレバーを握りしめ、力いっぱい手前に引き戻した。

すると、がくん、と音がして、エレベーターは上昇を止めた。そして、再びゆっくりと下降し始めた。

ロベルトはほっとしたが、それも束の間のことだった。エレベーターは再びがくんと停止し、今度はゆっくり上昇しはじめる。

レバーを引くのに平賀も加わり、二人は懸命に上昇を食い止めようとした。

エレベーターは大きく震えたり、異常な音を発したりしながら、ガタガタと上下にぶれている。鎖は軋(きし)んだ音を立て火花を散らし、そのうち切れてしまいそうだ。

そうして踏ん張った二人だが、形勢は不利だった。エレベーターはずるずると上昇し始めている。

「きっと、上にもエレベーターを上下する装置があるんです。このままだと、宙ぶらりんか、上に戻ってしまいそうですよ」

平賀の言葉に、ロベルトはエレベーターの中から周囲を見回した。

「平賀、あそこに突き出た足場がある。ここから飛べるかい？」

ロベルトが指さした先には、確かに岩肌から突き出た足場があった。

「ええ、大丈夫だと思います」

「よし、じゃあいくぞ」

ロベルトがエレベーターの蛇腹の扉を開く。

二人は足をふんばり、思いっきりエレベーターから飛び出した。

そしてなんとか足場に着地した。

足場のある洞穴の岩肌には、渦巻きの文様が刻まれていて、文様の中ほどから太く短い鎖が伸びていた。鎖の先端には四角い器具がついていて、把っ手らしき形状になっている。

「渦巻き模様は異世界への出入り口だ。だから、ここが出口になっているはずだ」

ロベルトが言った。

「把っ手のようなものがありますよ。引っ張ってみましょうか」

平賀は金属を掴み、ぐっと力を入れたが、びくともしない。

「もの凄く硬いです」

「吸血鬼用だとしたら、かなりの怪力でないと動かないんだろう」

ロベルトは頷き、金属片を両手で持って、片足を岩肌にかけて踏ん張った。

平賀も鎖を掴み、力の限り引っ張る。

がりがりと音がして、少しだけ鎖が動いた。岩肌の一部が微かに浮いてくる。

その間に、エレベーターは上昇していった。

二人が必死で踏ん張っていると、少しずつ鎖が伸びてきて、岩肌に確かな隙間ができはじめた。

「もう少しだ……」

ロベルトが言ったとき、頭上でガタン、ガタンと大きな金属音が響き、再びごろごろと地響きが始まった。

見ると、エレベーターが下がってきている。

「急がないと、イーノスが追ってきます！」

二人は力の限り、鎖を引いた。

しかしエレベーターは速かった。すぐに二人の頭上に迫り、銃声が響いた。

イーノスがエレベーターの中から、平賀とロベルトを狙って撃ったのである。

幸い弾はそれたが、二人は慌てて近くにあった岩陰に身を隠した。

何発もの銃声が聞こえ、イーノスの声が洞窟全体に響き渡った。

「逃げても無駄ですぞ！」

イーノスの声は間近だ。そして、ガラガラと蛇腹の扉を開く音がする。

平賀とロベルトが岩陰から様子を覗くと、エレベーターは足場の少し上に止まっていた。

イーノスが猟銃を持って、いまにも降りようとしている。

もう手詰まりだ。

そう思ったとき、頭上で激しい金属音がした。

ミシミシという鈍い音、それから鋭いキーンという音がしたかと思うと、平賀とロベルトの眼の前で、エレベーターの籠が、ぐらり、ぐらりと揺れた。

イーノスは驚いた顔で、エレベーターの鉄柵にしがみついた。

すると鐘がひび割れた和音を奏でるような轟音がして、二人の目の前から、いきなりエレベーターがかき消えた。

イーノスの取り乱した悲鳴が聞こえたかと思うと、遥か下方に遠のいていく。

エレベーターを吊っていた鎖がちぎれ、目の前を落下していく。先ほどのエレベーターの引き合いで、鎖に負荷がかかりすぎたのだろう。

しばらくすると、落雷にも似た耳をつんざくような激しい音が響き渡り、二人の足下が地震のように揺れた。洞穴中がぶるぶると振動して、小さな石の破片が次々と落ちてくる。

蝙蝠達が騒いで、あたりを飛び回った。

「下まで落ちてしまったのでしょうか？」

「そうだろう。多分、助からないだろうね……」

二人は十字を切って、イーノスの冥福を祈った。

それから二人は一時間近くかかって、鎖をひっぱり、戸を開いた。

数匹の蝙蝠と共に外界へ出ると、空は白み、夜明け近くであった。

樹木をかきわけて下を見ると、そこはサンダーマウンテンの中腹あたりだ。そこから二人は斜面を滑り降り、近くの山道に出ることができた。

振り返ると、青白い不気味な焔が、数カ所にめらめらと揺らいでいるのが見えた。

平賀はそれを見て確信した。

「あの焔の正体が分かりましたよ」

「なんだい？」

「サンダーマウンテンの土壌は、花崗岩だとお話ししたでしょう？」

「ああ、そういえば、そう言っていたね」

「花崗岩の主成分は石英と長石です。中には水晶やトルマリンも交ざっています。これらの鉱物には圧電効果というものがあるのはご存じですよね」

「確か、圧力をかけると電気を発生させる性質だね？」

「はい。地震の際には『空電現象』といって、地面に圧がかかったり、揺れによる摩擦が生じたりするために、電気が生じ、それが地表から放電されるという現象が起こるのですが、それと同じ原理です。エレベーターががらがらと動いて、あの激しい小刻みな振動で地面をゆりうごかす時、山の土壌の鉱物の圧電効果で大量の電気が発生し、蓄積された電気によって、電場が形成されます。それが溜まって飽和点に達すると、放電――すなわち、地表からあの青い焰のような静電気が立ち上る現象が起こるんです。

私達が雷の音のように感じていたのは、実はサンダーマウンテンをエレベーターが通過する時に起こす地鳴りの音なのです。そしてあのエレベーターが動くたびに、地面が帯電していたのです。あのエレベーターが動くということは、ホールデングス城に主がいるとき、すなわち吸血鬼が活動している時期と一致します。吸血鬼が雷を呼ぶのはそのせいです」

「なる程ね。ハート牧師の屍体の瞬間移動の謎もこれで解けたね。吸血鬼はハート牧師をエレベーターに乗せて山の頂近くまで運び、ゆっくり血を啜っていたというわけだ」

「ええ、そうですね」

「だけど、僕らの車を最初に襲ったあの火の玉はなんだったんだい？　あれも放電現象なのかい？」

「そうだと思います。あの日はひどい嵐で、雷が近くに落ちたでしょう？　それによって、ただでさえ帯電していた地表にさらに強い電気が加わったんです。電気が激しく地表にぶつかった結果、電気は増幅し、またその反動で電気エネルギーが回転したのでしょう。そうすると空電が回転渦のエネルギーとなって、私達が見たような光の玉が出来ます。

私は丁度、ローレンから送られてきたUFOの資料に眼を通していたんですが、それで分かったことは、雷の多発地帯や地震の後に、火の玉やUFOの目撃例が多いのです。例えば、ニューヨークからワシントンに向かって飛んでいたイースタン航空機が雷雲に突入し、強い稲妻が走った瞬間、機内に二十センチほどの火の玉状のものが現れ、操縦室から客室の最前列まで漂っていって消えたという報告もありますし、旧ソ連のハバロフスクでは、やはり雷雨の最中、家の中に火の玉が発生し、窓を突き破ってそばにあった小さな池に飛び込み、その池の水を殆ど蒸発させたという事件もあります。

放電現象の光の玉は、普通の状態ではせいぜい〇・〇一秒の間しか存在できないため、人が目にすることは滅多にないのですが、エアロゾル――つまり電気を帯びた空気中の塵や埃が大変多い場合と、地形の影響で電波が重なり合い、偶発的に強くなるような箇所で起こる場合は、長時間保持されます。サンダーマウンテンの帯電した鉱物の埃は、冬の風で舞い上げられて、エアロゾルは十分だったでしょうし、ここの地形は電波を数カ所に集めるような条件を満たしているのでしょう。

火の玉は電気の塊ですから、山道を走っていた私達の車――つまりは近くに存在する唯一の磁場を持ったものに引き寄せられるのが当然です。だから光の玉が私達の車を追いかけてきたんです。そして近づくと、当然、電気の塊なのですから、車の計器などに障害が起こります。あの事故は、運転手がハンドルを切り間違えたというより、恐らく車自体が異常走行してしまったのだと思います」

「そういうことか……」

ロベルトは大きく溜息を吐いた。

「これで事件の謎は解けましたが、どうします？　警察に真実を話すべきでしょうか？」

「その考えには、僕は賛成しないな。ここで下手に騒いだところで、いたずらに混乱を招くだけだろう。吸血鬼とその僕が滅びた以上、僕らにはホールデングスの人々に忠告すべき事柄などないように思えるね。

まったく英国はカソリックにとって鬼門だよ。僕らはこっそりルーク家に帰って、それからバチカンに戻る手続きをするさ」

「そうですね」

平賀は頷いた。二人は重たい足取りで山道を下り始めた。

「だけど、あの吸血鬼、もといエルトン伯爵の尋常でない怪力や運動能力はどんな説明がなりたつのかな？」

ロベルトが訊ねた。

「一つの仮説としては、遺伝的な脳機能障害でしょうね。イーノスの言葉をそのまま信じるのならば、プラチナブロンドと青い目の男子が、その因子を持っているのでしょう」

「脳機能の障害だって？」

「ええ。人間の脳にはまだまだ未知な部分が沢山あり、不思議な能力を潜在させています。エルトン伯爵の場合、眠っている間に、意識もなく動き出してしまうのは睡眠時随伴症なども考えられますが、自動症のようなものかも知れません。

私はクライン・レヴィン症候群という、いちど眠ると二週間、目を醒ますことがない病にかかった少女の記録を読んだことがありますが、それによると眠っている間、排便や少量の食事などはするらしいのですが、睡眠期間にあった記憶は全く忘れていて、その間は人格が豹変するというのです。エルトン伯爵の場合は、そういうものにも似ています。

さらに言うなら、てんかんの複雑部分発作があった場合、側頭葉・扁桃体・海馬・前頭葉の異常活動を原因とする意識変容や、不随意な自動症が起こり得ますね。自動症といっても、この場合は単純な反復運動から、車の運転や楽器の演奏といった、高度に熟練したものまで幅広く行うことができるのが特徴です。例えば、教えられた手順そのままに人を襲い、血を吸って、逃亡することも可能かと思われますし、発作期の記憶障害もあり得ます。側頭葉てんかんならば、ほぼ遺伝しないのですが、ブロア公爵家は、それに似た症状を呈するような、特殊な遺伝性の脳機能障害を持つ家系かも知れないですね。

そして、おそらくその時に、扁桃体の異常活性などがあるのです。原始的な脳の機能が活性化し、逆に理性的な脳機能が低下します。そうすると彼らは、嗜血性が強くなるのではないでしょうか？

原始脳が活性化すると異常なアドレナリンやドーパミンの分泌が起こり、交感神経が高ぶり、睡眠から目覚めます。同時に筋肉への抑制がきかなくなっているので、ある意味、無敵の野獣人格になっているのです。劇的な興奮状態にあれば、瞳孔が大きく開き、瞳が赤く光って見えることもあり得ます」

「無敵の野獣人格か……」

「ええ、そうです。人間が持つ筋肉の最大潜在能力を実験するために、電気ショックによって運動神経を直接刺激し、筋力を測定した実験データを見たことがありますが、それによると、親指の最大筋力は十六キロ、平均的な男性は片腕だけでおよそ七百キロの物を持ち上げられる計算でした。人間は、脚力でも腕力でも、普段の二十倍以上の潜在能力を有しているのです。しかし、自分の体を守るため、無意識のうちに、リミッターで抑制しています。これを心理的限界といいます。

ただし、例外があります。生命が危険にさらされるような危機的状況では、リミッターがはずれ、心理的限界以上の力が発揮されることがあるのです。本能を司る大脳辺縁系が興奮し、前頭前野にドーパミンがでて、理性的情報が遮断され、本能の情報が強く、速く送られるのです。これが火事場の馬鹿力と言われる物です。吸血鬼が二メートルも軽々と飛び上がったり、僅かな凸凹しかない壁や崖を身軽にロッククライミングできたりするのは、そうした力によるものでしょう。

私はタリチャアヌ教授が、カリンを襲う現場をこの目で見ました。嗜血病の人間は、血を吸うという行為によって、少なからず通常ではない興奮状態に陥って、サイコロジカル・リミットが外れるのだと思います。あの教授が、大男のカリンをやすやすと殺してしまいましたのですから。しかもその時、私には教授の眼が赤く見えました」

「ふむ。それが真実だとしたら、『森の王の祭り』を行ったファイロン公爵家の先祖は、本当に強力な戦士だったに違いない」

「今の世では吸血鬼でも、古のケルトでは、神の力を得た勇者だったということですね」

二人は複雑な気持ちでルーク家に戻った。

ルーク家には何の動きもなく、町の人は誰一人、城での騒ぎを知らないようだ。

ただシャルロット嬢はめっきり寡黙になって、悩ましげな表情をしている。

恐らく彼女は、彼女を襲った吸血鬼の正体に気づいたのに違いなかった。

ロベルトはてきぱきと帰りのてはずを整え、二日後、二人は町を去ることになった。

ルーク家の人々に丁寧に礼を言って外に出ると、深い霧が漂っていた。

平賀とロベルトが手配している車が待っている場所に向かって歩いていると、前から一人の男が歩いてきた。

黒く長い外套を着て、黒い帽子を目深に被っている。

その男が、ロベルトに声をかけてきた。

「失礼、久しぶりにこの町を訪れたので、道を忘れてしまって困っているんです。墓地はどちらの方角でしたか？」

「墓地ならこの道をまっすぐ行って、三つ目の辻を右に折れて道なりにいけばありますよ」

ロベルトはにこやかに答えたが、ふと不可解な顔をした。

「有り難う」

男が礼を言って、霧の中へと消えていく。

ロベルトは瞳を瞬いて、足を止めた。

「どうしました？」

ロベルトが深刻な顔をして振り返った。

「今の男。見覚えがある……」

「えっ？」

「あの顔……。写真で見たブラム・ストーカーとそっくりだ！」

ロベルトはそう叫ぶと、男の後を追うように駆けだした。

平賀も後を追ったが、男の姿はまるで魔術のように消え失せている。

ロベルトは諦めたように足を止めた。

「よそう。きっと僕の見間違えだ……。さっさとしないと飛行機に遅れてしまう」

「ですが、気になりますよね」

ロベルトは大きく首を振った。

「もう吸血鬼騒ぎも、英国もこりごりさ……。早く教会で祈りたい。もうすぐクリスマスだしね」

ロベルトは溜息を吐き出すように言った。

3

バチカンに戻って、ゆっくりと眠った平賀は、朝起きて鐘の音を聞きながら、ほっとした気分でいた。

そして人身御供(ひとみごくう)などという悪習を断ちきった、主・イエスの犠牲に対して、改めて感謝をした。

いつものようにサン・ピエトロ寺院で、朝の祈りを終えて『聖徒の座』へと出勤する。

そしてクリスマスの三日前になったある日、自分のデスクに着いた平賀は、パソコンにローレンからのメッセージが入っているのを見つけた。

「時間がある時に、私の実験室に来てくれ。

ローレン」

平賀は特に急ぐ用事がなかったために、そっと『聖徒の座』を抜けだし、ローレンの実験室を訪ねた。

平賀を迎え入れたローレンは、ある装置を平賀に見せて、説明を始めた。

「君が言うような、青白い焔（ほのお）や、火の玉などの現象が、大気中の放電による電気現象で起こりうるかどうか、試してみたんだ」

そう言うと、ローレンは電源を指さした。

「これは一応、二万ボルトまで発生させることが出来る発電機で、これが電源だ。さらにこれは二万ボルトに耐えうるコンデンサーだ」

そう言うと、ローレンは電源のスイッチを入れた。

するとコンデンサーの両端についている電極の間に火花が飛び散ったが、その発光時間は、一秒にも満たなかった。

「これだけだと、焔も火の玉も出来ないけどね、次にこれを使うのさ」

ローレンは大きな透明アクリルの箱を取りだした。

その大きさは二メートル四方だったろう。

その箱には直径二十センチほどの穴が空いていた。

アクリルの箱がリフトによって持ち上げられ、コンデンサーが中に入れられる。

そうしておいて、ローレンは不思議な掃除機のような形をしたものを取りだした。それから箱に空いた穴に、掃除機のような器具のパイプをすっぽりと差し込んだ。

「この機械の胴体には、エアロゾルの代わりになる細かく砕いた火山灰を入れているんだ。これを中に吹き込むよ」

そう言うと、ローレンは、掃除機めいた機械のスイッチをカチリと押した。

ぼうっという音がして、白っぽい灰がアクリルケースの中に舞い始める。

そして暫く様子を見ていたローレンはおもむろに、電源のスイッチを入れた。

コンデンサーの電極から小さな火花が散ったかと思うと、その火花の付近に青い色をした火の玉が現れた。大きさは直径五十センチほどのものである。

それが、ふわっと上昇してから消えた。

「今度はかなり長くもっただろう？　何回か実験していたんだけど、焔のように揺らぐ光が現れるのが殆どで、今みたいな火の玉は滅多に出ない。今のは運のいい偶然だったよ。ということで、私は君の理論を正しいと結論づけた」

「吸血鬼の謎はすべて解けたわけですね」

平賀が言うと、「それはどうかな？」と、ローレンは言った。

「何か疑問があるのですか？」

「疑問？　そうだねえ。ロベルトが見たブラム・ストーカーと似た男のこととか……」

「それは多分、ただの見間違いだとロベルトも言っていました」

「ブラム・ストーカーの死期がハッキリしなかったのは？」

「いえ、ハッキリとしています。ブラム・ストーカーが死んだのは間違いなく一九一二年の四月二十日、六十四歳の時なのですが、私とロベルトで調べてみると比較的、有名な評論家が数人、一八四七年に生まれて、六十四歳で死んだということだけを情報として得ていて、そこから計算すると、一九一一年に死んだと誤解して評論を書いたようなんです。それらがネットの世界で広がって、情報が錯綜(さくそう)しただけのようです」

「本当にそうかな？　ロベルトは人の顔を覚える名人だというのにね。それに血を好み、異常な力を持った吸血鬼の一族がいたことには間違いないじゃないか」

「エルトン伯爵や、ブロア公爵家のことですか？　ですが彼らは常人と違った能力を発揮することが出来ても、人間であることに間違いはありません」

「そうかな？」

「違うとでも？」

「吸血鬼の伝説の一部の謎は解いたけれど、それだけで、彼らが不死者ではないと言い切れないだろう？」

「どうしてそんなことを言うのですか？」

「こっちへ来て、見てくれ」

ローレンは平賀をデスクに置かれたパソコンの前に誘った。

そこには一枚の写真が大きく映し出されていた。

十三人の男性たちが、長いテーブルに座っている。

「イギリスとフランスに拠点を置く銀行を立ち上げることを、その出資者達が発表した会見の写真だ。出資者は主にイギリスとフランスの貴族なんだけど、その右から三番目の人物をよく見てくれ給(たま)え」

平賀はそう言われて、「あっ」と声を上げた。

見間違いようもないエルトン伯爵である。

「エルトン伯爵です」

「うん。そうなんだ。ちゃんと出資者の氏名にも、エルトン伯爵・アエリアス・ブロアと記されている。アエリアス・ブロアは本名だ。彼は死んではいないよ。生きている」

平賀は、信じられない気分で、血だまりの中に倒れたエルトン伯爵の最後の姿を思い出した。

「すっかり死んだものと思っていたのに、無事だったんですね……」

「頸動脈(けいどうみゃく)を切って助かったということは、余程、巧(うま)く応急処置をしたのか……それとも死なない体なのか……。あとね、エルトン伯爵は婚約を発表しているよ。お相手は、ルーク家のシャルロット嬢だ。世間体の為か、シャルロット嬢を一旦(いったん)、公爵家の養女にしている。来春、挙式だってさ。君の話だと、シャルロット嬢を公爵家が受け入れる気はなかったようだけど、口止めの為の結婚だろうかね」

「よして下さい。そんな馬鹿な……」

そう言って、ふっとエルトン伯爵の隣に座る人物を見た平賀は、自分の目を疑った。

ジュリア司祭だ。違いない。

「こっ、これは、ジュリア司祭です」

「えっ、ジュリア司祭だって？」

「間違いありません。ガルドウネのジュリア司祭ですよ」

ローレンは平賀の脇に立って、パソコンを覗(のぞ)き込んだ。

「その人物の名は、フランスのブルーネ公爵家の代理人、弁護士のアルフォンス・ブランシュとなっているけれど……」

「いいえ、見間違えるはずはありません。ジュリア司祭ですよ」

平賀は、にこやかに笑談しているように見えるジュリア司祭とエルトン伯爵の顔の部分を拡大した。

「なんでジュリア司祭がこんなところに……」

「吸血鬼の一族と、ガルドウネの一族か……。何かただならぬ組み合わせだ……。まあ、イギリスの公爵家ともなれば、世の人々がまことしやかに囁(ささや)く世界の十三賢人会だとか、某(なにがし)かの秘密結社の上層部だとかに関わりがないとは言えないからね」

「ジュリア司祭は、一体今度は何を企(たくら)んでいるのでしょう……」

「さて、大量の黄金を運び出したガルドウネが、ヨーロッパの新銀行立ち上げに絡んでいるとなると、世界経済に介入する準備を着々と進めているということなのかな……。バチカンに火の粉が飛んでこなければいいけどね」

ローレンは淡々とそう言った。うそざむい怯(おび)えが、平賀の胸をかすめた。

参考資料

☆創元推理文庫　ブラム・ストーカー　『吸血鬼ドラキュラ』
☆扶桑社ノンフィクション　J&A・スペンサー　訳　金子浩　『世界の謎と不思議百科』
☆国書刊行会　書物の王国十二　『吸血鬼』
☆河出文庫　種村季弘　『吸血鬼幻想』
☆創元社　ジャン・マリニー　監修　池上俊一　『吸血鬼伝説』
☆創元社　ミシェル・パストゥロー　監修　松村剛　『紋章の歴史』
☆河出書房新社　ふくろうの本　田中亮三　『英国貴族の暮らし』
☆河出書房新社　ふくろうの本　田中亮三　写真　増田彰久　『英国貴族の城館』
☆河出書房新社　ふくろうの本　鶴岡真弓　松村一男　『ケルトの歴史』
☆勁文社　大槻義彦　『超常現象を科学する』

本書は文庫書き下ろしです。

バチカン奇跡調査官　血と薔薇と十字架
藤木　稟

角川ホラー文庫　17084

平成23年10月25日　初版発行
令和７年５月30日　14版発行

発行者———山下直久
発　行———株式会社KADOKAWA
〒102-8177　東京都千代田区富士見2-13-3
電話 0570-002-301（ナビダイヤル）
印刷所———株式会社KADOKAWA
製本所———株式会社KADOKAWA
装幀者———田島照久

●お問い合わせ
https://www.kadokawa.co.jp/（「お問い合わせ」へお進みください）
※内容によっては、お答えできない場合があります。
※サポートは日本国内のみとさせていただきます。
※Japanese text only

◆◇◇
ISBN978-4-04-100034-2　C0193

角川文庫発刊に際して

角川源義

第二次世界大戦の敗北は、軍事力の敗北であった以上に、私たちの若い文化力の敗退であった。私たちの文化が戦争に対して如何に無力であり、単なるあだ花に過ぎなかったかを、私たちは身を以て体験し痛感した。西洋近代文化の摂取にとって、明治以後八十年の歳月は決して短かすぎたとは言えない。にもかかわらず、近代文化の伝統を確立し、自由な批判と柔軟な良識に富む文化層として自らを形成することに私たちは失敗して来た。そしてこれは、各層への文化の普及滲透を任務とする出版人の責任でもあった。

一九四五年以来、私たちは再び振出しに戻り、第一歩から踏み出すことを余儀なくされた。これは大きな不幸ではあるが、反面、これまでの混沌・未熟・歪曲の中にあった我が国の文化に秩序と確たる基礎を齎らすためには絶好の機会でもある。角川書店は、このような祖国の文化的危機にあたり、微力をも顧みず再建の礎石たるべき抱負と決意とをもって出発したが、ここに創立以来の念願を果すべく角川文庫を発刊する。これまで刊行されたあらゆる全集叢書文庫類の長所と短所とを検討し、古今東西の不朽の典籍を、良心的編集のもとに、廉価に、そして書架にふさわしい美本として、多くのひとびとに提供しようとする。しかし私たちは徒らに百科全書的な知識のジレッタントを作ることを目的とせず、あくまで祖国の文化に秩序と再建への道を示し、この文庫を角川書店の栄ある事業として、今後永久に継続発展せしめ、学芸と教養との殿堂として大成せんことを期したい。多くの読書子の愛情ある忠言と支持とによって、この希望と抱負とを完遂せしめられんことを願う。

一九四九年五月三日